U0906103

谨以此书献给暂处人生低谷或因病痛困扰而迷茫彷徨的人们!

献给赋予我第二次生命的白衣天使和我的亲人们、挚友们!

时光深处的温暖

石昌林 著

陕西新华出版传媒集团
陕 西 人 民 出 版 社

图书在版编目(CIP)数据

时光深处的温暖 / 石昌林著. —西安：陕西人民出版社,2023. 1

ISBN 978-7-224-14783-4

Ⅰ. ①时… Ⅱ. ①石… Ⅲ. ①散文集—中国—当代 Ⅳ. ①I267

中国版本图书馆 CIP 数据核字(2022)第 248058 号

策划编辑： 张孔明
责任编辑： 左　文　黄　莺
整体设计： 白明娟

时光深处的温暖

SHIGUANG SHENCHU DE WENNUAN

作　　者 石昌林
出版发行 陕西新华出版传媒集团　陕西人民出版社
（西安市北大街 147 号　邮编:710003）
印　　刷 陕西天地印刷有限公司
开　　本 880 毫米×1230 毫米　1/32
印　　张 9
字　　数 190 千字
版　　次 2023 年 1 月第 1 版
印　　次 2023 年 1 月第 1 次印刷
书　　号 ISBN 978-7-224-14783-4
定　　价 46.00 元

自言自语

将我的这部散文集命名为《时光深处的温暖》，其实是有一些原因的。

记得在我病情最危重的时候，村里那个和父亲关系要好、经常来我家帮忙干农活但说话总是粗喉咙大嗓门、一讲起“封建”伦理道德便口若悬河滔滔不绝、我不喜欢的表叔来看我了。他用他那惯有的我不喜欢的语气对我说：“娃子，病算个屎？鼓一口气，战胜它！”

后来，我战胜它了！我去表叔家里，对表叔说：“表叔，我战胜它了！”

可我再也不能够给母亲说这话了！

那时我斜靠在医院的病床上，眼巴巴地等着大夫来为我治病。其实我心里清楚，大夫是不会来的，经历了长时间的住院治疗，我已经到了山穷水尽的地步——没有钱存到医院的账户上，大夫怎么给你用药呢？大夫也为难啊！

很多天都睡不成觉了，咳嗽，胸闷，只能整日整夜地坐着——我已经绝望到了生无可恋的地步。春寒料峭，窗外下着雨，病房里阴沉沉冷清清的，让人感到无比压抑。我直直地盯着医院病房的窗户发呆，就那样一直盯着，盯着，我恍惚以为，只要打开窗户，只要纵身一跃，我就可以展翅飞翔、远离病痛……

“娃呀，你可不能啊，你看妈都还活在这世上。”

是母亲的声音，是母亲惊恐不安又万分心疼的声音将我从恍惚中拉回到现实。病房的墙壁是白的，床单是白的，被子也是白的，母亲就在身边陪着我。二弟也在这时候推门进来，送来了一千块钱。

我的心里常常充满感动。是的，常常充满感动——被亲人，被朋友，被医护人员，被那些认识的不认识的，被所有的人感动着……

这一种心灵深处的情愫总是让步入中年的我，有时候会像个小孩子一样，为一件事或者一句话热泪盈眶，不能自已。

有人对我说：“家里老人都还好吧？”我想开口却说不出话来，泪如雨下。

还有人说：“有什么事儿一定记得给我打电话啊！”我苦苦忍着感动的泪水，眼圈通红，直到鼻涕流了下来。

容易感动，对于我，更像是某种生理现象，而非情感现象。

容易感动，条件反射一般，崩溃到流泪，说流就流，说崩溃就崩溃。

有人对我说：“好好保养身体啊，你看你，老婆对你好，孩子也优秀。”

我瞬间破防，泪如泉涌。

有人说：“你看你呵，一脸福相，一定会长命百岁的。”

我浑身战栗，难以自已。

那天是女儿站在灶头跟我学习煮面条，我讲解她操作，讲着讲着我便鼻子发酸，眼眶湿润了。啊，我的孩子长大了啊！用不了多久，她就能够帮着我们做家务了，这是一件多么了不起的事情啊！回想起过去那些艰难岁月，真是感慨万千！

始终忘不了那个下雨天，我送女儿去幼儿园的情景。我一手撑着雨伞，一手牵着她的小手向幼儿园走去。途中有一处水洼孩子过不去，我就蹲下来让她趴在我的背上，我打算背着她过去。可是，尝试了几次却怎么也站不起来，无论我怎么努力都不成功，有次甚至差点一头栽在水洼里。无奈之下，我最后只好用臂膀搂着她，连拽带拉地蹚过那片水洼，过去后女儿的鞋子和裤脚都湿了。

好像才一眨眼的工夫，女儿就长大了。生命之力是多么旺盛啊，它总是在不经意间，就给你一个温暖的、明媚的惊喜。

一家人围坐在一起享用一桌可口的饭菜，聊着轻松愉快的家常，也会让我感动不已。饿了就能吃到自己喜欢的饭菜，困了就能睡上一觉，多好啊！烦恼时有朋友愿意听我倾诉，真幸福！这时候我就觉得自己就是这个世界上最幸运的人！我的身边有爱我和我爱的家人，有牵挂着我和我牵挂着的朋友，感觉生活真的好满足！老天爷真的给了我太多的恩惠！

我回过头去，看看我周围的世界，看看我身边的人——那些暴露在烈日下、那些彳亍在寒冷中，那些沉默不语的，那些负重前行的，芸芸众生，蝼蚁一般，无不奋力地向前，无不努力地活着。我的眼前再次浮现出一个清晰而又模糊的身影来，那个头顶着烈日去给我办调动关系的女人，那个拖着病体还要坚持陪我去北京治病的女人，那个为了省下钱给我治病而宁愿放弃自己生命的人，那个躺在自家床上一声不吭、整日整夜地忍受着剧痛煎熬、向着死亡一天天靠近的人，她就是我的妈妈呀，我的可怜而又伟大的母亲。

难以言说的悲伤和痛苦情绪，裹挟着我，撕咬着我，摔打着我。心，就像被箭矢射中一样，收紧，痉挛，挣扎。我的可亲可敬的人啊，我再也不能够报恩的人，什么时候能看到天下大同，人间皆安，所有的人，都生活在幸福美好之中?

我泪落如雨。

读书是我的一大爱好，一本好书能让我爱不释手，废寝忘食。在书中我聆听来自作者肺腑的声音，近距离地感受作者心灵的语言，在作者的故事里陶醉，在作者的情感深处感动。记得读鲁迅的《记念刘和珍君》是在一个公园里，时值春日，读着读着我就控制不住自己的情绪，不顾公园里人来人往，先是泪落如雨，继而泣不成声。我为刘和珍的牺牲而悲痛，我更为华夏儿女的不屈不挠而自豪！鲁迅、刘和珍他们就是中华民族的脊梁！正是因为中华民族有了千千万万这样的脊梁，中国这座大厦才能够历经风雨而没有倒塌！

我合上书本深吸一口气，空气是清香的，阳光是明媚的。

刘和珍他们已经逝去了，只留下我们在此享受着明媚的阳光，呼吸着清新的空气。我应当感恩他们！

那年冬天我感冒了，因为服用抗排斥药物的原因，我的免疫力非常低下，我害怕冬天，害怕感冒。朋友在电话中说："不要紧的，神会保佑你长命百岁的！"因为我从不信神，就说了句"谢谢神的保佑"，便挂断了电话。后来当我知道了这位朋友是忠实的信众，我的心里瞬间充满了温暖和感动。因为朋友诚挚的祈祷与鼓励，我戒掉了吸烟和酗酒的不良嗜好。

有人说我生为男儿身，却是女人心，总是多愁善感，总是感动落泪，没有男子汉的气概。我才不会去管这些呢，我觉得，容易被感动，应该不是什么过错，而是品格健全者的特征之一。因为感动，我在泪眼婆娑中，依稀感知到了他人心跳的温度；因为感动，我不由自主地握紧了手中的笔，小心翼翼地，试图去还原那些真实的人性、温热的情感；因为感动，那些如泥土般平凡卑微的人物，他们永远活在了我的心中，并随着时光向前推移，形象越发高大起来。

还有人说，感动，是希望和诚恳的底色！中国五千年文明浩荡至今，是因为对人性真善美的感知和代际传承成为生命的本能。因为感动，家在，国也在；因为温暖，家好，国也好。你说呢？

石昌林

2022 年 6 月 16 日

目录

上部　拥抱生命

中部　疫情下的阅读

下部 时光深处的温暖

『上部』　拥抱生命

当我再一次睁开眼睛，看见黎明的曙光透过窗户，映照在房间里的时候，我无比激动，我无限感恩！

新的一天开始了！眼前这明亮、温暖、让人无限憧憬的光芒，竟以这样平静的姿态悄然而至。我打开窗户，金色的阳光瞬间将我包围。

那是我人生当中感受到的最隆重、最温暖的拥抱。

等待

我一个人安静地坐在一间砖木结构的小屋里。窗外，北风呼啸。

学校老师们在放学后都回到了各自在学校附近的家里。他们大多都是民办老师或者代理老师，工资极低，所以学生们放学后，他们还得回到自己的承包地里，靠侍弄庄稼获取一些收入添补家用。

这座处于高墚之上的学校，傲然独立，视野辽阔。可此刻，它正处于凛冽的西北风猛烈撕扯之下，简易的木质门窗发出“咯吱咯吱”的响声；此刻，四野无人，天地昏暗，寒冷中的校园静得出奇。此刻，我努力地想要辨别出一些声音，却又害怕真的听到了什么，想象中的恐惧如影随形；我不敢离开小屋半步，在白炽灯光的鼓励下，我坐直了身体，闭目冥想，却又感觉到无数寒冷的射线穿透我的身体。

第二天，我把旧报纸裁成条条从里面贴在门窗的缝隙处，我仔细检查，小心张贴，哪里有缝贴哪里。窗户是双开门样式，门也要经常开关，贴上纸条就不能打开，这难不倒我——我在门窗开关的一侧贴纸，并让纸条伸出去一点，盖住缝隙，一层又一层，房屋已经密不透风，而门窗还能开关自如。终于大功告成，我关上门窗，向四周张望——嘿，俨然一座碉堡嘛！

取暖兼做饭用的蜂窝煤炉，不能长时间放在屋里，除了一日三餐在屋里做饭外，以及偶尔在屋里烤火取暖外，炉子得一直放在外面。时令已经是隆冬，庄稼都已颗粒归仓，天色又暗得早，所以一些路远的民办教师便选择住校。这下好了，校园里一下子变得热闹起来，我也不会因为长夜漫漫，自己一个人独守几十间空屋而恐惧到噩梦连连。可是，放在屋外的蜂窝煤炉子却又让我睡不踏实，常常是一个晚上过去，要么燃烧的蜂窝煤被取走换掉，要么炉门被卸掉，我不得不在第二天硬着头皮去面对学校厨师嫌弃的目光，在他的嘟嘟囔囔声中，小心翼翼地在石炭炉子上重新燃烧新煤。

其实我根本不想自己开火做饭，无奈学校请来的这位大厨，做饭时狠命地放辣椒，还振振有词地说，是学校那个鳏寡的教师爱吃辣椒——让我每次吃饭时都要花费好半天的时间才能将它们一一挑出。后来，大厨干脆把干辣椒剁成末，让我没办法再“挑肥拣瘦”，于是，我彻底从学校大伙食分离出来，另起炉灶。

大厨瘦高个子，一张灰白的瘦脸总是阴沉着，只有在见到校长时才露出笑容，让人可以看见一点血色。我发现，不光这位厨师，学校那位鳏寡的老师也不喜欢我。只要人多的地方，只要鳏寡老师也在，他那双因打牌熬夜而布满血丝的眼睛经常一边斜着看向我，一边用手指指指点点，一边嘴里说着什么；有时候说着说着可能脾气上来了，直接招手让我过去，瞪着通红的眼睛死死盯住我，指出我不应该那样那样做，应该这样这样做，声音铿锵有力，脚下地动山摇。我的眼前一时唾沫星子横飞，雨雾弥漫一片。

这世上没有无缘无故的爱与恨。

学校建在高墚之上，十几个老师的吃水成了大问题，每天需要厨师起早下到坡底沟里的水井里去挑。来回五六里的山路，一下一上，厨师一挑就是一早上。我到学校没多久，校长就找我谈了好几次话：洗脸水不能由着自己的性子用，能把毛巾打湿擦脸就行；洗脚水也不要乱倒，要集中起来倒在厕所里，回头还要用它浇地种菜呢。校长每次批评，我总是频频点头，连声说好，可关键时刻又忘得一干二净，每次把水打在脸盆里了，才想起来要节约用水。这招来了厨师的极大不满，愤愤然逢人便说我浪费，说他挑水如何如何辛苦，如何如何不容易。有老师看不惯了，说他道：人家家里用的是自来水（那时候的农村极少有用自来水的，十里八村就我们一家），二十多岁的小伙子，正是爱干净的时候，你就体谅一下吧。其实，我也很体谅厨师的劳动，可每次自己觉得洗脸水已经打得很少了，却还是不能如厨师的意。

因为年轻气盛，因为没能控制住自己的情绪，或者还因为什么已经记不起来的原因，总之，拿着中学教师资格证的我被分配到这所荒凉的小学教书。这件事的后果确实让我追悔莫及——我后悔不该当面和主管教育的领导辩解争吵。

我每周从家里带几个白萝卜和红萝卜，再带些苞谷糁和大米，或者挂面。早餐冲两个土鸡蛋；中午在炉子上煮红薯稀饭或者蒸一碗米饭，红薯和鸡蛋在农民家里买，有时候大米面条也在农民家里买。把白萝卜和红萝卜切丝儿或者切片儿，混合在一起炒一碟萝卜丝或者萝卜片，有时候也有白菜豆腐，农民做好豆腐后会挑到学校来卖；晚餐就着剩菜下面条。日子漫长而重复，时光静止到不动——我所有的努力仿佛都是为了这一日三餐。

我知道，这不是我想要的生活。这里只有同事，没有朋友，没有思想上的共鸣。除了给学生上课，除了早晚饭后在山路上各行走多半个小时，绝大部分时间里我都是一个人待在小屋，房门紧闭，与世隔绝。备课，读书，练字，静坐，我能做的仿佛只有这些——在孤独中静默，在静默中等待，在等待中积累，在积累中破茧。

清晨，我站在学校门前的高岭之上，目光越过莽莽群山，一轮红日喷薄而出，朝霞穿透晨雾，大地五彩斑斓，世界温暖而宁静。山坡上，一簇簇红艳艳的救命粮（火棘的别称），挂着露珠，闪着金光；小路上，一张张红扑扑的小脸，蹦蹦跳跳地从四面八方涌向校园，不一会儿工夫，琅琅书声从校园向着四周传播开来。

这琅琅读书声，这安抚人心灵的声音，这充满着希望的声音，这遮盖住了人间一切蒙昧、嫉妒和自我封闭的声音，是那么纯净，那么温暖，只给人以向上的力量。这声音一路欢笑着，播撒着阳光，传递着智慧，向着极远极远的目标奔跑过去，把孤独、寂寞和彷徨统统抛在了身后。

上课铃声响了，我手捧课本微笑着走进教室。眼前，一片灿烂的阳光……

生命遇见

被查出肾功能衰竭那年，我三十五岁，我的孩子只有三岁。

我住进了当地医院，每天打针吃药，不断重复。这之前，我的身体很好，绝少生病。

快过春节的一天夜里，我躺在医院的病床上，突然流起了鼻血，怎么也止不住。当时我的主治医生不在，母亲去找值班医生。过了很长时间，那位鼻梁上架着一副眼镜、身材矮胖的值班医生过来了：

“拿个脸盆接点儿水放屋里吧，屋里太干燥了。”说完便回去睡觉了。

那天晚上，我的鼻血一直流，为了不让鼻血弄脏被褥，我把头靠在床边，让鼻血流到脸盆里。后来实在太困了，我怕自己睡着了鼻血弄脏被褥，便从床头柜上取了个一次性塑料水杯噙在嘴里，用牙齿咬着杯沿儿，让鼻血流到杯子里，我睡着了……第二天早上，二弟来看我，脸盆里的水已经完全变成了血红色。二弟看到这样的情景，流着泪大声喊叫大夫，那位姓“氏”（音）的大夫还在睡觉。八点钟，我的主治大夫来了，将几个棉球塞进我的鼻孔里，血止住了，而我已神志不清，昏迷过去。

等我清醒了一些，我听见母亲对我说：

“大夫让去做检查呢！”

“不是前几天刚做的检查吗……”

“大夫说怎么突然成这样了？不做不行！”

我已经不能够下床，连坐起来都很困难，我不想去做检查，怕出去了就再也回不来了。

我斜靠在轮椅上，厚厚的羽绒服和头上的帽子把我裹得严严实实。母亲和妹妹推着我出病房的那一瞬间，我打了一个寒战，我感觉到了彻骨的寒冷，感觉到了前所未有的恐惧。我想回到病房，那里有我温暖的归宿，我想躺在母亲的怀抱里温暖地睡去，可是，我的主治大夫不让。我是多么无助、多么虚弱啊，我眼前的行人变得影影绰绰，周围的声音也好像是从遥远的地方传过来的。

“这是石昌林吗？石昌林！你不认得我了？”

我努力睁开眼睛，看到了王大夫，我使劲儿地点了点头。

“这是要去干啥？”王大夫直起身来问母亲。我不知道母亲和王大夫说了些啥，只听见王大夫的大嗓门：

“人都成这样了，还去做啥检查呢？先救人要紧！你们先回病房，我去和主治大夫们会诊，你们准备好，得马上做血液净化手术。救命要紧！”

王大夫名叫王兴春，是血液净化方面的专家，也是血液透析室的主任。他是关中人，身材高大，浓眉大眼，平时一脸严肃，眉宇间透着一股正气。我几次因为没钱，想放弃治疗，却又不甘心，抱着试一试的态度给他打电话，他总是那句话：

“来吧，先看病，钱先欠着。”

我得去省城医院做换肾手术，彻底解决尿毒症问题。

在西安交大一附院，我住进了肾移植科，护士向我介绍说，我的主治大夫姓丁。下午我便见到了丁大夫，中等身材，四方脸，文质彬彬的样子。他在病床前仔细察看了我的检查结果后说了句“一个小时后来我的办公室找我吧”，便转身匆匆离去了。

一个小时后，我去丁大夫的办公室，他已经坐在那儿等我了。丁大夫把我的检查情况告诉了我：

“拖的时间太长了，对整个身体的免疫系统损害很大，内脏也有损伤……”

我沉默不语。

丁大夫又问我：“为什么不考虑用家属的肾脏呢？”

我告诉他：“家里面父母都争着要把肾脏捐给我呢，媳妇也要捐，我想用父亲的肾脏，可是他的血型和我不符。母亲和我去北京做配型时被查出肺癌晚期，上个月就去世了。家里孩子还小，我还指望老婆把孩子带大，所以不想用她的肾脏。”丁大夫认真地听着。

“想放弃治疗吧，家里上有老下有小，孩子也才三岁，我不去拼尽全力，总觉得对不起年幼的孩子，我对家里的老父亲也未尽孝。”我又说道。

“不要紧的！比你情况还不好的，手术后几年了都好好的，要有信心才行。”丁大夫终于开口了。

听了丁大夫的话，不知道为什么，我对这位大夫不仅心生好感，更生发出一种强烈的信任感——我可以放心地把自己交给丁大夫，听他的安排，配合他的治疗。

“家里的经济情况怎么样啊？手术的第一天就要三四万呢。”丁大夫又问我。

我抬起头：“这几年为了治病东奔西跑，又几次被骗，积攒的一点儿钱都花光了。这次过来的时候向亲戚朋友借了一些，又在银行贷了款，现在手上有五万块钱。”

丁大夫听后沉思了一会儿，说：“五万块钱肯定不够，得想想办法再弄点儿，最少也要先准备七万。”

我低下了头。

我在医院里住着，几天后二弟来看我，买了安康的茶叶，还包了两千块钱红包准备送给丁大夫。我们都在一楼大厅的楼梯口等着，准备在丁大夫行走楼梯时把茶叶和钱送给他——我知道丁大夫习惯走楼梯。丁大夫来了，二弟迎上前去，紧跟着丁大夫一起上了楼梯，我也乘坐电梯上了三楼的住院部，刚出电梯就看见丁大夫径直去了病房，他看上去脸很红，好像很生气的样子。我问二弟：

“咋样？”

“丁大夫发脾气了！”

“他说啥了？”我急切地问。

“他说：‘把你哥照顾好就行，想办法凑钱给他治病要紧，这种事儿以后再也不要干了！’”二弟红着脸说。

几个月后，我终于等到了合适的配型，手术很成功，但还得在医院治疗观察一段时间。丁大夫要去外面讲学了，临行前他把接替他的医生——他的学生项大夫叫到我的病床前，神情严肃地说：

“这个病人情况特殊，家里经济困难，你们在治疗用药方面要适当考虑。”

丁大夫名叫丁小明，是肾移植方面的专家。我在写这篇文章时，他已经是肾移植科室的主任了。

丁大夫的话深深地印在了我的脑海里。虽然现在随着年岁的增长，我健忘得厉害，但是丁大夫对我说过的那些话，永远地留在了我的记忆中——常常回忆起，时时感动着。康复后，我时刻告诫自己，能不能也做一个像丁大夫、王大夫那样的人？那种浑身闪耀着人性的光辉、心怀仁慈的人？那种对社会有价值、有贡献的人？哪怕我的这种价值、这种贡献微不足道、不足挂齿。

记得有一首歌唱道：“我遇见谁会有怎样的对白？我遇见你是最美丽的意外……”人格的魅力、人性的光辉应该是这世间最美好、最温暖的遇见吧！

人生最美是遇见，唯愿这些遇见能够照亮一片天地，温暖彼此的心灵。

生命遇见之外

《安康日报·文化周末》主编发来信息，约我为小文《生命遇见》写一些补充文字，我欣然应允。

《生命遇见》写的是我生病期间遇见的一些人，以及与这些人之间所发生的事。对此，我只是原原本本如实记录，当然，也有取舍。

当时的王大夫为什么坚决反对我去做检查呢？身体康复后，我去市中心医院看望王大夫，从他的口中找到了答案：当时我是重症肾功能衰竭，又流了一夜鼻血，在那种情况下去做检查，稍不注意吹风受凉，人很有可能就睡着在机器上，再也醒不过来了。至于王大夫在楼道里大声嚷嚷“人都成这样了，先救命要紧！”也是有原因的：一是他当时确实情绪激动，二是他在喊话我的主治大夫——暂缓检查。王大夫是动了脑筋的，他想到如果当面去请求主治大夫暂缓检查可能会被拒绝，因为每位医生都对诊疗有自己的判断和处理方法，所以他大喊着要求我们立即返回病房，其实也是在逼迫主治大夫顾及同事情面做出让步。

医生为病人施行肾移植手术，最主要的是要参考肾源与病人的血液相容度（配型）。可当时的情况是肾源少、病人多，供不应求，这造成了医院里关系复杂、斗争激烈。我第一次有机会手术是九月份父亲陪着我在交大一附院完成各种术前检查并抽血留存后出院的一个多月过后。为了节省开支，我在医院里住了两周就出院了。我在医院对面的村子里租了一间小屋等待肾源，那天早上丁大夫打来电话，说有肾源了，让我过去。我在医院大厅里兴奋而激动地等待着，结果等到下午不见动静，我想肾源可能是被别人用去了。至今记得丁大夫坐在办公室里的行军床上，两手在腿间摩挲着，情绪低落地告诉我："再等等吧。"我不敢看丁大夫的脸，低下头"嗯"了一声，神情落寞地退了出去。当时的我非常沮丧，那时候的我月工资不足一千块钱，而每月光透析就需要一千多，外债越拉越多，我几乎穷途末路。可能不忍看到我这么可怜吧，半年之后，丁大夫为我争取到了配型极佳的肾源。

肾脏不同于肝脏，有再生功能。肾脏一旦出现了功能衰竭，就不可能逆转康复，只能通过西医透析或者肾移植治疗，中医对此毫无办法。然而由于利益驱使，总有人利用病患求生心切的心理招摇撞骗，扮演着极不光彩的角色。第一次被骗是在西京医院附近，刚进西京医院就被诱导到了八仙庵附近的一家医院，该医院门前挂着"陕西省中医药研究所"的牌子，我想这是正规医院，就购买了一千多块钱的中药，结果当然是花钱打水漂。第二次被骗是当地的一个民间医生，单位里一个退休教师专门跑到学校给我做了介绍，咬牙吃了他开的几百块钱中药后，腹胀如鼓，大小便不通，肌酐（体内毒素）迅速飙升，肾功能急剧恶化，被送往医院抢救。第三次是在北京航空航天中医研究所，位置在三里桥附近。我是从报纸上得到的信息，老婆单位刚好组织去北京旅游，我让她拿着报纸找到了那家医院。通过电话我确定是一位女医生，一服中药一百多，我吃了三个多月，未见疗效。第四次是在北京中都医院，北海公园对面。单位教导主任拿了一份2004年5月的《陕西日报》，上面用了一个整版详细介绍了该家医院的惊人治疗效果。我和妹夫便不远千里两次前往，医生都是北大医院的退休老教授，一服中药近两百，我又吃了半年。于是，在将近一年时间里，我吃了五万多块钱的中药，有没有效果呢？我不清楚。我只知道我彻底失去了排尿功能，体重从120斤降到了80多斤，身高172厘米的我，感觉一阵风就能让我飞起来。

这期间我的主治大夫让我看见了人性的光芒，他总是告诫我："那些都是骗人的，中医根本治不好你的病，中药只会加重肾脏负担，你可要注意啊！"可那时候为了活命，我根本听不进去——哪怕是一根稻草，我也要紧紧抓住。

写此小文还有着一层不为人知的深意，我要将一件从未示人的龌龊事情吐露出来。从市中心医院走时，我是偷偷溜走的。我还欠着透析室四千多块钱的透析费，至今未还。当时的我真是穷极生盗心了啊！从2005年秋到2006年春，医院给我打过两次电话，我总说钱先欠着，等我回头有了还。后来王大夫又让护士给我打了一次电话，说钱不用还了，他已经跟医院申请，把账走平了，让我安心治病——交大一附院的大夫和王大夫是同学，他可能知道了我的窘迫状况。挂断电话的那一刻，我的心里一下子轻松了许多。可没过多久，心里又升腾起另外一种说不清道不明的滋味来——我想我不是一个有担当、有良知的人！更不是一个懂得感恩的人！甚至可以说我是忘恩负义的人！我的内心一直为此纠结羞愧着。

生命中的遇见，有明媚也有阴霾，有高尚也有卑劣，有美好也有丑恶。世界如此真实，生活充满期待。很喜欢这样一句话：“生活总是这样不尽如人意。可谁又能否认，那些过滤掉丑陋与鄙俗的文字所表现出来的生活，不正是大多数人的生存需要呢?”

是的，生活需要一些正能量，需要我们时时刻刻怀着一颗感恩的心。

忘掉少数丑陋的面孔，记住那些高尚的灵魂吧!

附
录

《生命遇见》读后追忆

近日读了石昌林老师在《安康日报》上发表的《生命遇见》和《生命遇见》写作之外两篇短文，甚为感动。一是文中展示的真善美；二是作者的历险重生记；三是作者的好文笔。

记得当年石老师身患重病期间，当地教育系统发起了为优秀教师石昌林就医的募捐活动。石老师的妻子当时在安康市汉滨区第三人民医院工作，我们汉滨三院的干部职工也毫不例外地投入这次救死扶伤的义举捐款活动中。记得当年，我院是与常州市武进区的挂钩帮扶单位，武进区把帮扶石老师孩子上学一事也列入了帮扶统筹之列。还记得那年，医院组织职工去北京旅游，石老师的爱人晓慧也加入了这次旅游的行列，从《生命遇见》写作之外这篇文章中才得知，晓慧这次北京之行更有特殊的使命，那就是文中所提到的“第三次是在北京航空航天中医研究所”向一位女医生求医。恰好这次晓慧约了我一同前往。当时，听到看到这个研究所的招牌，是会让求医者包括我心动的。没想到，这竟然成为石老师求医路上的一道坎。

时过境迁，可幸可贺的是，石昌林老师在死亡线上走了一回，又重回人间。细想起来，这种生命的奇迹，一是医学的功力，而更重要更持久的功力，还在于石老师的人生态度。是他善于发现和珍惜人世间的真善美，在人间真善美中获益。

（作者：王文林，时任安康市汉滨区第三人民医院副院长兼科室主任，现任安康人周末读书会会长）

拥抱生命

有一段时间，我对自己说得最多的一句话就是：活下去！

那是一段我一个人租住在西安的日子。

为了等到合适的肾源配型，并可以及时完成手术，从2005年秋到2006年夏，我在交大一附院对面的村子里租了一间房子，焦急地等待换肾手术。

将近一年的时间里，除了每周两次坐车去武警医院做透析，其余时间我都在医院附近徘徊，二十四小时保持手机畅通，以便随时能接听到医院大夫的电话。

那是一段怎样的日子呢？我有时候不免会问自己。

大夫总说我肾脏衰竭，说我有高血压，说我心脏积液——我却不以为然，因为我对此没有一点感觉，我感觉不到它给我带来了什么疼痛，甚至是不舒服。我唯一能感觉到的是我的胃——对，胃痛！那是一种让我死去活来的疼痛。

它总是在不经意间就袭击我，突然而至，毫无征兆，而且每每是在晚上。

先是一种空虚的感觉，持续几分钟后，紧接着是一阵恶心，伴随着逐渐加剧的头晕，胃便开始了隐隐作痛。我下意识地趴到床铺上，并随手抓住床头的枕头塞在腹部，让枕头顶住我的胃。无济于事！胃里开始翻江倒海起来，疼痛裹挟着我，把我紧紧攥住，并狠狠地摔打。

我反倒没有了想吐的感觉。我只感觉到疼痛，由远及近，一阵紧似一阵，一阵密似一阵，我使劲顶住枕头，胃反倒更加疼痛——变成了一种实实在在的痛苦；我松开枕头，好像又给了它翻江倒海的空间——一种闪电般的疼痛。

我紧闭双眼。我咬紧牙关。我汗流浃背。我泪流满面。我感觉到我的身体被疼痛托起来，连同床铺一起，飘浮在空中。我使劲儿地抓住床单，不敢睁开眼睛。好像一睁开眼，身体就会掉下万丈深渊，摔得粉身碎骨；我也不敢松开手去擦拭脸庞，任由泪水和汗水糊住眼睛，我怕一松手，床铺就会离我而去，把我一个人扔在空旷冰冷的半空中，无依无靠。

“丁零零，丁零零……”老婆的电话总是在不合时宜的时候响起。我又回到了出租屋，身体蜷缩着趴在床上，床还是我睡过的床，被褥还是熟悉的温度，只是痛苦还未结束，我不能接电话，我还得继续咬牙坚持，闭眼等待，直到魔鬼离开。

魔鬼终究奈何不了我，依依不舍似的渐渐远去。我睁开眼睛，还是熟悉的小屋，一切原模原样，房屋静止不动。

我擦干眼泪和汗水。然后，拿起电话，给老婆回了过去：“刚才睡着了，还做了个美梦，结果被你给吵醒了……”

人有人名，病有病因。等我知道这病的前因后果来龙去脉时，已经是在大半年之后了。

我的肾移植手术很成功，术后的我睡眠踏实，吃嘛嘛香。这样大概过了有四五天吧。那天晚饭后，我隐隐感觉到风暴要来。果然，一阵恶心头晕过后，紧接着就是疾风骤雨般的疼痛。我大汗淋漓，涕泗横流，我斜靠在病床上，因为肾脏刚刚移植成功，大夫叮嘱我不能乱动，我只能用双手使劲儿攥住病床的护栏，紧闭双眼，咬紧牙关。护士们闻讯纷纷跑过来，找盆子的找盆子，捶背的捶背，擦汗的擦汗，叫大夫的叫大夫，一阵手忙脚乱。

大夫来了。用听诊器听了听我的心跳，吩咐护士测量了我的血压，然后又用手按压着我的腹部，一边慢慢移动，一边询问我哪儿疼痛，哪儿疼痛得最厉害。时间好像过去了一个世纪，我痛苦得龇牙咧嘴。大夫终于说话了："胃痉挛！透析的时间太长了，造成了脾胃虚弱……忍一忍吧，我给你开点药，吃几天就没事儿了。"

胃痉挛？我当初竟对它一无所知。不知道这是病，也不去看大夫——让我白白忍受了那么多的痛苦。也难怪，其实它除了能带给我死去活来的疼痛外，我知道，它根本要不了我的命。

要命的是我的突然晕厥，倒地不起。

每每是在要上厕所的时候，或者是在午睡醒来之后，我从椅子上站起来，或者从床上爬起来，还未走出几步，就人事不知。当我睁开眼睛，眼前空旷而高远，我从远古坠落，大地无限温柔……

我眨巴眨巴眼睛，确定了我的处境——我晕倒在地，屎尿拉在裤裆里。

我无比恼怒，无比羞愤。还好，我在房屋里，没有人看见。

我慢慢地爬起来，走进卫生间，脱掉裤子，洗去身上的污秽，穿上干净的衣裤，再把脏衣服泡在盆里，撒上几倍量的洗衣粉。

我躺在床上，虚弱至极；我睁大眼睛，不敢睡去，不敢睡去啊……

可当我再一次睁开眼睛，看见黎明的曙光透过窗户，映照在房间里的时候，我无比激动，我无限感恩！新的一天开始了！眼前这明亮、温暖、让人无限憧憬的光芒，竟以这样平静的姿态悄然而至。

我打开窗户，金色的阳光瞬间将我包围。

那是我人生当中感受到的最隆重、最温暖的拥抱。

那些梦境

我在医院里流了一夜鼻血后，就沉沉地昏睡了过去。

天黑的时候，我醒来了一次，我感觉自己已经身轻如燕，像是要飞起来；我感到无比轻松快乐。我转动眼珠向四周看去，母亲和妹妹都在，此刻，她们都趴在病床边睡着了，我闭上眼睛又沉沉地睡了过去……

我来到了一个完全陌生的地方。似乎是在高处，四周阴沉沉、黑黢黢的，隐约可见脚下松散的山石，周围没有一棵树，没有一幢房屋，没有一个人。我迈开脚步向前走了几步，脚下除了黑魆魆的石头和泥土，什么也没有。空旷，荒凉，无比的寂静。为了战胜恐惧，我突发灵感，对着黑暗大声说道："我是一个地球人!"耳边除了遥远的似有若无的风声，没有任何声音回应我。我感到害怕，我睁大眼睛，努力寻找生命的痕迹，寻找可以依靠的物体，或者是一抹亮色——没有，什么都没有。我继续向前走去。我用坚定的语气对着旷野说道："我是一个地球人!"依然没有声音回应我，我对着荒凉一遍遍坚定地说："我是一个地球人！我是一个地球人……"

"石昌林，你哪么（怎么）是个地球人了?"我终于醒了，我的主治大夫走进病房，用他那特有的浓重的乡音问我："你睡了四天四夜，哪么天天就只喊叫这一句话?!”

我确实昏睡了四天四夜，而且睡得很不踏实，魂魄游离于身体之外，黑明白夜地梦呓。医学上讲，身体虚弱的人往往不能进入深睡眠，容易做梦，我就属于这种情况。手术后的很长一段时间里，我一入睡便梦境不断。

大约有十年的时间吧，我的梦里总有我妈。我梦见我妈的时候，母子总是在争执，睡梦中争执不休，以至于梦醒后的我还沉浸在气鼓气胀之中。我不知道这是为什么，我常为此愤愤不平。其实我妈活着的时候我们是很少争吵的，母子之间相处融洽，母慈子孝。我妈是在我手术成功前病情最严重的时候去世的。她患上了肺癌，她不愿意为她的病花钱，坚持不去医院，其实我知道她是想节省下每一分一文给她的儿子治病。就这样，我每天眼睁睁地看着她躺在家里的床上，无时无刻不在忍受着病痛的折磨，一天天瘦成皮包骨头，最终走向不治而亡。

大多的时候我还梦见我去了某一个地方，这些地方有些是熟悉的，有些又是陌生的。熟悉的地方我当然去过，不熟悉的地方我也将在往后的某一天到访——简直神奇到屡试不爽。暑假里的一天，我去恒口参加一个读书会，读书会结束后，主持人刘明先生盛情邀请我们去雨帽岭民宿参观。当车行至一处堰塘边时，一种似曾相识的感觉让我脱口而出：“这地方我来过!”我努力搜寻记忆的碎片，确实，这地方我来过。是我曾经在梦里多次到访过的地方：长方形的堰塘里波光粼粼，堰塘边几棵垂柳，一大片碧绿的草地，几户人家散落在堰塘周围，远处是层层梯田，一条小溪从身旁无声地流过。

可梦境里那个陌生而又荒凉的地方，那个留下了深刻记忆的地方，我始终没有机会到访。那是一片不毛之地，那里没有参照物，没有生命的痕迹。我知道，冥冥之中我终将到访，但不会是现在，现在，我还将是一个地球人，一个已过了知天命的地球人，我还思维敏捷，精力充沛，还有许许多多的理想信念等着我去实践。所以，不急。

我又想起了那次昏睡不醒，梦境中似有个声音对我说，儿女并非我们自己所生，而是上苍所赐。

这个声音让我思索了很久。

谁都知道，人的出生离不开精子和卵子的结合，而后受精卵在母体内十月怀胎，一朝分娩，生而为人——完成一次生物学意义上的种族延续。人类几千年的进化史，无一不遵循这一规律和过程。

其实我要表达的不仅仅是这些。

对于已为人父、已为人母的我们来说，我们操心孩子吃不饱、穿不暖、睡不好，给他们补充各种营养品；我们操心孩子学习不好，上不了好大学，找不到好工作，给他们报各种辅导班、兴趣班；我们操心孩子不能全面发展，逼着他们弹钢琴、练书法、学画画，陪着他们游泳、跑步、打乒乓球，参加各种体育锻炼项目。我们愿意把这世间一切的“美好”都给予他们。我们为他们操碎了心。

其实我们很多人都愿意生活在梦境里。我们努力地想要把自己的孩子塑造成为梦中的那个自己，实现我们未了的心愿。为此，我们竭尽所能，甚至不择手段，可我们有没有想过，我们的孩子是否需要这些？我们的孩子能不能承受得住我们给予他们的如此巨大的压力？我们有没有时间俯下身去询问自己的孩子：乖，此刻你快乐吗？你最想要的是什么？

我的周围有不少失独家庭。夫妻人到中年，由于各种原因，他们很不幸地失去了自己的孩子。每当我在面对他们的时候，我的心就会变得极其敏感，我不知道该如何去安慰他们，如何与他们交流，我甚至不知道在他们面前该如何堆积自己的面部表情。因为此刻，我不能够也无法设身处地去体会或理解他们的心情。

有时候我会问自己：我们真正需要的是什么，难道不是孩子的身心健康吗？难道不是孩子的快乐成长吗？我们是时候需要做出改变了！因为，比起孩子，人到中年的我们在往后余生里更需要他们的陪伴，哪怕这种陪伴只是在语言上，或者电话里。

在女儿读高一时的一个冬日夜里，老婆躺在床上和我聊天，说她去学校接孩子下晚自习时，回家的路上孩子对她说："学校里的一个女生跳楼了。那个女孩好傻，她走了她的爸爸妈妈该有多伤心啊！我才不会去跳楼呢，如果我不在了，你和我爸老了怎么办？谁来养活你们呀？"

这让我想起女儿在童言无忌的年纪里，常对我们说的一句话："我爸对我爷爷好！对我外婆也好！我妈只对我外婆好！"后来，老婆也慢慢地转变了，对待两边老人一个样。

是时候需要我们将目光从孩子身上挪开了，投到养育了我们、为我们奉献了一生的父母身上。哪怕一小会儿，也算还给孩子一个香甜的梦，给孩子一个自由的空间。

生命的河

庚子仲春的一个周末的早晨，宅家许久的我突然接到朋友的电话，电话里朋友邀请我去黄石滩水库游玩，说长时间的宅家生活把人憋坏了，需要出去透一透气。乍一提起黄石滩水库，尘封的记忆里依稀有些印象，应是富家河中下游一处新修的大型水利工程。2001 年黄石滩水库大坝还在热火朝天的建设中时，我和单位里的一大帮年轻人骑着摩托车前去参观过，从富家河口沿着富家河溯游而上就能到达。

疫情已经在向好转变，宅家的我也想出去透透气，便欣然答应了朋友的邀请。

经过简单的准备，戴上口罩、水杯和零食，我便驾车出发了。在富家河与 316 国道交叉口和朋友会合后，我们便沿着河谷西岸北行。富家河发源于秦岭南麓的王莽山，崇山峻岭间一路欢歌南行一百多公里后，在鲤鱼山下汇入月河。十多年没走过这里了，富家河谷已经发生了天翻地覆的变化，尘土飞扬的砂石路变成了水泥路，以前灰头土脸的低矮房屋不见了踪影，一座座高楼大厦拔地而起，傲然屹立在富家河畔。正是乱花渐欲迷人眼的时节，两岸杨柳依依，桃红李白，大片金黄的油菜花点缀在翠绿的麦田之中，仿佛给大地披上了五彩锦缎；河滩地青草茂盛，燕子回旋，几头黄牛甩着尾巴，低头吃草；河水清澈明朗，洗衣女子的捣衣声和着蜜蜂的嗡嗡声，一切都那么富有生机，富家河灵动而美好，一派欣欣向荣的景象。

十年前的富家河可不是这样，这里挖一个大坑，那里建一座工厂，污水横流，臭气熏天。河里鱼虾绝迹，两岸寸草不生。那时候别说放牛洗衣服了，就是从近旁经过，都要掩住鼻孔，迅速离去。人们纷纷逃离这个肮脏丑陋之地，富家河不再富有，一时面目狰狞、人见人嫌。十年光阴似箭，富家河旧貌换新颜，“金山银山不如绿水青山”。在党和政府的正确决策下，富家河两岸人民用勤劳智慧，让家园重现勃勃生机。

沿着富家河岸继续前行二三公里，两岸山势高峻，并逐渐向中间靠拢，河谷变得狭窄，清澈的河水直入眼帘，叮咚作响，油菜花艳丽得晃眼，人家房屋大多是二层小洋楼，顺着公路两旁对门而建，门前屋后栽种的梨树、桃树、杏树、樱桃树花事正浓，争奇斗艳，一片雪白，一抹粉红，蜜蜂嗡嗡地闹着，人家院落、地头落英缤纷，一条干净整洁的水泥路沿着溪水伸向花海深处……

思绪回到三十年前，师范毕业的我被分配到富家河上游一个叫作茨沟的小学教书。那时路面可不是这样，砂石路狭窄而又崎岖不平，一边是高山，一边是深谷，交通工具是自行车，骑行在这条路上，颠簸自不必说，还非常危险。有时候为了抄近道，需要把自行车扛在肩上，沿着羊肠小道小心翼翼地下到沟底，蹚过河水，再扛着自行车从另一面坡上到砂石路上。从家里到工作单位往往要走大半天，旅途的寂寞疲惫自不必说，好在一路上绿荫掩映，山花烂漫，溪流潺潺。渴了，掬一捧溪水入口，清爽甘甜；累了，草地上一躺，听几声鸟鸣，困倦尽消。

学校就建在富家河边上，这里的人家大多临水而居。有了水，便有了生命。一河两岸绿莹莹的稻田离不开富家河水，人们沏茶、做饭、洗衣、种菜、养花用的都是富家河水。富家河大爱不言，只是奉献。

最惹人喜爱的还是富家河的夏天。每天下午，学生放学回家，我们便来到富家河有深潭的地方，脱掉衣服，把疲惫的身体往清凉的水里一泡，像鱼儿一样自由自在地游上几个来回，疲劳困顿一扫而光。每到周末，邀上同事，来到沟渠稻田边捉黄鳝，河水清澈，鳝鱼肥美，一个下午就能捉到大半桶，成为我们改善伙食的美餐；雨后初晴，是钓鱼的大好时机，选择一个有深潭的地方，那时候河里的鱼儿真多，尤其是黄辣丁，只要鱼钩放下，就有一条黄辣丁上来，一会儿工夫就能钓满一桶，满足了我们的口腹之欲；云淡风轻的午后，带上吉他，来到富家河边自弹自唱，唱到月上柳梢，夜色朦胧。富家河水聆听着少年的欢乐与忧伤，富家河静静地流淌，把少年的懵懂心事带到远方。

我的工作几经调动，却总也离不开富家河水。工作十多年后的我已经娶妻生子，工作也调动到离富家河口很近的一所学校，一家三口挤住在学校的单身宿办楼里。阳光明媚的周末，我骑着摩托车，载着妻子女儿，带着一家人的换洗衣物来到富家河边。妻子脱掉鞋袜，挽起袖口裤脚蹲在河边洗衣服，我领着女儿在河里戏水玩耍。“沧浪之水清兮，可以濯吾缨；沧浪之水浊兮，可以濯吾足。”这里不是沧浪之水，这里是富家河水，富家河水永远是清澈纯净的。清澈纯净的富家河水涤净了我们的衣服，涤净了我们的头发和脚丫……

那年我病了，身体上的病痛折磨、经济上的沉重负担，使我的眼前一片灰暗，看不到希望与未来，我几乎失去了与病魔做斗争的勇气和信心。一个大雪覆盖、滴水成冰的下午，我一个人来到富家河边，目光所及，远山朦胧，房屋掩面，肃杀的世界万籁俱寂，只听见自己惶恐无助的心跳。突然，我的耳边传来微弱的“咕咚——咕咚——”声，我循声向前望去，一河两岸，万物凋零，天寒地冻，富家河河面结了一层厚厚的冰。所有有生命的、无生命的，都在寒冷面前低下头颅，在冰雪的淫威下收敛沉寂。可是，在河中央位置，在冰面之下、石缝之间，一股暗流竟以不屈不挠的勇气，努力冲破冰与石块的阻挠，咕咚——咕咚……唱着自己的歌，奋勇向前。

为了理想中的远方，为了心中那一片大海，即使只是一股涓涓细流，即使下一秒可能会被冻成冰凌，也要拼尽全力，努力向前。富家河如此，我的生命之河也应如此。

福　道

陕西安康城南约十里，有一处集自然景观与人文景观为一体的风景名胜，曰香溪洞。

香溪洞为道教石窟，始建于唐代，相传为吕洞宾修炼会仙之地。这里群山环抱，层峦叠翠，森林覆盖率达 90% 以上；这里四季常青，风景如画，既有自然天成之优美，更有盛世人文之粉饰。这里既是每天吸引着成百上千的外地游客前来观光游览的旅游胜地，更是万千安康城里人早晚锻炼身体的好去处。

我家就住在南环路边，出门沿香溪大道往东南方向走过几百米上坡路后，再穿过南环干道，接着爬上一面陡坡，抬头就可以望见群山连绵、树木葱郁。这时候的我，只需稍稍迈步向前，身体即刻便能投入绿色的怀抱中。如今进入景区的道路有两条，分别是车道和步道，车道行车，步道行人。车道宽阔，沥青路面；步道塑胶铺成，宽止二米，有大理石护栏一边与车道相隔，一边做凌空挡护。步道下面，是一条狭长的山谷，一条小溪穿谷而过。步道入口处竖立一石，石上镌刻“福道”二字。二道携手同行，直至绿色海洋深处。

“每天运动一小时，健康工作五十年，幸福生活一辈子。”

身患慢疾的我，深知健康的重要性。每天清晨醒来，洗漱完毕，吃过早点，迈开脚步，“走香溪福道去!”这成为我多年的养生习惯与生活享受。

人行福道，曲曲折折，高高低低，一时在地上，一时在空中，如长龙在山间舞动。漫步福道，古木交荫，鸟语花香，脚下溪水潺潺，让人飘飘然如临仙境。

“天街小雨润如酥，草色遥看近却无。”这是早春二月的福道。早春二月的福道，从风雪里走来的腊梅还在枝头张望，熬过严冬的救命粮仍在醉酒当中。迎春花按捺不住，捂住小脸“扑哧”一声笑出了声，笑声唤醒了沉睡的山谷。

一时之间，桃花红、李花白、菜花黄，鸟雀啁啾、蝴蝶翩飞，蜜蜂嗡嗡。人行福道，极目四望，山之岚、溪之畔、地之间、树之上，随处可见一种长藤团刺，有的如瀑布倾泻而下，有的似花伞张扬而来，有的像士兵匍匐前进，藤蔓上开满黄白相间小花，如繁星点点，蔚为壮观。微风吹来，落英缤纷，漫谷飘香，令人心旷神怡——“香溪”之名即由此而来。

春夏之交的福道，槐花开了，一团团，一树树，云蒸霞蔚，花团锦簇。朵朵白花赏心悦目，淡淡幽香沁人心脾。槐花是花中有大爱者，光鲜亮丽的外表下，藏着一颗仁爱之心。她每每给予人类无私馈赠，她承载了饥荒年代几多的怀旧记忆。

“白者含秀色，粲如凝瑶华。紫者吐芳英，灿若舒朝霞……”这是油桐花开了，白的瓣，红的蕊，娇艳妩媚，一朵朵布满枝头，远眺如冬之薄雪。油桐花是花中少女，情窦初开，一身粉色长裙，含情脉脉，在山谷中翘首期盼着心上人的到来。

夏秋之际的福道，栝楼花开了，这里一朵，那里一朵，黄的蕊，白的瓣，独自芬芳于绿叶丛中。微风起，花瓣上雪白的流苏，摇曳生姿，淡雅婀娜。栝楼是花中美人，绝世独立，孤芳自赏，一袭白纱，在碧绿藤蔓间独自翩跹。

一年四季，福道都是花的海洋。人行福道，人在看花，花也在看人。人看花，人心里便乐开了花，心花怒放；花看人，花影中就有了人，佳人回眸。

福道也是鸟儿们的天堂。清晨，晨曦微露，一脚踏进福道，似乎就惊扰了鸟儿们的美梦，福道刹那间欢腾起来。无数的鸟儿在树林间舒展身体，洗漱脸庞，抖动羽毛，呼朋引伴。一场盛大的交响乐会开始了。“是谁？是谁？”一个好奇的家伙，连声追问。我来此，只为锻炼身体。既是绿色出行，又无冒犯之意，你非得问出我姓甚名谁做甚？“你好！你好！”多有礼貌的小可爱啊，声音悦耳动听，她在向我问好呢。“欢迎！欢迎！”声音重复叠加，活泼欢快，让人心生欢喜。这个伶牙俐齿的小精灵，见有客人来，正眉飞色舞、载歌载舞呢。

人常说，有山有水的地方就有气——这气便是祥瑞之气，是福气。行走在福道上的人都是有福气的人。

从福道进口至三天门广场，约一千五百米。去时上坡，须含胸拔背，紧走慢赶；回时下坡，可昂首阔步，大步流星。去时大口吸气，吸收山谷氤氲之气；回时一吐为快，吐出胸中污浊之气。一呼一吸，新陈代谢，吐故纳新。每日坚持，长期锻炼，睡眠变好，食欲增加，身强体健。

享受篮球

毕业参加工作一年后，我被调到了一所中学。

还好，学校有一个大大的篮球场，还是水泥地面的，这让我非常高兴。每天下午学生放学回家，吃过晚饭的我便抱着篮球去操场。没有人的时候，我就一个人练习拍球、运球和上篮，用“咚咚咚”的篮球声召唤着我的球友们。一会儿工夫，陆陆续续有球友来到球场，打球的人渐渐多了起来，有行政单位的，有医院的，有银行的，当然还有我们学校的老师。人一多，我们便分组进行比赛。我们单位人最多，就把自己单位的人组成一个球队，其他单位的人少些，便联合起来组成一个球队。

那时候的我有着 172 厘米的身高，不算矮，再加上我速度快、弹跳力好，便经常打小前锋的位置。如果后卫们一直没有进攻上篮的机会，球就会传到我的手里，我拿到球开始运球，稍稍向篮筐前靠近一点儿，便起跳投篮。我抓住篮球伸直双臂，感觉球离篮筐就那么一点点距离，轻轻把球往篮筐里一扔，球就进了。

打球成为我业余生活中的最大乐趣，我的业余生活离不开篮球。

几年后，我又被调到了一所浅山学校，学校的操场是泥土场地，下雨天打不成球，天晴了还得晾晒几天才能打。不能打球的日子实在难熬。等到篮球场终于干了，我便一个人抱着球去球场，单位里打球的年轻人少了，其他单位的年轻人好像对打篮球也没有多少兴趣，他们的业余时间大都用在打麻将等其他娱乐活动上了。

有时候有其他单位的人来打球，我便喊我们学校的年轻人出来，一起组织一场篮球比赛。

校长是一个五十多岁的干瘦老头，整天坐在办公室里。他不打球，只是在听到“咚咚咚”的打球声时，便会来到操场，站在球场边观看球赛，直到我们比赛结束。有时候我们比赛打得不好，输了球，他便阴沉着脸不说话，等外单位的人都走后，撂下一句：“书，书教不好；球，球也打不赢。你说你们还能干啥？丢人!”说完便自顾自回到他的办公室里，坐在那里一动不动。

后来，我又调到川道地区的一所学校，学校大，操场也大，有几个专门的水泥篮球场。每天下午吃完晚饭，我便抱着篮球来到球场。经过多年的练习，我的运球技术得到很大提升，不仅可以经常左右手变换着运球，还可以胯下运球和背后运球。

我成了我们学校和镇上篮球队的主力，经常代表学校参加区镇的比赛或者直接代表区镇参加区或市一级的比赛。在这种比赛中，我的身高优势已不明显了，很多年轻人身高都在 175 厘米以上，有的直接超过 180 厘米，我只好改打进攻后卫。不过，我还是最为稳定的得分手。往往到了比赛的关键时刻，两队比分仅有一分或两分之差时，教练便叫暂停，重新布置战术，最后总是这样叮嘱：“如果你们谁都没有投篮的好时机，最后关头球一定要交到石老师的手上，让他出手，记住了。”

球传到了我的手上。我拿到球，运球，晃人，并不急于投篮，我观察着球场瞬息万变的形势。终于有了机会，我突然加速向前，在盯防对手也急忙向前跑动阻拦时，我突然一个急停，跳起来停在空中，把身体向后仰去，这让比我高出一大截的防守队员在跳起来时却够不着我。我并不着急，盯着篮筐调整好手臂的姿势，然后用力向前向上一推右臂，感觉球快要离开手掌时，再用力把五根手指往回一勾。篮球在空中向前飞去，同时又往回旋转着，球速不快也不慢，缓缓地在空中划过一道优美的弧线后，进入篮筐，发出一声悦耳的“嚓”。球进了！我们赢了！

我在球场上进行着紧张激烈的比赛，赛场边已经没有了当年上学时围观女同学的鼓掌叫好声，赛场边只有单位的同事和学生，还有一些陌生的面孔，老婆抱着孩子也来到赛场边。我投进一个好球，只是偶尔听到有男学生在赛场边喊着“帅呆了、酷毙了”等新潮语言，老婆并不鼓掌叫好，她只有在我出现失误时，便抱怨一句：“真没用!”

“这个七号打得好呢！已经连续投进好几个球了。”老婆话音刚落，旁边的一个长头发姑娘也不看老婆，盯着赛场对老婆说。

“哼!”老婆也不看长头发姑娘，也不反驳，只用鼻子发出了不知是同意还是质疑的声音。低下头去看孩子：“你看你爸今天都失误了好多次了，是不是？给咱娘俩丢脸了，是不是?”

长头发抬起头，用吃惊的目光仔细地打量起我老婆来：“他是你老公?”

老婆自顾自地逗着孩子，并不回答。我知道我们在一起的日子久了，她从不看好我——不看好，也是最大的看好!

我也经常会运着球沿着底线三步上篮。我沿着底线运球，越来越接近篮筐，盯防对手就会死命地防守。我并不急于上篮，我等着机会，等球运过了篮筐，盯防对手以为我要传球而放松了警惕时，突然做三步上篮的动作：第一步向前方斜跨出一大步，紧接着第二步急速往罚球线方向回跨一小步，这样刚好就到了篮筐的正前方。我跳起来，把身体向后仰，两只手抓紧篮球举起来，瞄准，出手，球进了。有时候是在人快要接近篮筐还没到篮筐时，对手已经放松了，这时候我便直接直线三步上篮了，往前跨出两小步，然后跳起来，背对着篮筐，头和身体都不往回转，只在跳起后把头向后仰起，只要眼睛的余光能看到篮筐，便用两手抓紧球，把胳臂伸直，调整好投篮姿势后，松开左臂用右臂发力，右手往回勾，篮球离开我的手，旋转着飞向篮筐，球进了。

篮球被我打坏了一个又一个。那些被我打坏了的篮球里，哪个球手感粗糙偏硬些，哪个球手感光滑柔软些，都留在了记忆中；打球的场地哪里不太平整，哪里有些滑溜，哪里又有一点点小坑洼，我的心里都记得一清二楚，那是我的地盘。

后来我病了，再也打不成篮球了。虽然不能再打篮球，但是每次经过篮球场时，心底总有一种喜悦的、亲切的感觉。有时候我站在球场边，久久凝视着，不禁感慨道：在那里我洒下的汗水，能汇成一条小河……

我的好兄弟啊

刚参加工作时，我被分到了一所山区小学。

学校坐落在一座大山脚下，校门前是一大片被分割成许多狭长小块儿的稻田。富家河从崇山峻岭间蜿蜒曲折，一路向南，在靠近学校北边的地方突然拐了一个大弯，便弯出这一溜肥沃的田地来。田地被农民们分割平整后成为一块块种植水稻的良田，良田与大山之间隆起的地方建起了学校。

学校、稻田、富家河在大山深处构成了一幅美丽而祥和的图画。

走进学校大门，迎面是一个整洁的小院。小院院墙边的花圃里盛开着各种颜色的漂亮花朵，芬芳馥郁，沁人心脾。小院上首是两排教师办公用房，下首是两排教室，中间有一条垂直横穿的过道，从会议室门前一直贯通到教室外面的操场。校园里，角角落落都被打扫得干干净净，在校园里靠近花圃的地方，有一张用水泥砖头砌成的乒乓球台，让人不禁跃跃欲试。

我一下子喜欢上了这个干净、整洁而美丽的地方。

到了学校的第二天便开学了。校长分配我代四年级和六年级两个班的数学课，同时兼任四年级一个班的班主任。20 世纪 80 年代末，国家普及六年义务教育工作正紧锣密鼓地展开，我们学校是区镇的中心小学，是首先要通过六年义务教育验收的单位。在贫困的山区，各个学校的硬件软件设施都很欠缺，我们学校同样如此——需要准备完成的工作量大，任务繁重，时间紧迫。

每天放学送走学生后，老师们都要参加义务劳动。今天疏通学校周边的水沟，排除水患，明天整理图书资料；今天开挖操场，扩大操场面积，明天抬走挖出来的石头，平整操场。抬石头是重体力活，我因为年轻力壮，是抬石头的主力军，在抬石头过程中经常走在前面——因为都是下坡路，前面的人肩膀要承受更大的重量。一次劳动中，在下一道坎时，我不知怎么脚下一滑，身后的石头重重地砸在了腰上，当时感觉腰部有些麻木，掀开衣服看只是有一块红肿，我便没有放在心上，认为休息几天就好了。人在年轻的时候，对于身体的伤痛是没有多少经验的。痛了去医院买两盒止痛膏药贴上，不痛的时候继续给学生上课。一个月过去了，腰部依然麻木；两个月过去了，我还在坚持着，直到有一天早晨起床，腰已经疼得直不起来的时候，我才感觉到了问题的严重性。

我向学校领导请了假，去城里的医院检查治疗。

腰椎间盘隐裂，压迫肾脏造成泌尿系感染，尿里边出现了隐血。医生告诉我说，由于时间上的耽搁，疾病已经失去最佳的治愈时机，建议保守治疗——打针吃药，附带针灸治疗。我在市区医院里治疗了一个多月，腰已经感觉不怎么疼痛了，便请医生给开了些贴敷膏药，想带回到学校一边治疗一边继续上班。走的时候医生反复告诉我，要特别注意——腰椎间盘隐裂压迫肾脏，对肾脏伤害极大。对医生所说的话开始时我还能记在心里，可随着时间的推移和教学经验的逐渐积累成熟，我的工作任务也变得越来越重，在繁重的工作压力下我慢慢地便把医生的话忘到了九霄云外，对身体上的伤病并没有时时关照，而这种疏忽逐渐累积直至我的身体隐患变成了肾功能衰竭。

在安康师范学校参加陕师大招考的失败一直让我耿耿于怀，无法释然。进山后，我一边工作一边进行陕师大的自考学习，用了八年时间终于通过自学考试，拿到陕师大的教育管理专业本科文凭——圆了我的大学梦。同时，我的工作单位从深山到浅山，又从浅山到川道，并在川道学校娶妻生子，成家立业。调入川道学校工作，已经是我毕业七年后的事情了，通过七年时间的教育教学工作的积累和总结，我已经成长为一名有经验的教师了。

我喜爱学生。性格乐观开朗的我喜欢和学生待在一起，和他们在一起，简单、快乐，心里不设防。每天早上六点多准时起床，去操场跑步半小时；七点左右回到宿办室，洗漱，吃早点；七点四十准时站在操场上和学生们一起做早操……下午学生放学回家，我在单位吃过晚饭，便拿起心爱的篮球来到篮球场，一个多小时的运动过后，我回屋洗漱完毕，便又坐在办公桌前，开始批改学生的作业，准备第二天的课。这样日复一日年复一年的轻松快乐生活，让我忘记了身体里的病痛隐患，可它却并没有忘记我，它一直在隐忍，一直在等待。直到出现了肾功能衰竭，直到我重重地摔倒在教室里，我才又一次回想起当初医生的嘱咐。我懊恼、悔恨、痛心，但这又有什么用呢？我又一次住进了医院。

病中的我时常想起昔日的同学、朋友，他们过得怎么样？

身体都好吗？我躺在医院透析室的病床上胡思乱想着，突然，门开了，几个熟悉的面孔走近到我面前。我定下神一看，原来是老同学小明，还有斌和二峰。他们坐在病床边看着我，问这问那……时间过得好快，不一会儿他们就要走了，走时他们嘱咐我安心治病，好好保护自己。我一一答应着他们，告诉他们不要为我太操心。

我的手臂插满了管子，身体里鲜红色的血液通过管子流入冰冷的机器里，在机器里经过药物的净化再回流到身体里，这让我冷得发抖，可我并不绝望，我有信心战胜疾病，为了自己！为了家人！为了我的同学朋友们！

小明和二峰、斌他们走后，我盯着虚掩的房门发呆。突然，门开了，二峰又折转回来，他拉住我的手，塞给我五百块钱。当时的五百块钱可不是小数目啊，我们一个月的工资还不到一千块钱。我坚决不要，推来挡去中，二峰哽咽了："石宏……我一点心意，你安心……看病……一定……要……坚持……住!"二峰的"住"字还没说出口，眼泪便流了下来。

看到二峰哭了，我的眼泪也流下来，我哽咽着，激动得泣不成声。病房里的医生护士都出去了，我们抱在一起哭成一团。二峰可能是看到我遭罪，心疼伤心地痛哭；我是被同学的情分感动而哭。两人就这样依偎在病床上，不管不顾，号啕大哭，任凭眼泪打湿了病床上的被褥、床单。

这一刻，我们好像要让所有的委屈、伤心和痛苦都化为泪水，一任它流下来，流到地板上，汇成小溪，再流到江河里，滚滚东去，消失得无影无踪，永远不再回来。

青春之虹

二峰他们来看我后的第二个年头，我在家人的劝说下，在当地医院大夫护士们的鼓励下，终于下定了决心去省城医院做换肾手术。虽然不断地听到从省城医院传来这样那样的关于手术失败的消息，可我已经无路可退，我决定放手去搏一回，说不定就成功了呢？

中秋节的早上，父亲背着塞有我日常用品的大包小包，我怀抱着一个小包，里面装着一张存有五万块钱的银行卡，在女儿要爷爷的大哭声中，毅然踏上了去省城的火车。

火车上，我的手始终不敢离开小包，我紧攥着那张救命的银行卡。

火车飞快地向前疾驰，看着车窗外的河流、树木和山峦在眼前飞驰而去，我知道我正在向着一个吉凶难卜的地方前进。一路上，火车车轮碾压铁轨发出的“咣当咣当”声，使一颗惶恐的心更加焦虑不安。

后来的事情异常顺利！手术成功了！我的肾移植手术成功了！

在省城的医院里，我遇到了一生中最好的医生和最美的护士。医生品德高尚，医术高明；护士体贴入微，充满爱心。在他们尽心尽力的治疗和护理下，我用了很短的时间就恢复了健康。

我因为遇见他们而感动，我因为感动而变得坚强。

手术成功后的我回到了家中，我遵从医生的嘱咐，每天坚持适量运动，按时服用抗排斥药物，积极预防感冒和腹泻（这两种疾病是肾移植术后病人的致命天敌）。在家我会做些力所能及的事情，买菜、收拾屋子、辅导孩子作业——尽量减轻爱人的负担，让她有更多的时间和精力投入她的本职工作中去——来回报社会对我们一家的恩情。几年后，爱人在单位被评为市级“三八红旗手”，我们家也被评为市“五好家庭”。我还遵从医生的建议，每隔三个月去省城医院复查一次身体。查身体的健康状况，查抗排斥药物在血液中的浓度。在医生的悉心调整下，在我的积极锻炼下，我的身体又恢复到了患病前的良好状态。

时光飞逝，岁月如梭，转眼间我已步入中年。记得有一部电影叫作《狗日的中年》吧，我没看过，听朋友说是讲述关于中年人的各种辛酸故事的影片。是啊，虽然中年人在智慧、经验和能力方面还在继续走着一段上坡路，但身体的机能却在下降，稍不注意就会和高血压、高血糖、高血脂结伴而行，成为连自己都厌恶的“三高”油腻男。中年的我上有老下有小，太多的责任和义务压在肩上，让人不敢有一丝一毫的松懈，我每天都在提醒着自己：不能生病，不要沮丧，要微笑着面对一切……

我想起了昔日给我鼓励、予我帮助的同学们，他们都好吗？

真好！科技的进步让我们有了微信。我们互相联系，加好友，建立同学群。嘎子、班长、斌、安平、二峰、伟哥……所有生活居住在同一座城市里的同学们都联系上了，都被拉进群里。我们给群取名叫“亲山乐水同学群”——号召同学们迈开步子，走出家门，亲近自然，锻炼身心。

早春，嘎子在群里发出邀请：“‘天街小雨润如酥，草色遥看近却无。’同学们，周末谁有时间爬鲤鱼山去?”有时间的同学们纷纷响应。暮秋，斌在群里热情召唤：“‘空山新雨后，天气晚来秋。’同学们，周末谁有时间登天柱山去?”有时间的同学欢呼雀跃……一年时间过去了，两年时间过去了，我们爬山的足迹遍布汉江两岸，每每在“会当凌绝顶，一览众山小”时，心中不由得升腾起“山高人为峰”的万丈豪情。我们爬山的热情感染了南北二山的草木，“停车坐爱枫林晚，霜叶红于二月花”。高崖深壑、层林尽染的绚烂秋景惊艳了我们的眼眸，涤荡着我们的灵魂。春去秋来，花谢花开，我们见证了无限生机的春，拥抱过山清水秀的夏，收获了硕果累累的秋，迎来了白雪皑皑的冬。

每当同学们在微信群里相约好之后，班长便带上茶叶、我拎着装满开水的保温壶、二峰买了水果、斌带着小吃……我们开着车去往山里，沥青路宽阔笔直，水泥路畅通无阻，进山的路一直蜿蜒盘旋至山顶。我们把车停在山脚下，下车带上水壶、小吃、水果开始爬山。时间进入二十一世纪，中国人用勤劳智慧彻底改变了自己的生存环境。山路上再也没有了泥土灰尘，没有了崎岖不平，取而代之是用水泥浇筑而成的宽阔、平整和洁净的通村公路。通行工具也由当年的自行车换成了摩托车，摩托车又变成了小轿车。国家“西部大开发”战略落到了实处，山区的“村村通”公路连接着每家每户。绿树掩映中，小洋楼随处可见，房前屋后，一年四季鲜果不断，“我见青山多妩媚，料青山见我应如是”。我们走在大路上，满面春风，喜不自禁。

经过坚持不懈的爬山锻炼，班长腰板挺得笔直，安平同学的啤酒肚不见了，肥胖的嘎子瘦了一圈，变苗条了……同学们个个精神焕发，步伐轻盈。爬山锻炼成了我们生活的一部分。生活中如果没有了锻炼，就好像身体里没有了灵魂。爬山带给我们的不只是身体的改变，更是乐观情绪和顽强毅力的培养积累。嘎子成为一所省级重点中学的骨干教师，书教得好，成为学生心中的偶像男神；二峰的校长工作变得得心应手，游刃有余……

初夏的一个周末，爬山锻炼的一行人在一处人家的院坝坎边停下了脚步。那是一幢气派的二层小洋楼，门边的菜园里各种蔬菜长势喜人，打扫得干干净净的院坝上，一位满头白发的老奶奶，左手牵着一个男孩儿，右手扶着一个小女孩儿，身旁的大黄狗“汪汪”叫着。老人见我们驻足观望，连忙大声呵斥并赶走大黄狗，笑着起身招呼我们坐。老人一趟趟从屋里为我们搬出椅子，在欢声笑语中，老人见我们给小孩取出零食，马上也进屋去给我们拿出了核桃、板栗、花生等山货吃食。

攀谈中我们了解到，老人年近七十，老伴儿几年前去世。家里三个儿子，老大在省城工作，老二在乡镇政府上班，老三在城里打工。家里平时就老人一个人，带着老三的一双儿女。我们好奇地问老人：“您一个人带孙子行不？生活上能顾得过来？儿子们常回来看您吗?”老人笑了，说自己身体硬朗着呢，头不晕眼不花，带孙子没一点问题。说儿子们也不容易，自己老了，帮不上他们什么大忙，就在家带带孙儿孙女，帮他们减轻一点负担。现在政策好了，自家的承包地响应国家退耕还林政策，都栽上了核桃、板栗等果树，核桃、板栗收下来是自己的，国家每年还要给补贴；自己盘的菜园子，菜蔬多得吃不完。老三常回来，给她和两个孩子买回来米面油等；老二正忙着农村贫困人口的脱贫攻坚工作，说不忙了就回来看她；老大离得远，但每年都会回家过年，现在路好了，他们回来可方便了，过年的时候家里可热闹了……

老人絮絮叨叨地说着，眼神里充满了骄傲和满足；老人不时抬起头向远方张望，目光仿佛能够越过青山绿水，望见她的儿子正和千千万万人一起，用青春和汗水创造着幸福美好的未来。

我们跟随着老人的目光向远处望去，望见了天空中一道美丽的彩虹。

那一轮清冷的月亮

今夜，又一轮月亮挂在了青灰色的天空。高远，寂静，安详。

我穿着厚厚的羽绒服，戴着防霾口罩，沿着省体育场的环形人行步道，陪着古城西安的月亮一圈一圈地快步走着。因为朋友邀请聚餐，友情浓浓，就多用了酒饭，便出来锻炼身体，想通过运动把吸收的多余脂肪和热量消耗掉，也让身上沾染的酒气在夜风中消散。人到中年，生活的压力、肩负的责任让人不敢有一丝一毫的松懈，得努力保持着体力，来应对生活中遇到的各种困难和考验。

清冷的月光，又一次轻柔地洒落在肩头，洒落在环形人行步道上，洒落在步道边婆娑的树叶上。世界静默到无声，夜色缥缈而温暖，我就这样一圈一圈地走着，偶尔抬起头来，看看天上的月亮，拿出手机，拍出自以为满意的照片，发送给友人，送去一声问候。然后，继续一圈又一圈地走着，直到身体微微出汗，精神稍稍感觉疲惫，便回家洗漱休息。

十几年前，我身患重病。也是这样的夜晚，这样的月光，我在市中心医院做完血液透析手术，拖着疲倦不堪的身体独自往回家赶。从中心医院走路到培新街口，坐上开往单位方向的班车，在单位门口下车，穿过一段幽暗的胡同回到住处。一路上，还是这轮清冷的月亮，默默地注视着我，在我身后留下一个长长的影子，紧紧跟随着我，陪伴着我，不离不弃，给了孤独绝望中的我一缕温暖、一丝希望。我抬头仰望夜空中这轮明亮的月亮，心潮起伏，泪水盈眶，忽然就有了战胜疾病的信心和勇气。

时间再往前推移，那时候的我还是一个少年。也是在这样的夜晚，这样的月光，我独自出门，来到老家房后的土墚上，仰望着这轮清冷的月亮。远处是绵延起伏的丘壑，眼前几家灯火，树枝上偶尔有鸟雀惊起，鸣叫着飞向远处。

远处的月河在月光的映照下，像一条银色绸缎，缠绕着黛色南山，在巍巍秦岭的注视下飘向远方。我就这样一直站立着，一直仰望着，等待着那张决定命运的录取通知书，思考着我的战战兢兢的未来。月光如水，天地苍茫，忐忑的心在这一刻突然感动着，变得宁静而祥和。

当年少年的懵懂心事，如今回忆起，就像老家门前的月河水一样，波澜不惊，静水流深，难觅踪迹了。如今，早已经失去了少年时的憧憬和莽撞，脱离了青年时的艰难和困顿，进入了中年的从容。今夜，还是那一轮清冷的玉盘，还是那一样青灰色的夜空。抬起头，用已经不怎么清澈的目光，去仰望它，审视它，却只是平静的心，恰似一片树叶飘落入水，自然从容，坦然接受。

平静的心，早已没有当年的激情豪迈了。只是，人到中年，时不时还想努力地思索点什么，爱情？生命？宇宙？只是这些原本就高深莫测的哲学智慧，总是被柴米油盐的日常所包裹，很难使人明眸如炬、深刻领悟以致茅塞顿开了。但人生之路又太过漫长，坦荡如砥经过，曲折坎坷经过，置身其中的我们总会有所感悟，得到点什么吧。“莫听穿林竹叶声，何妨吟啸且徐行”的旷达与从容，何尝不是人生的一种境界？“又恐琼楼玉宇，高处不胜寒”的无奈与落寞，也不过是生活中的一丝点缀。人生百味，觉悟在个人。

苍穹今夜月，清辉照何人。心事如歌，岁月似酒，但愿人长寿。

别样的春天

阳春三月里的一天，终于如愿回到久别的校园。

一脚踏进学校南大门，心便“咚咚”地跳个不停。笔直光亮的水泥人行道两边，绿树成荫，花儿摇曳；暗红色的塑胶跑道，是绣在教学楼间盛开的花朵；中间规划整齐的水泥篮球场，是绿色的花蕊，一群蜜蜂正在花蕊中跳跃；教室里传来琅琅的读书声，是朗诵给校园的赞歌；音乐室里，溢出悠扬的琴声，在春风里和云雀一起飞扬……

常常梦见自己身在校园。上课铃声响了，不是还没有备好课，就是忘记了上课时间，一时着急忙慌；或者忘了给学生批阅作业，忐忑不安地抱起作业本就走；或者在操场上打篮球，却怎么也投不进球……总之，梦境纷繁复杂，让人沉湎其中，不能自拔。

我爱孩子们！我爱校园！我请求上班。

周校长第一个不同意我的想法要求。他说学校工作不比其他，千头万绪，抽丝剥茧；工作责任重大，最是呕心沥血。毕了还关切地问我身体行不行、累着了怎么办。

我知道领导为我身体考虑，怕我累着；我也知道自己做过肾移植术，术后伴随有药物性糖尿病，大夫说一次严重感冒或者腹泻就有可能危及生命。但，说一千道一万，我自觉身体精神还可以，回到单位做一些力所能及的事情，实现当初病时的承诺，是我一直的梦想和坚持。

周校长走到哪里，我就跟到哪里。他喝水缸子没水了，我给他添上；他在校园里检查各科室各部门的工作，我不远不近地跟着他……

周校长拗不过，只好答应了我。

美丽又可爱的校园，曾经掉队的一个老兵归队啦！

早晨6:40起床，洗漱，下楼等公交。7:40到校打卡，接着去学校食堂吃过早点，然后走进打印室，在电脑键盘“嗒嗒”的敲击声中，和打印机“嘶——咣当”的不断重复声中，开始一天的工作。

三张静止不动的简易办公桌椅间，是同样静默无声的几大摞白纸，不停运转工作着的一台电脑、一台打印机以及各司其职的三位老师，构成了打印室里的全部。会操作打印机的罗老师是一个爱美之人，他在打印室里养了好几盆绿植，给每张办公桌上都放上一盆，我的办公桌上是一盆多肉。他说我来得正好，说他身兼数职，有时候忙着上课就顾不上打印室的工作——这下好了，再不会耽误事儿了；轮椅代步的陈老师在我的印象中，始终都是埋头在电脑桌前，进行试卷、课件等各类文件资料的制作。想起那时候，电脑还未普及，只要一涉及这些“现代科技”，同事们包括我在内，有困难便会前来寻求陈老师的帮助。在陈老师耐心细致的指导帮助下，所有的困难都不值一提；不管问题看起来有多复杂难对付，她轻而易举就能解决。如今十几年过去，她的专业技能依旧在线。

陈老师与我聊起她的工作，情绪有些低落，说自己身体有残疾，上不了教学第一线，只能在角落里默默地干这些最普通平凡的、没有人瞧得上的工作。听见陈老师这样说，我首先表示不同意。我说："您怎么能这么想呢，您几十年如一日的辛劳，大家有目共睹；在大家的心目中，您的身体不仅没有缺陷，而且是健康美丽的，是最值得我们尊敬的人。"

在我心里，所有的劳动都值得被尊敬！

因为血糖高，我便坚持和同学生们一起出操，舒筋活骨，减脂降糖。宽阔干净的塑胶跑道上，一脚踩下去，感觉柔软舒适，很有弹性，不由得人步伐轻盈，快速有力。其实近几年，学校发展的步伐同样快速给力。先是在靠近操场的老教学楼后面对称建起了两栋新教学楼，解决了学生上课教室不足的问题；紧跟着又在新教学楼后面并排建起了两栋学生公寓楼，提供寄宿生住宿；教职工、学生食堂上下两层，宽敞明亮；站在学生公寓楼下，目光越过"建民初级中学学生劳动技能实践基地"的指示牌，可以望见一大片菜花黄、麦苗青，色彩鲜明，生机盎然。

朝霞映红了东方的半边天空，操场上是一片欢腾跳跃的海洋。我先是跟着娃娃们在塑胶跑道上小步慢跑，接着是独自一个人大步快走。我挺起胸膛，肺腑间满是花草的芳香；我张开双臂，拥朝霞与晨风入怀。不经意间发现，木瓜在绿树丛中探出鲜红的小脸蛋儿，向我挤眉弄眼："石老师早上好！"紫荆雍容华贵，粉面含春，远远见我走过来，急不可待地踮起脚尖，伸直了胖嘟嘟的胳膊，向我招手致意；碧桃躲在院墙边，终于忍受不住寂寞，仰起羞答答的脸庞，痴痴地看着我向她靠近，羞得粉面通红。

午饭后，我来到教学楼后面的花园里，坐在柳荫下的木椅上小憩，微风轻送，嫩柳拂面，春天的气息扑面而来。看见孩子们三三两两从教室里走出来，或聚在一起热烈讨论着刚刚学会的知识，或独自轻声吟诵着诗句。年轻的脸庞如花朵般绽放，让人心里生出无限的希望。

我的另一半

记得有这样一首歌——
祈求月老赐我一根红线
把你牵到我的身边
读着我为你写的诗篇
弹奏一曲今生的缠绵
祈求月老赐我一根红线
把你牵到我的面前……

这首浪漫空灵的歌应当是写给恋人的。“祈求月老赐我一根红线，把你牵到我的面前……”是啊！在我们这个古老的国度，关于爱情婚姻，人们相信是有一位月下老人在掌管着，今世的姻缘是那位月下老人用一根红线早就牵连好了的。

一 青葱岁月，众里寻她千百度

我比现在年轻三十岁的时候，可不像现在这样“仪表堂堂”“口若悬河”，那时候的我，羞怯、内向而又自负，眼看着到了二十七八岁，马上就要三十而立了，那位执掌爱情婚姻的月下老人却还没有把另一半牵到我面前的意思。那时候在农村，人们一般都是二十来岁成家，公职人员基本上也都是在二十四五岁完婚。身为教师的我，每天面对着学生，说着“知识就是金钱”“知识就是力量”的话……可囊中总是羞涩。那些年，教师的工资不光低，而且还经常拖欠；行政干部虽然也在欠着，可人家出门有车，下村有饭——比我们这些整日里围着学生转的穷教师要风光得多。俗话说，人穷志短，因为没钱，我们每天也就只能待在学校这个狭小的圈子里，学生在的时候，我们站在教室里看学生；学生放学后，我们站在校园里看星星。

记得那时候有首歌很流行：“外面的世界很精彩，外面的世界很无奈……”我们想象不出外面的世界有多么精彩，却能深切地感受到外面世界的无奈——我们哪儿也去不了。因为贫穷，我们只能长期固守在校园，个人问题根本无法解决。身边倒是有一两个女教师，但只要有乡镇干部或是其他单位的小伙子的车往学校门口一停，将女教师接走，校园瞬间便成了男人们的天下。我们这些男光棍在校园里练拳击、打乒乓，大吼大叫，发泄过剩的精力。有爱开玩笑的老师说：“校园里抓只苍蝇都是公的。”

我的年龄越来越大，却还是孤家寡人一个。我把自己严严实实地包裹起来，每天除了工作就是读书，在书里去找寻快乐。这种生活让我很满足，“书中自有颜如玉”“书中自有黄金屋”。我摇头晃脑孤芳自赏，陶醉在自己的世界里——我是“醉了”，可清醒着的母亲和家人却急坏了。

母亲对于我的婚姻大事真是操碎了心。那时候的我已经调到每天可以步行回家吃晚饭的一所乡村学校，每天放学一回家，我总能听到母亲那些心急如焚却又故作轻松的话语：

“村里你表叔家那个黑蛋儿，就是比你小几岁那个黑蛋儿。出去打了两年工，这次回来领了一个媳妇儿。听说人是四川的，长得还很漂亮，家里一分钱都没花。狗屎的娃，嘴巴会煽呼（能说会道，这里是贬义）得很，家里要啥没啥，穷得叮当响，还能把人家女娃子骗过来……”

“咱们小学前几天调来了一个姑娘，听说姓王，家是十六中（学）后面的，个子高高的。不过看样子好像有啥病，没精打采的，脸上煞白的一点儿颜色也没有……”

“你朱姨，就是在咱们乡上工作的，今天下村来咱们家了。她给我说起乡上那个小吴，你认得吧？说她经常在你朱姨面前说你人才好呢，说她就要找一个有知识有学问的——你朱姨给我说了，说人家姑娘八成是看上你了，问问你的意思？她哥可是在咱们组织部里当领导呢……”

每当母亲在我面前说这些话时，我总是安静而有耐心地听完，我不会打断她的絮叨，我也不看她。我低着头，就像是听着别人的故事一样，默默听完后起身上楼到我的房间里读书或者写日记去了，母亲也在说完这些话之后起身去厨房做饭或者去干别的农活。她不会强迫我表态，母子之间的这种默契保持了好几年。

母亲当然知道我在择偶方面的固执。她知道我不会去找一个农民或者工人做老婆，她更知道我不会去找一个乡镇干部作为终身伴侣。其实，对于我的另一半，我早就有了自己的想法：身体要健康，有正式的工作——最好是医生。心地善良，能善待我的父母。这些想法，我没有告诉任何人，我知道自己的想法如果让周围人知道，他们肯定会嘲笑我好高骛远，因为那时候的教师，工资少得可怜，地位又很低下，在婚恋市场中并无优势。

寻寻觅觅间，我的年龄越来越大。外公也加入“逼婚”的行列，每次老人家喝点酒后，总是笑呵呵地拉着我的手说：

“我的好孙孙儿啊！三十不豪，四十不杰，你要等到啥时候找媳妇儿呀？”

我对外公说：“人家城里的人都是三十多了才结婚，我还没到三十呢。”

外公听我这样说，反驳我：“你半夜起来掰苞谷，数数看（自己）几穗（岁）啦？咱们是农村，不是城里，有哪个女娃子会等你等到三十岁？你还不趁早？想吃冷饭呀（就是找离过婚的女人）？”

我说不过外公，便不理他，一个人上楼“自我陶醉”去了。

我的婚姻大事不光被家人催促，还引起了周围人的“关注”。那时候的农村，一个年轻人，如果到了二十七八岁还单身，是会被周围人轻视笑话的。每次参加乡亲们的婚丧嫁娶的酒席，有意无意间就会听到“吃冷饭”的玩笑话。这样轻视嘲笑的话语很让我生气，但又无可奈何，毕竟都是乡里乡亲，又不能当面翻脸。记得有一次，一个在外面工作的我叫表哥的人病退回到村里，他大我十几岁的样子，我们一起喝酒喝大了，他竟当面嘲笑我“吃冷饭”，气得我站起来要和他干架，被身边人劝住。

二 蓦然回首，她在灯火阑珊处

一边被“逼婚”，一边被“嘲笑”，我还是义无反顾地坚持那份执着，我行我素，我不知道那些年母亲为了我的个人问题经历了怎样的煎熬，我也不知道那时候的我为何有着谜一样的自信，非要寻觅到一位心仪的医生，既要身体健康，还得心地善良，能孝敬我父母。

那是一个寒冷冬日的下午，母亲在房后的塬上卖柑橘。母亲见我回来了，急忙收拾箩筐扁担跟着我回到家里，一如既往地问我：“吃饭了没有？想吃啥饭？”我见母亲高兴的样子，不知道她遇见了啥喜事儿要对我说，便停下脚步看着她。母亲一边招呼我坐下，一边给自己倒了杯水，搬了把椅子坐在我身边——看架势母亲是要给我说媳妇儿的事了：

“我今天在路边卖柑橘的时候，遇见了一个人，就是你富义姨夫。”

我知道这位远房姨夫，住在离我家有十来里路的北面山上。因为他家在山里，我姨等于是下嫁了，所以他对我姨很好，每次姨夫到外爷家做客总是谨小慎微，毕恭毕敬。母亲说富义姨夫今天挑了一担红薯去集镇上卖，路过母亲的柑橘摊子时刚好被她看见，便打了招呼，让富义姨夫返回时坐下来歇歇脚。富义姨夫卖完红薯返回时，就在她卖柑橘的摊子旁坐下来，和她拉起了家常——富义姨夫一边吃着柑橘，一边问起我的婚姻大事。母亲见有人关心起儿子的婚姻大事，一边大方地把柑橘送人吃，一边一五一十地把我的情况告诉了姨夫，没等她把话说完，这位姨夫竟信心满满地承诺说他来做媒，肯定能成。母亲说到这儿停了下来，抬起头：

“你知道你富义姨夫说的是谁不?”我还是低着头静静地听。母亲见我没有吭声，又说道：

“你王叔，就是在镇上当书记的王叔。你王叔家有一个女儿叫美慧，他家里好几个女儿，我不知道美慧排行老几，听你姨夫说她刚刚大学毕业，被分配到了咱们镇上的医院里……”

母亲一提起这位王叔叔，我的眼前立刻便浮现出一位大高个、皮肤黝黑、四方脸膛、我叫他一声“王叔”瞬间便笑容满面的老人来。他曾经在我们乡当过书记，和富义姨夫是堂兄弟，和我爸爸也是老朋友，从小我就认识他。听到这儿，我抬起头望着母亲说：

“人家那样的家世，女儿那样的条件，咋会看上我?!”说着就要站起身上楼。母亲急了，在我上楼的“咚咚咚”的脚步声中大声说：

“你娃子都这么大了，还要让老妈操心操到啥时候?!你富义姨夫说了，只要你愿意，他去说媒保证能成……”

母亲见没有说动我，便去找大舅。大舅在我们乡里的中学当语文老师，却并不善言辞，反反复复就那两句话：“不孝有三，无后为大！年龄到了，该考虑了，别把事情想得那么复杂。”

外婆也加入进来：“我听说人家姑娘大高个儿，有颜有色，一脸福相。”

周末二弟回到家，一家人坐在院坝上晒太阳。二弟坐在我旁边，既像是说给我听，又像是自言自语：“人家干部家庭，教养肯定没问题——找一个家庭出身不行、教养不好的，今天和你吵，明天跟你闹，日子怎么过呀？”二弟的话让我有点心动，我答应见面。

当一个大高个儿、圆脸盘、身材结实的微胖女孩局促地站在我面前时，我终于明白富义姨夫说只要我答应，这门姻缘准能成的原因了——王美慧，这个长相气质一般、老实巴交、站在人群中绝不会引起人注意的山里女孩，穿着深红色毛绒上衣外套、和上衣并不搭配的黑色的确良长裤，并不抬头。我知道站在我身旁的并不是我梦中的女孩，她平凡的相貌、笨拙的言辞，加上毫无气质的衣着打扮，让我的心平静下来——我得慎重考虑自己的婚事了。

那次见面是在她的家里。王叔不在家，她母亲、二姐和我打了声招呼就出去了，气氛尴尬至沉闷。我漫无边际地说了一堆回忆的话：

“从小就认识王叔，在我家喝了很多次酒，和蔼可亲得很。姨也认识，几个儿子也认识，很早就认识，就是不认识他的女儿……”

我有一搭没一搭地说着，她低眉顺眼地听着，从不插嘴，偶尔抬起头“嗯”一声。我在说这些话时，也在想着自己的心事：年龄不小了，工作就是这样的工作，我要去找一个怎样的人？身边都是光棍儿，哪里去找寻到自己的“心仪女神”？我时断时续的话语终于湮没在滴滴答答的钟表声中。我要走了，美慧出来送我，就在我要跨上自行车的那一刻，她突然开口问我：

“你同意不？”我没有回答她的话，回头看了看她，跨上自行车走了。

第二次见面是在我的家里。一个初春的下午，我在地里干农活，远远地看见一个女孩从一辆农用车上下来，手里提着一个大袋子向我家走去，我知道是她来了。到了晌午，母亲喊我回家吃饭，我走进堂屋就看见了大柜上放着的烟酒礼品。我知道这是别人送她爸的好烟好酒，被她拿来送我父母了，厨房里传来母亲和美慧的笑声，我一回头，就看见她挽着袖口提着一大桶水正往水缸里倒。

吃过饭，母亲要我送她回去，一路上我不说话，美慧也不说话。远远地看见她家的房屋时，她突然开口了：

“你要是愿意，我们‘五一’就结婚吧。我会一辈子对你好的，让你越活越年轻。”

我抬头看了看她：“我显老吗？”

多年以后我才从她的口中知道，当时为了促成我们的婚事，她富义爹爹把我的年龄往小说了好几岁，这让她以为我的相貌要比实际年龄老很多。

让我下决心娶她是在一年多以后了，麦苗泛青抽穗的时节，一个雨后初晴的日子，忘了是什么原因，那天家里来了很多客人，她也来我家做客。和其他客人不同的是，她一直在厨房里忙着，帮着给客人端茶倒水，帮着我妈炒菜做饭。到了下午，客人们陆续离开，我正疲惫地坐在院坝的椅子上休息时，我的几个表弟们打打闹闹地来了。我累了，坐在椅子上没动。我妈姊妹七个，她为老大，所以我的表弟表妹就特别多。表弟表妹们都比我小很多，他们家里的条件都好，平时养尊处优惯了，每次来到我家都不帮忙干活，就带着一张嘴，吃住在我家，不把自己当外人，我很烦他们。美慧见我的表弟们来了，起身招呼，问他们吃饭了没。表弟们没有客气，异口同声地说没有。美慧听见表弟们这么说，袖口一挽进了厨房。

美慧在厨房里做饭，表弟们在院坝上追逐打闹。等到这些宝贝们吃饱喝足，结伴而去，已是华灯初上了，美慧还在厨房里忙着刷锅刷碗，清扫垃圾。看着她忙前忙后的样子，我的心动了：健康的身体，善良的心地，这辈子就她了，她一定会对我好，对我的家人好的。

三　患难夫妻，风雨同舟情不移

农历一九九七年腊月二十四日，我们结婚了。婚后，我们临时租住在镇上。婚后的生活平静似水，波澜不惊，早晨起床各自去单位上班，下班后回到小家，周末我回老家干农活，美慧就跟着我回家干农活、做家务。我在想，别的女人新婚之时总是爱回娘家，因为习惯了熟悉的环境、熟悉的家庭氛围，可她不，她习惯跟着我、看着我，寸步不离。

春去秋来，寒暑更替，在母亲的不断催促下，在婚后的第四个年头，我们的女儿出生了。宝贝女儿的出生给我们带来了极大的欢喜，同时也让这个平静的小家开始忙乱不堪，但再忙再乱，家还得像以前那样保持得干干净净——这是美慧对家的一贯追求。这时候的我们已经搬进了学校的宿办楼。房间地板上哪里有孩子的尿液，哪里就有“嚓嚓”的拖地声；沙发上哪里有孩子吃奶粉留下的污渍，哪里就有毛巾在反复擦拭。学校的宿办楼上安置着很多个小家庭，同事们没事儿来家串门：

"哇，你们家的地板都能照见人影啊！"

亲戚朋友来家做客："你们把家弄得这么一尘不染，咋让人下得去脚嘛！"

不管是同事们略带妒忌的玩笑，还是亲戚朋友的善意责怪，都不能让美慧改变初心——洗干净的衣服，晾晒时要挂得整整齐齐；做好饭菜，锅台炉灶必须擦拭干净，摆放整齐后才开始动筷。在她的眼里，按她的要求，我始终干不好这些活儿。她的这些癖好和固执，让我们在婚后的一段时间里大吵了几回架，后来以她的胜利告终——衣服她洗，饭做好后，我先吃着，她在厨房里收拾灶台锅碗。我不再和她吵架，不再去和她抢着干家务，我落得清闲。

俗话说："尺有所短，寸有所长。"她虽然在做家务方面细致入微，但在照料孩子方面，却远没有我的耐心和智慧。孩子如果咂巴着嘴哭闹，十有八九是饿了；屁股如果不停地乱动还有些不耐烦的样子，那肯定是要拉屎了；夜里醒来一摸那小小的肚子，如果胀鼓鼓的，得马上抱起来尿尿，不然很快就会尿床。对于这些，美慧完全不得要领，也没有耐心。我爱锻炼身体，去操场锻炼就带不了孩子，带孩子就没法锻炼身体。我想出个两全其美的办法：早上跑步时抱着孩子跑；下午打乒乓球时左手抱着孩子，用右手在球台边你推我挡。抱着孩子跑步、抱着孩子打乒乓球成了学校一道独特的"风景"。也许是从小的耳濡目染，也许是遗传基因的作用，女儿八岁时一次偶然的机会遇见了乒乓球，遇见的瞬间就喜欢上了乒乓球，缠着我要学要打。最终，经过十余年不间断的刻苦练习，女儿靠着过硬的乒乓球技术与合格的文化课成绩被上海中国乒乓球学院录取。

人的一生就这样走下去该有多美好！

可“花好月圆”“天遂人愿”这些美好的词语只存在于剧本里面，终不过是人们对幸福生活的一种美好憧憬罢了，实际上，人的一生，长路漫漫，难免曲折坎坷，不经意间，就会面对“天有不测风云”的尴尬现实。

婚后的第七个年头，孩子刚满两岁后的那个秋天，我突然感冒了，咳嗽，头痛，我没有在意，继续上着班。谁知坚持了十多天不见好转，这让我有点奇怪：“二三十年间，身体从未出现过这样的状况呀！”记忆中我好像从未感冒生病过，长期的体育锻炼使我的身体始终处于精力充沛的健康状态。记得有天晚上和单位同事去村子里坐席（随礼后去吃饭），那天天气特别炎热，可能饭菜不太干净，结果第二天所有去吃饭的同事都出现腹痛、拉稀，我也是腹痛难忍，趴在床上直呻吟。美慧下班回来后看见我这个样子，问我怎么了，我说吃坏肚子了，她就赶紧去给我买药。美慧去药房让医生给配了几包药，我吃了一包就好了，没有影响到工作。而其他同事有的请了病假，有的直接住进了医院。

见这次耐不过去，我便去药店买了一些抗感冒药。吃了一个礼拜，仍不见好，还是咳嗽、头痛、头晕。我慌了，去了医院，医生给我开了胸部 X 线检查，医生在给我拍胸片时，边拍边说道：“肺部没有啥，怎么心跳得这么快？你快去测量一下血压吧！”我返回去让医生给测量血压，不测不要紧，这一测把医生都吓着了：

“180/120，这么高的血压！太危险了！赶快住院吧。”

我住进了医院——慢性肾功能衰竭、尿毒症，病历上这些可怕的字眼让我措手不及，我一下子跌入万丈深渊。我回忆起十几年前经历的往事：刚参加工作不久，学校搞勤工俭学，我在劳动时不小心被石头砸伤了腰，造成腰椎间盘突出，压迫肾脏出血。当时这些疾病没有被根治，稍微感觉好些便又回到单位正常上班，日积月累，终于爆发出更大更严重的疾病。苦恼也罢，自责也好，总得面对现实啊！有什么办法呢？只能相信医生，相信科学，和病魔来一次你死我活的较量吧。

治疗的过程漫长而又痛苦。

我在医院住了一段时间后，便回到家里休养。因为肾脏衰竭失去了排尿解毒的功能，只能依靠机器把血液里的毒素和多余的水分排掉，让血液得到净化。每周都要去医院做两到三次透析治疗，医院在城里，美慧在乡镇医院上班，不能每次都陪着我，很多时候我只能一个人去医院。要做透析就得很早从家里出发，到公路边坐公交进城，下了公交再走一段路到医院。去的时候是我身体状态最不好的时候，体内积累了大量的毒素，突然之间就会头晕、心慌。记得一个隆冬的早晨，我在大桥头下了公交，路边一层厚厚的白霜，天还是黑黢黢的，路上也没有行人。透析室八点上班，病人七点多去排队，我计算好了时间，准备去东关吃一碗羊肉泡馍再到医院。那时候的我非常迷恋羊肉泡馍，长期的透析使得我的脾胃功能非常虚弱，吃一点水果就会呕吐得昏天黑地，羊肉可以暖胃，身体的本能使我忘记了严寒，义无反顾地要去吃一碗羊肉泡馍。当我走到桥头信合广场时，突然间感觉到头晕眼花，两腿发软，我想蹲下来或者躺到地上，但理智告诉我不能躺下，我得咬紧牙关坚持住。我影影绰绰地瞥见路边有一块大石头，便坚持挪动身体走过去，一步、两步，终于坐在了大石头上。我把两只胳膊肘支在膝盖上，手掌用力支撑住头，闭上眼休息。这时候的我多么渴望有一张温暖的床可以躺下休息啊！但我知道这里是零度左右的室外，我告诉自己：千万不能躺下，躺在地上睡着了就再也醒不过来了。不知过了多久，我的头脑慢慢清醒过来，心跳也变得正常，我又有力气站起来了。

透析治疗的过程非常痛苦。两根织毛衣针样粗细的针，一根扎进静脉血管，一根扎进动脉血管，两阵钻心的疼痛过后，血液从动脉血管里流出来，流到机器里净化，再回流到静脉血管里。每次血液从身体里流出来，流到冰冷的机器里，我的心里便是万分的空虚和恐慌，感觉身体已经被掏空，自己就要死去。夏天感觉稍稍好些，到了冬天，这种感觉更加强烈，血液从身体里流出来，不一会儿就感觉到彻骨的寒冷，牙齿打战，眼前发黑，头晕恶心，有时候连呼叫大夫一声都来不及，人就晕厥过去。肾脏衰竭失去了控制血压的功能，不吃降压药血压有些高，吃了降压药血压又有些低。透析治疗时大量血液进入机器，更是加重了低血压，每次发生危险时大夫来测量我的血压：高压只有 100，低压 60。这样的血压对于其他病人好像没啥，但对于我就很要命，大夫让我每次要来医院透析时的早晨不吃降压药，我的症状才终于好了很多。

医生建议我做肾移植手术。手术的肾脏来源可以是亲属捐肾，也可以等待外面的肾脏，医生说亲属供肾最为理想，血液的相容度最高。美慧要把她的一只肾脏捐给我，我的父母也争着要把他们的肾脏捐给我。经过医院的检查只有美慧的肾脏合适，可我坚决不同意，我的身体已经这样了，孩子还小，手术能否成功还很难说，要是美慧再有个三长两短，这个家就完了。我这样坚持，医生也没有办法，最后抽了我的血液做了存留，让我边做透析治疗边等待合适的肾脏配型。

这一等就是两年多，苦了美慧。

生病期间，我的身体非常虚弱，身上没有一点儿力气，可多年来我早已养成了爱干净的习惯，隔几天就要洗头、泡脚、洗澡，所有这些都得美慧来帮我完成。每次洗头美慧总是把水弄得很热，我便说她：

“你咋把水弄得这么烫的？再加点冷水来。”

“哪里烫？我用手都试了不烫嘛。”美慧回答。

“人的头皮薄，耐受性怎么能和手相比？”

美慧说不过我，便开始抱怨：“就你事儿多，你在外面洗头人家要收你的钱，我给你洗不要你一分钱你还这筋那筋（这事儿那事儿）的。”

“人家外面那些洗头的都是些年轻姑娘，人长得漂亮不说，手法还很温柔，你能比不？要是在外面，我让她咋洗就咋洗，哪还敢跟我犟嘴！”

“下次你最好到外面去洗哦，乖！我才懒得伺候你。”美慧一边笑着说，一边继续给我揉搓头发。

太阳好时我要在院子里泡脚，美慧便让我脱掉上衣，先用热毛巾给我擦洗身子。擦洗身子时，总是要嚷嚷几句：

“瘦成皮包骨头了。”见我没有吭声，便又开始：

“哪天我要是像你这样病了，你才不会这样照顾我呢，肯定会跑得远远的。”

“那你现在就故意整治自己嘛，把身体整坏了看看我怎么对你!”我回她道。

“你？哼——我还不知道你那德行!”美慧笑了，搓背的手并没有停止。

病痛的折磨、巨额的医药费负担，常常使我彻夜难眠。睡不着的时候，我让美慧也别睡，让她陪着我，陪着我说话聊天。我们聊东家长西家短，聊张家的孩子考上了一本大学，聊王家的孩子没上成学只有出去打工，聊李家的孩子聪明好学，聊赵家的孩子被惯得不成样子。我们就这样漫无边际地聊，聊着聊着聊到自己的孩子。我对美慧说：

“一定要把咱们的孩子培养成人！再苦再累，孩子的教育不能放松。孩子培养出息了，能在社会立足，咱们老了就不用操心了。”

“不要这么熬煎，孩子还小呢，你只操心好自己就行。债拉得再多，你也别惆怅，大不了别人买房咱不买，别人买车咱不买，单位不让住了咱租房子住。只要不在露天地里，只要你的病看好了，咱们再慢慢还，来得及呢!”美慧劝我说。

聊着聊着，我感觉不到病痛了；聊着聊着，我不再去想钱的事情，我睡着了。梦里美慧牵着我的手，我们一起走进灿烂的阳光中。

病中的我白天身子懒懒的，总想睡觉，可美慧不让。单位同事请客，亲戚家里有事儿，她非要让我跟着她去不可，农家乐打打麻将，亲戚家里唠唠家常，她好像最是喜欢。农历三月十五是岳父的生日，我不能不去，我们早早收拾好东西，换上干净的衣服，提着礼品到了岳父家。老岳父虽然退休了好几年，但威望还在，那天去的人很多，有自己族里的晚辈，有亲戚朋友，还有各乡镇的领导干部。正是春暖花开的时节，很多人都坐在院坝上晒太阳、打麻将、喝茶聊天。我也坐在院坝上晒太阳，美慧搬了把椅子坐在我身边，也许是无聊吧，美慧说好久没给我掏耳朵了，要给我掏耳朵。右耳朵掏干净了掏左耳朵，耳朵掏干净了我想回屋睡觉，美慧不让，说天气正好，要多晒太阳，让我把头枕在她的腿上睡。我闭上眼躺在美慧的怀里，太阳照在身上，风儿送来暖暖的花香，燕子在头顶“啾啾”地鸣叫……

后来我转到西安的医院做透析。我在医院附近租了一间小房子住，一边透析一边等待手术。“十一”假期美慧带着孩子来看我，那时候我的脾胃功能已经好多了，但还是喜欢吃羊肉泡馍。那天我又想吃了，我们便领着孩子去了南稍门的建基牛羊肉泡馍馆。吃完泡馍往回走，我拉着孩子的手，孩子拉着美慧的手，那天的天气格外好，阳光明媚，秋风送爽。我望着头顶上的蓝天白云对着美慧发感慨说：

“唉，这辈子满足了，即便只活了三十七年，也是潇潇洒洒的三十七年。我不在了，别人偶尔想起我，记住的也是我年轻光彩的样子，死而无憾了。”

美慧没有理会我的话。低下头对孩子说：

“园，你爸不想要咱们了，咋办？”

孩子抬起头：“那我爸爸要谁呢？”

美慧看了看我，低下头对着孩子：“他想丢下咱们，一个人跑得远远地去享福，咱们可咋办呀？”

孩子松开了拉着她妈妈的那只手，用两只胳膊紧紧地抱住了我的腿："爸爸你要去哪儿呀？你去哪儿我跟着你去。"

孩子天真幼稚的话语让我和美慧笑不起来，我抬起头望着远处湛蓝纯净的天空，心里是说不出的苦涩和愧疚——面对健康活泼的孩子，我还能说什么，我只能咬紧牙关坚持，坚持，再坚持。我看了看美慧，美慧的眼里噙满泪水；我低下头对孩子说：

"放心吧，爸爸哪儿也不去，不会丢下你们的！"

四　历经磨难，归来岁月难平静

历经两年零六个月一共九百多天的漫长等待，我终于在2006年4月27日这一天等到了肾移植手术。手术非常成功，两个月后，我回到了安康，回到了久违的温暖的家。

那天下午，也是初秋的下午，我们进城去办电话卡，我挺直了腰板，高昂着头，我的手拉着孩子的手，孩子的手拉着美慧的手。我们迎着柔柔的风，走在夕阳暖暖的余晖里，我看见街上所有的行人都在对着我们笑，笑容是那么亲切，那么温暖；道路两旁的树木摇曳着美妙的舞姿，欢快的鸟儿在空中唱歌。啊！我回来了，生活是多么美好！

我开始了自己"雄心勃勃"的五年计划。在医院里经历过病痛的折磨，又见过太多的死亡，我的心态变得悲观而又冷静，我不确定自己有没有第二个五年，我只给自己定下五年：1. 除了家里的生活开销外，尽量节约，尽快还清欠下亲戚朋友的外债；2. 不遗余力地培养孩子，让她多一些知识，多一些优良品质，让自己在有限的生命里看到她成才；3. 买房，不要再让自己在生命垂危之时，一想到没有给她们母女俩置下片砖碎瓦而涕泗滂沱。

家里从此“鸡犬不宁”。

这些在别人看来轻而易举的目标，对于我这个随时会被一阵风吹灭的生命，就不是那么简单了。那时候的我们因为单位的住房要拆掉重建，只得出去租房住，我们在老城鲁班巷寻到了一套四十多平方米的私房。每天早上吃完早点我都要去河堤上快走，河边锻炼的人很多，我不看人，只看滔滔的江水。春天水涨起来，迎春花笑意绵绵；秋天石头露出来，沙滩上野鸭成群。不管潮起潮落，汉江水总是滔滔东流去，岁月无情，逝者如斯。我一边锻炼着身体，一边心算着自己已经还清了多少外债，还欠着多少外债。晚饭后再去河堤锻炼半个多小时，然后回家给孩子辅导作业。我祈祷上苍多给我些时日。日复一日年复一年，我不敢有丝毫松懈，我怕自己哪天突然离去，我怕把这些外债留给美慧和孩子。

为了还清外债，我变得异常抠门。节假日美慧单位组织出去旅游，美慧回到家兴高采烈地对我说：

“单位出去旅游呢，你去不？我的费用单位出，家属的费用自己出。”

我头也不抬地盯着孩子的作业本：“你去吧，我不去。”

美慧凑近我：“你啥意思？是不是不想让我去？”

我不吭声，美慧低声地自言自语：“那我也算了，不出去玩，到单位去上班，单位会把钱退给我的。”

……

“要过年了，咱们一家人都去买身新衣服咋样？商场现在打折呢。”要过年了，美慧又凑过来。

“你和孩子去买吧，我那衣服还是新的，将就能穿。”我低下头。

“过年谁还穿旧衣服呀！人家见了不笑话？”美慧有点急了。

“过年过的是心情，只要咱们高高兴兴的，怕谁笑话呀！”

美慧见我坚持不买，也就妥协了：“那就给娃子买一套算了，我那身衣服也能穿。”

过年了，我们领着孩子走亲访友。在家里穿着旧衣服不觉得，出了门和亲戚朋友一比较就显得寒碜了，尤其是在她的娘家，看着她的姐妹们都穿着崭新的衣服回娘家，美慧不免伤心落泪。在娘家不说啥，回到家里就开始抱怨：

“嫁给你真是倒了八辈子霉了！吃没吃好，穿没穿好。”

我心里有愧，但嘴上还是不饶人：“你要找了你那‘同学朱’，估计现在连饭都没得吃。”

“同学朱”是我对美慧上大学时曾经追求过她的一位陈姓同学的称呼。那次她的那个陈姓同学打电话过来被我接到了，一阵短暂的沉默过后，对方说起了普通话，说他是朱××，和美慧同学……电话挂断后，我想美慧的这个朱姓同学不是和我在一个镇上上班吗？每天下午还和我一起打篮球，怎么今天说起普通话，突然间不认识我了？从那往后我便常用“同学朱”来开美慧的玩笑。美慧见我揭短，急了：

“我吃不上饭也开心！”

“开心？开心就不会变成恶心！”我笑了。

“人家比你强！”美慧涨红了脸。

"是比我强！打个电话能说他是朱，约他进城来打个牌吃个饭都不敢，上不了桌面子嘛。"我回道，另一间屋里传来孩子"哈哈哈"的大笑声：

"哈哈哈——我也是服了你们了，天天吵！你们烦不烦呀？过不拢咋不离婚呢？"这句话好像一下子提醒了美慧：

"对，离婚！这次谁不离不是他妈生的，离了我说不定还能找一个更好的。"美慧开始吼叫起来。

"你先去找，让我看看你能找个啥样子的？"我说。

"你不离我咋去找？"美慧问道。

"你先去找，我要把把这个关。"

"我都跟你离了，还与你有啥相干？"美慧笑了，我也笑了：

"肯定有相干，到时候他对我娃子不好咋办？"这句话让在屋里学习的孩子跑了出来：

"你们不吵嘴了，我来替你们把剩下的话说完吧。"孩子一边笑着一边自说自演起来：

"我爸：'要离婚你写个协议来！'我妈：'你写！'我爸：'你写！'然后你们两个：'你写''你写''你写'……吵了多少遍了?！我都能背下来了，有意思没？你们烦不烦啊？"孩子又跑到她妈妈身边，学着我的样子——举起拳头，像拳击运动员比赛那样，前后左右地挪动着脚步，嘴里发出"嘿哈，嘿哈"的声音，试探着挥舞拳头，却并不敢上前真打。然后又跑到我身边，学着她妈的样子——抬脚要来踢我，我急忙转身躲开，可是慢了一步，屁股被重重地踢了一下。我被踢疼了，回过身吼她：

“还不赶紧学习去!”

孩子见我要发火，转过身哈哈大笑着，蹦蹦跳跳地去她的书房学习了。美慧见影响到孩子学习了，便不再抱怨，回到沙发上继续织她的毛衣。我拿起自己的书，去孩子屋里看书，陪她写作业。

孩子的学习问题也是家里矛盾随时爆发的导火索，成天的焦虑使我的脾气变得异常暴戾。孩子不到两岁就被送进了幼儿园，未满五岁就上了一年级。孩子上学太早真是极大的麻烦，她的认知理解水平明显跟不上，有点拔苗助长——这是后来才总结出来的。那次孩子的一年级语文老师兼班主任请我去学校，问我为什么要让孩子这么早上学，我对老师说：

“我的时间非常紧迫，我做过肾移植手术，生命随时可能失去，我盼着她能在我有限的帮助下多学点知识，多学点技能，早点考上大学。”

老师笑了笑，说我给孩子的压力太大了，如果能和同龄的孩子正常上学，肯定会出类拔萃。我不理会这些——

逢年过节以及寒暑假，别的孩子在做游戏，我在给孩子听写字词；别的孩子被父母带出去旅游，我陪着孩子打乒乓球。那次去岳母家拜年，我领着孩子单独在一个房间里给孩子听写英语单词。岳母看不下去了，推开门探进来半个身子：“过年就是玩的时间，让娃子玩会儿嘛。”我没有吭声，继续听写，岳母在门口站了一会儿，关上门走了。

在家里，孩子有时候注意力不集中，老学不会，或者给她辅导过的知识又忘了，常常让我又气又急，我抄起一根棍子就打，孩子稚嫩的屁股顿时现出一道道血红色的印痕。孩子撕心裂肺的哭声引来了美慧：

“我看你现在真是变态了！娃子只要身心健康，她学啥样子是啥样子，你别把我们娘俩儿都逼坏（疯）了。”我正在气头上，怒目圆睁向美慧吼道：

“滚开！你要来护短，连你一块儿打。”

美慧不再说话。一阵暴风雨过后，我一个人坐在沙发上生闷气，美慧过去扶起孩子回到书桌前，孩子啜泣着继续写她的作业。美慧抚摸着孩子的屁股流泪：

“乖！你要听话么，要用心学习么……”

五　不经意间，迎来岁月静好

第一个“五年计划”刚过去三年的时候，我在侄女和三弟的大力支持下，用住房公积金贷款买下一套九十平方米的二手房。拿到房门钥匙的那一刻，我的心里是前所未有的轻松。我们终于有了固定的、真正属于自己的家，我们结束了劳燕般漂泊迁徙的日子！2009 年 1 月 1 日，一个很值得纪念的日子！搬家那天，美慧的脸上盛开着花朵。

是啊！我再不会为她们母女俩没有自己的住所而焦虑忧愁了。我把贷款的周期延长到二十年，这样每月只需还款 700 块钱——即便我在以后的哪天突然离去，美慧凭借着她的工资也可以还得起，还不会影响到她们母女的生活质量。

孩子读高一的一个冬日夜里，美慧躺在床上和我聊天。说她今晚去学校接孩子下晚自习回家时，孩子对她说：“学校里的一个女生跳楼了。那个女孩好傻，她死了她的妈妈多伤心啊！我才不会去跳楼呢，如果我死了，你和我爸老了怎么办？谁来照顾你们呀？”我听后沉默了。孩子的话语唤醒了我心底那一份最温存柔软的情愫，我的孩子长大了，懂事了，再也不能用过去那种粗暴简单的方式去教育她了。

第二个“五年计划”结束时，孩子凭借打乒乓球取得的成绩进入省队。第三个“五年计划”的第三个年头，孩子凭借着优秀的乒乓球比赛成绩与合格的文化课考试成绩被心仪的大学录取。孩子开学的日期临近，我准备借着送孩子上大学的时机带着她们娘俩好好旅游一次。2019 年 8 月 26 日早晨，就在我关上房门的那一刻，美慧笑着对孩子说：

“和你爸结婚这么多年，这还是他第一次带着我出门旅游呢！”

美慧说的是实话。我在一篇文章里写道：为了培养孩子，我的身影始终跟随着孩子，哪儿也不能去，我也不允许美慧出去旅游花钱。

孩子离开了我们，她去更广阔的天地翱翔。家里只剩下我和美慧，一下子变得空荡安静。安静和寂寞使人思考。我常常在想，对于一块美玉，从古至今，人们呕心沥血，愿意穷尽世间所有溢美之词，去赞美它，赞美它的耀眼光芒，赞美它的晶莹剔透，赞美它的纯洁无瑕。我想，我的美慧是一块未经雕琢的璞玉，她的心灵所折射出来的光芒比那美玉还要耀眼。

我们都要健康而有尊严地活着
——写给二弟的一封信

敬博吾弟：

在语音通话和视频聊天如此方便的今天，我还坐在电脑桌前，听着窗外呼啸朔风吹打玻璃窗的“哗哗”声，“哒哒哒”地敲击电脑键盘，为与我生活在同一座城市的你写一封长信，不为别的，只为有一种仪式感，只为了诉说埋藏在心底的那些未曾说出的话语。

前年冬天，你突然打电话给我，说感觉腿部肌肉麻木，彼时我正带着闺女园园在省队练乒乓球。咱们兄弟俩因为家里的琐事争吵过后，已经有好几个月没有通电话了，得到消息的我像一只被人用鞭子不停抽打的陀螺，烦躁而痛苦地在客厅里转来转去——有着相同经历的我深知其中危险，和对人身体的伤害。除了电话催促你赶快去医院接受治疗外，我的心里满是伤心、难过、生气、心疼。各种滋味一齐涌上心头。我心疼的是你平时工作压力大，身体突然成了这个样子，今后的生活该怎么办呀？生气的是你早上八点发病，下午三四点钟才给我打电话，耽搁了多么宝贵的最佳救治时间啊！

所幸医学发达，加上你的顽强意志，你的身体并没有经受多么大的损伤，只是需要康复训练。我安顿好园园回到安康，准备去医院陪护你一段时间。那一段时间里，我每天早上吃过早点步行半小时去康复中心，在温暖如春的大房子里，默默看着你在年轻护士的指导下做康复训练，两三个小时后，我们一起在街上吃过午饭，然后你在医院里午休，我也走路回家午休。

我不知道下午和晚上谁会去陪你。弟媳洪丽在上班，孩子学习正要紧。想想十几年前我得病住院，除了妈整天在医院陪我之外，一会儿是你和洪丽领着侄儿大石头去陪我，一会儿是你姐和你姐夫领着外甥女仙仙去陪我，一会儿又是女儿园园她大姨夫和她大姨去陪我。时光如白驹过隙，一晃而过。如今，妈不在了，孩子们正是学业最要紧的时候，人到中年的我们是多么孤独和寂寞啊！是多么需要一个健康的体魄啊！

怎么忽然间就人到中年了呢？你结婚那天，从不打领带的我系上了漂亮的领带，我还记住了你们校长当时站在主席台上说的一句话：“石敬博是一个好小伙！”大石头满月那天，我着急去每桌敬酒，不一会儿便喝得酩酊大醉，满桌子的好菜啊，我都没来得及动筷子尝一口。这一切，仿佛就在昨天啊！

想想小时候，虽然缺吃少穿，可那时候的我们却是多么快乐啊！你是农历 1972 年底出生的，我大你三岁。儿时的我们整天在家里捉迷藏，闹腾得灰头土脸，汗流浃背，乐此不疲；捅下娄子的我们定下攻守同盟，谁都不许给大人告密；我们姊妹四个将家里的四把椅子“分配到户”，各占一把，谁都不许坐别人的；由于相貌酷似，连村里人都经常把我们搞混淆，可妈却给我取名“小聪明”，给你取绰号“丑公子”，让姊妹几个嘲笑了你很多年；一到六七月间干旱时，为了保住房后的两亩多稻谷，爸便使唤我们带上脸盆去井泉湾的堰塘里，将堰塘里所剩不多的水，轮换着用脸盆一盆一盆地往外浇。为了防止对方偷懒，我们都不愿去柳荫下换着乘凉——就那样穿着短裤光着上身，站在大太阳底下暴晒着，互相监督着。

也有许多遗憾啊！至今想起来心里都在隐隐作痛地遗憾啊！七月天我们在石头上偷偷砸嫩核桃吃，我让你把手指头放在石头上，结果一锤子下去，你的大拇指顿时鲜血直流，血肉模糊。我爱看书，每到这时你便往跟前凑，轰都轰不走。性格暴虐的我很不耐烦，一拳将你打倒在地，你坐在地上大哭，爸进来骂我。那年夏天，我们在地里翻红薯蔓。我嫌弃你干活慢，结果兄弟俩就吵了起来，吵着吵着就打了起来。你的嘴巴流血了，我敞开的胸膛被你用泥巴块砸得通红。晚上，妈叫来大舅并炒了几个菜，大舅坐在餐桌边喝酒，我坐在墙角的椅子上，妈罚你跪在堂屋中间的地上，一跪就是半晚上……好让人心痛的回忆啊！怎么那么不懂事呢！那时的我都已经十六七岁了呀！

我的内心深处是爱你的呀！刚参加工作是在大山深处，那时你正在安师读书。每每收到你写信说没有生活费了，我便心急如焚。站在车站处一直等到有进城的熟人将钱带走，我的心里才稍稍安定。熟人回来后又急忙打听你的情况，听说你黄皮寡瘦，看起来一副营养不良的样子，便又急忙写信嘱咐你注意营养，需要钱就跟我说。

对门老堰塘是我们儿时的天堂。一到夏天，避开大人，小伙伴们都往那里跑。你那时才八九岁，根本不会水，也紧跟着我往老堰塘跑。我也不怎么会水，我们就都站在浅水里快活地互相浇着水，嬉戏着——我一把将你推进深水里，就在你惊吓不已时，又迅速拽住你，把你拉回到身边。小伙伴们哈哈大笑着。突然，因为一次用力过猛，你一下子被推到了我怎么也够不着的地方，你在水里扑腾着，慢慢地一边滑向更远处，一边往水里沉。

我不知道我是哪里来的勇气，一下子扑过去，想要把你拉上岸。可是，就在我接近你的一瞬间，你突然伸开双臂紧紧搂住了我的脖子，我们一起往水里沉了下去。我想伸开臂膀划水，却根本施展不开，你整个人都紧紧地箍在了我的身上。那一瞬间好恐怖啊！我眼睁睁看着水面的幢幢人影，接着是昏黄色的天空，然后两个人缓缓沉进了水里。就在下沉的过程中我冷静下来，我干脆不再挣扎，等沉入水底后，依据水底的斜面，抠着泥土，拽住水草，我们终于爬出了水面，回到岸边。

多么惊心动魄的经历啊！小时候的我是多么顽劣啊，差点让两人都送了命。可是啊，我从这一件事情上看出来，我的内心是多么冷静而强大啊！所以啊，外表沉郁的我往往在和你发生矛盾、产生争执过后，总是后悔，总是担心那些不愉快被你装在心里，影响你的心情，伤害你的身体。所以啊，今天，就让我用书信这种方式，向你道歉，向你说一声：对不起！

记得有人这样形容亲情：“是自己的亲兄妹，到了老年，一家家都平和了，甚事都能放下了，就只剩下血脉的牵挂了。”是啊，人到中年，唯有亲人，唯有亲人的平安健康，才是我心头最长久的牵绊啊。

永远牵挂你的长兄：昌林

2021 年 1 月 21 日

『中部』　疫情下的阅读

“其实我们大多数人最终都活成了自己小时候所讨厌的模样。”我不记得这是谁说的话，但我记住了这句话。它让我时时警醒自己，唯有读书可以让你保留一颗童心，永远不被世俗的灰尘沾染。读书会让你少了许多暴戾恣睢，会让你的心底阳光温厚。

是的，只要你还保留着读书的习惯，那么，不论你身在何处，哪怕山高水远，哪怕道阻且长，你的内心终将会有一片广阔明媚的天地。

病中读书记

病中的那几年，我的阅读兴趣有所转移。

我借来了兼备医学和哲学的《黄帝内经》，知道了“天人合一”“恬淡虚无，真气从之。精神内守，病安从来”的理论；了解了“上医治未病”的哲学思想。这对于我的身体的康复有一定的帮助。同时我又沉迷于金庸的武侠小说，《射雕英雄传》《笑傲江湖》《神雕侠侣》让即将步入中年的我读得津津有味，欲罢不能。在金庸的世界里我祈盼自己能得到一本武林秘籍，修炼出一身盖世神功；我幻想自己能从书中得到一部本草秘籍，药到病除，解除我的病痛。

我常常被小说里那些深情所打动。

至今记得《神雕侠侣》里杨过在绝情谷里，对着被谷主公孙止困住的小龙女说的一段话：“姑姑，我是不会离开你的。哪怕我今儿死了，我也要死在这儿。就算我的尸骨变成泥土，也要守在这儿，天天守护在姑姑身边；就算泥土化作灰尘，也要飘浮在这绝情谷中，围绕在姑姑身旁，听着姑姑说话，闻着姑姑身上的气息，看着姑姑笑，陪着姑姑伤心落泪……”读到此处，我被这份绝世痴情感动得热泪盈眶，我想象着这世间真实存在着这样的旷世爱情，它能感天地、泣鬼神。

我在金庸大侠亦真亦幻、穷尽人间百态的书中，忘记了身体的病痛。

身体稍稍康复，但仍休着病假。随着年岁渐长，我更喜欢一些兼具思想性和艺术性的读物。我买来了《鲁迅全集》和余秋雨的丛书。他们一个是思想家、文学大师，一个是文化学者、知名作家。鲁迅先生的作品大家都很熟悉。他先是学医，后来弃医从文。他目睹自己的民族衰亡，而人民却麻木不仁，浑浑噩噩，于是决定用手中的笔作为战斗武器，向残暴的统治阶级与黑暗的社会制度宣战；他要用犀利激昂的文字来唤醒人们的斗志和血性。他是“真正的猛士，敢于直面惨淡的人生，敢于正视淋漓的鲜血……”。

记得读鲁迅先生的《记念刘和珍君》是在一个春天的下午，在公园里。“稍有人心者，谁也不会料到有这样的罗网。但竟在执政府前中弹了，从背部入，斜穿心肺，已是致命的创伤，只是没有便死。同去的张静淑君想扶起她，中了四弹，其一是手枪，立仆；同去的杨德群君又想去扶起她，也被击，弹从左肩入，穿胸偏右出，也立仆。但她还能坐起来，一个兵在她头部及胸部猛击两棍，于是死掉了。”读到此处，我的眼泪忍不住掉下来，我全然不顾公园里人来人往，我泪流满面，泣不成声，我控制不住自己的感情。

先生的笔下，刘和珍君“常常微笑着，态度很温和”。就是这样一个温和贤淑的女学生，为了民族利益，为了国家存亡，去请愿，去游行，竟惨死枪下。她们何罪之有？何其悲也！何其壮哉！我为牺牲了的刘和珍君恸哭、为牺牲了的杨德群君恸哭，为还在医院里呻吟挣扎的张静淑君恸哭，我为这个太多悲情的民族恸哭……

这个多灾多难的民族，这个命运多舛的国家，每到危难时刻总有这样一群“殉道者”，他们挺身而出，他们迎难而上，他们构筑了这个民族的脊梁，他们是中华民族的魂魄。他们为了追求真理，甘愿抛头颅、洒热血，中华民族正是因为有了这些铮铮铁骨，才会生生不息，屹立不倒。

文化学者余秋雨也是一位散文大家。他的散文厚重、深情、富于哲理。读他的书就像是面对一位饱经风霜、悟透人生的百岁老人，听他讲山高水远，听他论天广地阔，你看不见沧桑与消沉，只剩下平和、睿智与波澜不惊。他的书就像是他的内心独白，让你在风平浪静间思想变得睿智，灵魂得到净化，境界得到提升。他的整个作品就是关于真善美的哲学思考。

《文化苦旅》《山居笔记》《借我一生》《千年一叹》《行者无疆》等书被我一本本仔细读过，我对人生和生命的思索也在一步步深入。“珠穆朗玛峰上寒冷透骨，已无所谓境界。世上一等的境界都在平实的山河间，秋风起了，芦苇白了，渔舟远了，炊烟斜了，那里便是我们生命的起点和终点。”这是《霜冷长河》里的一段极富哲思的文字。

文学的最终归宿是哲学，哲学的终极思考即是关于生命的思考。我不得不承认，余秋雨先生对我的写作手法的运用、文章审美的取向等产生了很大的影响。

现在的我更多的是读一些哲学方面的书。国外的如柏拉图的《理想国》、亚里士多德的《形而上学》、黑格尔的《精神现象学》以及《马克思主义哲学》，国内的老庄哲学以及冯友兰的《中国哲学史》。这些哲学书籍是人类历史长河中最具智慧的思考，是关于世界观和方法论的理论探究。《马克思主义哲学》更是人类最高智慧的结晶，对立统一规律，质量互变规律，否定之否定规律。人类的任何问题都可以在这些哲学思考里找到答案。当前，人类面对诸多麻烦，气候变暖、森林大火、环境污染、瘟疫流行……这些困扰人类生存的问题都可以从这些理论思考里找到答案。人与自然本就是一个统一体，只有与大自然和谐相处，才可能被大自然温柔以待。

“其实我们大多数人最终都活成了自己小时候所讨厌的模样。”我不记得这是谁说的话，但我记住了这句话。它让我时时警醒自己，唯有读书可以让你保留一颗童心，永远不被世俗的灰尘沾染。读书会让你少了许多暴戾恣睢，会让你的心底阳光温厚。

是的，只要你还保留着读书的习惯，那么，不论你身在何处，哪怕山高水远，哪怕道阻且长，你的内心终将会有一片广阔明媚的天地。

疫情下的阅读

为了抗击疫情，我们宅在家中。宅家的日子漫长而又难熬，为了释放压力，缓解惶恐，一家人捧起了书本。因为宅家，因为读书，就算我们错过了繁花似锦的春天，却还可以收获果实累累的秋。

——题记

不一样的春天（石昌林）

庚子鼠年，万物复苏，春回大地。春的色彩映照在人们的脸上，吸引着慵懒了一冬的人们走出家门去探亲访友，张开双臂去拥抱春天，可一场突如其来的新型冠状病毒却像倒春寒一样在武汉这座城市爆发，并向全国蔓延开来，逼迫人们退回家里。

“减少外出，不聚会，不去人群密集场所。尽量宅在家里，避免自身感染病毒，就是在为抗击疫情做贡献。”——这是国家对我们每个普通公民的号召和要求。

透过窗户，可以看见大街小巷空旷开阔，行人寥寥。无聊的人们聊微信、刷抖音，感叹时光缓慢，日子难熬；但对于喜好读书的人来说，却是遇上了难得的好时光。

我想成为后者。

大年初一的早上，我从书架上取出一本本市残疾作家的书交给女儿，告诉她这就是夏天在图书馆听课时见到的那个残疾叔叔写的。孩子睁大眼睛："哇！这个叔叔好厉害，他还能写书啊！"孩子边说边打开书读起来，我则继续读贾平凹的小说《带灯》。

"爸爸，这个叔叔写得并不怎么好呢。"孩子翻了几页读不下去了，抬起头来望着我。

"怎么会呢？你仔细去读嘛，去体会一个残疾人在那样艰苦的生存环境下，是怎么做到不向命运低头，取得这样的成绩的。"我抬头看了看女儿，知道女儿是因为人生阅历太少才产生了这样肤浅的认识，便微笑着提醒她："你认真地读，静下心来体会，他可比很多作家优秀多了！"

"真的，残疾叔叔好顽强啊！真的好感动！"过了一会儿，听着女儿的自言自语，我知道她读进去了。

女儿从小活泼好动，为此没少挨我的打。后来一个偶然的机会，她爱上了乒乓球运动，从此走上了一边学习文化知识一边打球之路。经过十年不间断的刻苦磨砺，终于在 2019 年 7 月以优异的乒乓球比赛成绩与合格的文化课成绩被上海体育大学中国乒乓球学院录取，我也结束了十年的陪读陪练生涯。虽说是天遂人愿，但我心里总有那么一丝说不清道不明的遗憾——女儿的书读得太少。

晚上老婆下班回来，吃过晚饭，见我和孩子都在读书，她显得手足无措。我便撺掇女儿鼓动她妈妈也读书。在女儿的一番劝说之后，老婆终于拿起来了书。我在朋友圈里评论说：这个从不读书的女人，这个给钱都不愿意读书的女人，今天第一次捧起了书本。

我读的是著名作家贾平凹先生近期的一部作品——《带灯》。书是我的一个发小送我的，说很有意思，让我一定读读。我试着一读，还真被贾平凹先生的故事给吸引住了。

小说的主人公是一个名叫带灯的女乡镇干部，她有理想、有追求，心地善良，同情弱者，能站在老百姓的立场，为老百姓的利益着想。文中讲到了当时的乡镇干部怎么开展计划生育工作，里面有个情节很吸引我：

在一个只有老爷爷和老婆婆的农户家里，有一天来了几个不速之客，马副镇长和三名乡镇干部。因为他们听说老两口嫁出去的女儿偷偷跑回娘家了，而这个女儿已生育了两个女儿，现在又怀孕了，他们得把她抓回去做人流，结果扑了空。马副镇长要罚老两口两千块钱，老两口说没钱。没钱用实物抵押也是可以的，可老两口家里既没有牛羊，也没什么值钱的家当。就在僵持不下时，侯干事突然瞧见了行走在山顶的带灯主任和竹子干事，马副乡长让侯干事打电话要带灯这个综治办主任来对付这老两口。

带灯和竹子来了，马副镇长嗔怪带灯咋这么磨蹭，人都饿日塌了你们才来，我不是主要领导说话就不顶用了是不是？带灯赶紧赔罪说马上去处理。老两口都窝在厨房里不出来，带灯走进厨房，见老婆婆站在灶台边一边嘴里不停嘟囔，一边用一块抹布不停地擦拭灶台，灶台已经被擦拭得泛出光亮；老头子则坐在灶火口的木墩上，不停地摩挲着两只手。带灯小声地问老两口身上到底有没有钱。老婆婆认出了带灯，说老头子身上有一百块钱，是前几天剥树皮（一种可入药的树皮）卖了换来的。带灯便让老头子出去躲避一阵，嘱咐他出门后别回来，就说借钱去。带灯返回马副乡长身边说让老头子出门借钱去，马副乡长的脸上露出了笑容。

老头子回来了，带灯只好又去厨房。老头子说外面没地方可去，又担心老婆婆，只好回来。带灯让老头子拿出一百块钱，带灯接过钱后，从自己身上取出两张五十块钱，给了老婆婆一张，让老婆婆把钱装好。带灯拿着一张五十块钱交给马副乡长，说老头子好不容易借到了钱。马副镇长看到五十块钱，生气了："这是打发要饭的呀！"侯干事很失望："再多十块也行啊？车子还要加油呢。"带灯告诉马副镇长说自己想尽了办法就弄这么多，不行你马副镇长亲自出马。侯干事又抱怨："弄屎大半天，一人只能吃一碗面……"带灯说自己和竹子不吃了，你们一人一碗面，还可以喝两瓶啤酒，说完便和竹子动身去山里统计得了尘肺病的农民工人数。

带灯就是这样的一个人，她到了百姓家里，百姓家里就显出光彩。人们喜欢带灯，愿意和她亲近，煮几个土鸡蛋，拿出家里自酿的土酒，用最简单的食材做出各种花样翻新香味扑鼻的农家饭招待她。

从这些平平常常的文字中，从这些感同身受的故事里，我们不难明白这样一个道理：谁的心里装着老百姓，老百姓的心里就拥护谁；谁对老百姓好，老百姓就愿意对她掏出心窝窝来。

年轻人总是眼明手快，精力充沛。没几天工夫女儿就读完了我推荐的书，并且和我分享起了她的读书感想：残疾叔叔太可怜了，好几次读着读着都不由自主地流下了眼泪。我抓住时机问孩子：现在的你有没有感觉到很幸福？要不要珍惜眼前的生活？要不要珍惜时间？父女俩热烈地讨论了起来。

我又给孩子推荐了余华的《活着》，孩子读完后又给她拿出了《穆斯林的葬礼》。老婆由于白天上班，只能晚上读书，她还在“苦读”她的《人生》。我们就这样白天读着各自的书，晚上发表各自对书中的不同看法和见解。

时间一天天过去，我们在读书中忘却了疫情带来的惶恐和不安，忘却了宅家的空虚和寂寞，只留下了充实和积累。不知不觉间，来势汹汹的疫情在消退，天地间亮堂起来，太阳光透过窗户照射进小屋，暖暖的让人感觉到舒服。推开窗，迎面吹来了和煦的风，风里带来了花儿的清香，带来了泥土的芬芳。望远处，木兰举起了洁白的酒杯，柳树摆动着柔软的腰肢。啊，春天来了！

有人说，这个春天注定是寂寞的，注定是要被我们关在窗外。其实不然。因为读书，这个春天将永远留在我们的心中。她依然曼妙，依然丰饶，而且必将硕果累累。

不一样的体验（王美慧）

大年初一接到领导通知要我去医院上班时，我便知道是因为这次汹涌的疫情。

好在安康的疫情没有武汉那么严重。在医院里，我们除了干好各自本职工作外，只需配合社区工作人员上门做好疫区返乡人员的登记，为他们测量体温，如果有发烧咳嗽等症状，医院有专人用救护车把他们送往专门收治新冠病毒病人的医院；

如果没有，则提醒他们自觉在家隔离而已。我们远没有那些奋战在湖北武汉等抗疫一线的同行那么辛苦。不过同事们也都被走上前线的姐妹们的大无畏精神感染着，所有人热血沸腾，等待着被召唤，成为逆行者，站在抗击疫情的最前列。

下午下班回家，一家人吃过晚饭，就没什么事情做了。以前这个时候，我都会出去锻炼，可由于这次疫情，只能待在家里。老公和女儿都在读书，他们还给我推荐了一本叫《人生》的书。

这是我第一次耐心地读完一本书。

《人生》这本书给我印象最深的是高加林这个人物。他高中毕业后回村里当了民办教师，他工作积极，有理想，不安于现状。不料年年被评为先进的他却被村支书走后门给挤掉了——村支书让自己刚刚从高中毕业的儿子三星来顶替，高加林只能又回到村里当了农民。这样的打击使加林愤怒、失望、郁闷，这时候美丽善良的农村姑娘巧珍走进了他的生活，巧珍的柔情渐渐融化了加林冰冷的心，他们相爱了。可人生的命运有时候是那么捉摸不透，加林的叔叔从部队转业回乡，分配到市劳动局当了局长。见风使舵的公社文教专干马占胜便走后门安排加林去县里当了通讯员，成了吃公家饭的人。加林本来就爱好文学写作，他把全部的精力投入工作中，为了工作甚至不惧失去生命。加林的通讯报道接二连三地上了广播，吸引了高中女同学、县广播站播音员黄亚萍的注意。黄亚萍苦苦追求着加林，加林最终抛弃巧珍，和更有共同语言的黄亚萍走在了一起。可没有想到后来加林走后门的事被告发，他又回到了农村，这时候巧珍已经嫁给了一直深爱着她的马拴，加林最终失去了金子般的巧珍。

我们一家子都在读书，有时候会互相交换各自的读书心得。女儿问我高加林最后的结局怎样，我说又回到农村了。女儿再问我高加林为什么又回到了农村，我说高加林不该抛弃巧珍爱上黄亚萍，最后落得人财两空。孩子听了我的回答哈哈大笑起来。正在读书的老公抬起头来：“这是因为社会这个机体有时候也像人一样会出毛病。从高加林的民办教师被下掉开始，这个社会机体就出毛病了，不正常了。后来他去县上当通讯员，虽然人尽其才，却是社会不正常的表现——他是通过走后门去的，换一个不会写作的，也有可能通过走后门进去。后来他被告发，又回到村里当农民，虽然他很惨，人们心中不免为他的才华感到惋惜，但这一次是正常的，是这个社会回到了正常的状态，是这个机体自我修复的结果。”

柳青说过：“人生的道路虽然漫长，但紧要处常常只有几步……你走错了一步，可以影响人生的一个时期，也可以影响一生。”面对人生岔道选择时，我们要记得守护自己的本心，倾听内心的声音，切勿见异思迁。守住初心，才不惧怕做出的选择和以后的选择！

我是一名医生，我的初心就是救死扶伤，做一名合格的白衣天使。即使在疫情防控期间，我也会坚守岗位，负责任有担当，也会在以后的工作中坚持自己的初心。

这是我从书中明白的道理。

不一样的收获（石珉贤）

由于今年疫情的原因，妈妈接到通知去了医院，我和爸爸从大年初一开始便待在家里。起初真的很不适应这种生活，不知道该干些什么事情。从爸爸给我推荐的一位残疾作家的书开始，读书成了我这一个月宅家生活的全部。搁置手机，我找到了另一种生活的乐趣。

读残疾叔叔的书，印象最深刻的是他求学的故事。因为没钱交学费，所以每天走很远的路去村小教室外面偷学；为了买学习用品，每个周末都砍柴拿到店里去卖；后来在校长的帮助下，他获得了免费入学的机会。他非常珍惜来之不易的学习机会，学习也更加努力。进入初中后，为了能够买书，他用拍照赚钱。在这样艰难困苦的处境下，他没有放弃理想，而是勤奋努力、自立自强。这种精神值得我仰视！

读完了残疾叔叔的书，我发现书里竟有这么多精彩的故事，我对读书产生了兴趣。想起了一位演员推荐过的一本书叫《活着》，刚好爸爸的书架上就有这本书，我便取下来读了起来。

《活着》采用第一人称，以和主人公福贵聊天的方式，讲述了福贵一家三代人的人生遭遇。生活一次又一次给了他希望，却一次又一次地将他的希望破灭，使他掉入深渊。尽管这样，他还是坚强地活着，从未放弃对生活的期望。《活着》这本书引发了我对人生的思考：每个人的生活都不可能是一帆风顺的，会遇到很多挫折、坎坷与失败，但当我们遇到这些困难挫折时，是否能像福贵一样坚强，学会接受，学会坦然面对？是否能像残疾叔叔一样，勤奋努力，学会与命运抗争？活着，才会有希望；活着，才能实现梦想！

读完《活着》，爸爸又给我推荐了《穆斯林的葬礼》。

当拿起这本沉甸甸的书时，我想放弃了。因为以前从未读过这么厚的书，我能读完吗？我问自己。但读了一章后，我便被里面的故事情节深深吸引住了。印象深刻的是新月这个人物。她考上了心心念念的大学，还在努力地想成为像楚老师那样博学多才的人，成为翻译家，和楚老师一起把鲁迅等所有文学大师的作品翻译成外文，让世界更多地了解中国。可就在她意气风发地想要在文学的海洋里乘风破浪时，一场疾病击碎了她所有的梦想。病中的她虽然有楚老师的关心照顾，甚至拥有了爱情，但最终还是不治！这一切多多少少与书中一个重要的人物有关，即韩子奇的老婆、新月的“妈妈”。

刚开始读这本书时，我向爸爸吐槽韩太太，她用自私的观念毁掉了天星和新月一双儿女的爱情，用刻薄尖酸的语言对待别人，但看到后面，我有些理解她了。一个人带着年幼的儿子撑起整个奇珍斋，在困难时期每天担忧着自己的丈夫和妹妹的安全，独自熬过八年光阴后，迎来的却是丈夫带着和她妹妹生的孩子的归来，这对一个深爱着丈夫的女人是多么大的打击啊！书里的人物是你无法单纯用“好”与“坏”去定义的，他们是一边让你恨得咬牙切齿，一边又让你怜惜的人。

读完这几本书后，让我在感慨万千的同时，有了新的认识和目标。在大学里要像新月一样努力学习，向着自己的梦想一步步前进，多读书获得更多知识！也要像残疾叔叔一样，遇到困难时勇敢面对，自立自强！

生活总是充满着惊喜与无奈，如果活着，就要知足！就得努力！

读书之旅

我生长在农村。小时候，村里人一到农闲便聚集在一起，摆龙门阵，听村里有学问的人说书、讲故事。“桃园三结义”“草船借箭”“武松打虎”“穆桂英挂帅”“岳母刺字”等这些精彩纷呈的故事从我熟悉的乡亲们口中讲出来，一下子就吸引了我。哦，原来我生长的这片土地上，曾经出现过那么多勇武神奇的人物，发生过那么多惊天动地的故事！

我抬头仰望璀璨的星空，仿佛看见了一条历史的浩荡长河，正从远古而来，汹涌澎湃，波澜壮阔。少年的我不由得萌生了要溯游而上，追寻源头的冲动。

我有了强烈的读书欲望。

集镇的街道边有一家摆小人书的旧书摊，掏两分钱就可以租一本来看。那些小人书有图有字，趣味十足，总能让书包里除了语文、数学两本课本外，没有任何课外读物的我一见倾心，再见牵肠。那时候，我的父亲正好经营着村里的代销店，家里总有喝过酒的空酒瓶子，于是每到周六下午放学回家，我就把这些空酒瓶子，连同家里的烂塑料鞋底子、破锅烂铁等早早收集起来，等到第二天早上拿到集镇上的废品回收站，卖成钱换小人书看。

周日的集市上人来人往，热闹非凡。我顾不上这些，手里攥着卖废旧品得来的钱，一路小跑着来到旧书摊前。我蹲在书摊前挑来选去，终于选好了几本，交了钱，我便在书摊旁找一块干净地方坐下，津津有味地看起来。那时候的我们真是幸福！小人书虽然破旧，有些已经被揉得皱皱巴巴，撕得残缺不全，但它却是我们唯一的课外读物；虽然那些插图只是简单的黑白线描，却也栩栩如生、妙不可言，真是让人爱不释手。

《官渡之战》《火烧赤壁》《武松醉打蒋门神》《蟠桃宴》《黛玉葬花》……我一本接一本地看下去，忘记了时间，忘记了饥饿，直到书摊主人大声地提醒我们：“收摊了！收摊了！”我们这些书迷才意犹未尽地站起来，揉揉因为蜷缩而变得生疼的腿，眨巴眨巴酸困的眼睛，拍拍屁股上的尘土，迎着夕阳的余晖，回味无穷地往家的方向走去。

集镇上的小人书差不多都被我看完了，我想攒下钱来买书读。我在书店里看上了一套《三国演义》，标价五块多。那时候的我卖一次破烂最多也就攒下两毛三毛，与买一套书的价钱实在相差太多，于是我便想到去父亲的代销店里“借”。父亲有时候有事出去，就会让我帮忙看店，我便抓住机会一次次从抽屉里“借”上五分一角。几个月后，我用半攒半“借”的钱买了一套《三国演义》。

农村的孩子打小便跟着爸妈一起干农活，没有专门的时间用来读课外书，只有在农闲或者下雨天才可以。于是我便天天祈盼着天下雨。每逢下雨天，我搬一把椅子坐在窗前，用一张旧报纸衬在窗台上隔开泥土，然后小心翼翼地把书摊在报纸上，在窗外时而噼里啪啦、时而淅淅沥沥的雨声中，埋头读着买回来的书。渐渐地，窗外的雨声、家里人的喧闹声都听不见了，我走进书中，忘记了自己。

父亲不知什么时候来到了我的身旁。当他把窗台上的书猛然拿起时，我才惊醒过来，我手足无措地望着父亲。父亲把书翻来覆去地看了好几遍，问我书是从哪儿来的，我回答说是买的。父亲又问我买书的钱从哪儿来，我便把卖破烂、从小卖部里“借”钱的事儿原原本本地告诉了他。我低下头，等待着父亲的责骂。可是父亲竟没有责骂我，他看了看我，又看了看书，然后很小心地把书放在报纸上，在我头上轻轻地拍打了一下，转身走了。

我陆续买到了《三国演义》《水浒传》《杨家将》《岳飞传》等，我把它们一一读完。这些书本里的故事，这些故事里的人物，已经深深地镌刻在了我的心底。他们或风流儒雅，足智多谋；或高大魁梧，武艺高强；或侠肝义胆，路见不平一声吼；或忠君爱民，精忠报国。他们在我的心中埋下了智慧、豪侠、仁义和爱国的种子。

在读这些书时，我有时候变成了神机妙算、鞠躬尽瘁的诸葛亮，有时候又变成了武艺高强、情深义重的关羽；有时候变成了行侠仗义、除暴安良的鲁智深；有时候又变成了文韬武略、保家卫国的岳飞……这些读书经历改变着我的内在气质，奠定了我最初的人生观和价值观。

初中时我结交了一位朋友。他的家离学校比较远，平时他住在学校里，只有周末回家。他的学习成绩很好，我有不懂的问题就向他请教，他也乐意帮助我。我家离学校很近，平时家里做了什么好吃的，我就带一份到学校给他吃。我们的友谊渐渐深厚起来，到了周末或者暑假他也会邀请我去他家里。记得第一次去他家，我就惊异于一个房间里全是书，床上、书桌上摆放得满满当当——《延河》《十月》《收获》……是同学在乡镇工作的哥哥买的。我如获至宝般地一本一本地读着。那时候的夜晚，是不允许长时间亮着灯读书的，我便抓紧白天的时间读，太阳快下山了，我拿起书来到同学家房后的土塬上去读。我趴在草坡上，如饥似渴地读着，直到天完全黑下来，已然看不清书上的字，才恋恋不舍地往回走。

初中快毕业那学期，我不知道从什么地方得到了一本杂志。也许是大舅的，因为大舅在我读书的中学里当老师，我有时候不回家，晚上就住在大舅的宿舍里。时隔多年，我已经记不太清楚杂志的名字，可能叫作《花苑》吧，也可能叫作《花城》，因为现在广州的期刊里就有《花城》这本刊物。但后来反复回忆这本杂志的名字，我认定它是《花苑》，因为那时候的我还认不出这个“苑”字，如果是《花城》，我一眼就可以认出来，就不会有保留至今的“困惑”。那时候的书刊封面大都是黑白色的，而这本《花苑》的封面是彩色的。彩色的封面让我觉得非常稀罕、非常美。杂志里有一部中篇小说叫作《青青客舍》。我到现在都清晰地记得那个“客舍”：一幢两层青砖灰瓦房，一条清澈的小溪从房前缓缓流过，溪水两边是高大的柳树，垂下嫩绿的柳枝。客店的老板娘是一位叫作“青青”的年轻女子。

小说故事就围绕着青青客舍展开，讲的是一位住店旅客和老板娘青青之间的爱情故事。故事情节大部分忘掉了，但这本漂亮的杂志，这个美丽的“客舍”却永远留在了我的记忆中，它让我一生向往远方，向往旅行，向往一场浪漫。

刚参加工作时是在大山深处。山高水远，交通闭塞，没有电，更没有电视，我仿佛又回到了七八十年代的生活。但贫困闭塞的环境却让我有了更多的时间用来读书。我在邮局订阅了《读者文摘》《名作欣赏》等刊物。一到周末，一个人，一本书，爬上山顶，选一块可坐可卧的地儿，摊开杂志，舒展四肢，让脊背晒着太阳，听着悦耳的鸟鸣，逐渐进入书中的世界。

恍惚间，天地万物已不复存在，一切都融入了书中。

偶然瞧见同事的办公桌上有一套《红楼梦》，这让我有点兴奋。我从同事那儿借来这本世界名著，还没阅读几页的我便为之倾倒了，精妙的词句、唯美的意境、婉转的情节、宝黛之间刻骨铭心的纯真爱情，使刚刚情窦初开的我几度落泪，几番叹息。读罢此书，我为封建大家族的衰落而扼腕，更为宝黛爱情注定没有美满的结局而流泪。此后的很长一段时间里，我还沉浸在书中，久久不能释怀。这应该是我人生中第一次震撼心灵的阅读，它让我对文学艺术的审美水平上升到了一个新的高度。

读万卷书，行万里路。确实如此。读书如行旅，长路漫漫，山重水复，古道人稀，可那“无限风光在险峰”的诱惑，谁又能拒绝得了呢？

草木本心
——刘云《草木光景》读后

“为什么我的眼里常含泪水，因为我对这土地爱得深沉。”著名诗人艾青的这句诗用于读者在读刘云散文集《草木光景》时的感受上，真的是再贴切不过了。

著名作家刘云的散文集《草木光景》是一部催生人的无限乡愁的文字。描述的是关于陕南家乡、关于作者身边的树木、花草、农事、人物的场景或故事。正如作家在《如花的乡愁》里面讲的：行走在安康城乡间，我眼中的家乡农事依然蓬勃着，它让人留恋这片土地，感动于这片土地上平凡的景致和温情的故事。是的！整部作品字里行间饱含着作者对秦巴山区、对养育了自己的这片土地的深情厚谊，和对家乡亲人的感恩之情！

刘云先生的散文语言风格一贯朴实无华，善用家乡话描述，读来亲切，有在场感。文字表述亦行云流水，场面宏大，有烟火气。徜徉在他的文字中的读者仿佛能听得见山谷间溪流淙淙、鸟鸣声声，能看得见广袤大地上云蒸霞蔚；能听得见农家小院里鸡鸣犬吠，能看得见老屋檐头炊烟升起。比如你读《下谷子的雨》《四月青笋当肉吃》，就如同坐在农家的院坝上，远处有黛色青山，有燕雀翩飞；近处是碧绿稻田，有蛙鸣声声。喝着醇香扑鼻的苞谷烧，吃着泛着油光的冷水米，听着乡亲们关于庄稼、关于收成的诉说，你不由得就热泪盈眶，你的内心开始变得无比柔软，开始对这片土地以及和土地一样的人们充满了感动、感恩！

“在偏僻、无助、史前气息深长的长峡行走，有时就是失聪、失语，没有感觉、触觉、味觉、视觉，心静下来，搁在了水潭边的青石上，或晾晒在水边的麻柳树枝丫上，相反却听到了意外的鸟鸣：斑鸠之鸣！

单音节的斑鸠之鸣，显得古老悠远，只有古汉语词典才能查到它的发音。笔画简单，毫无创意，一个口，一个古，这一定是上古第一次记录下的音节，一成不变了，一直到今天。”（《城市斑鸠》）纯美灵动的文笔，清新的感受，为我们描绘了一幅温暖纯净的秦岭生态。舒缓的节奏里，蕴含着一种平和，一种从容，一种细腻，一种开阔。看似漫不经心的轻轻巧巧的文字，却仿佛如涓涓细流，一丝丝地沁入人心，让你有着大珠小珠落玉盘的感动。

“那叫国歌的歌曲，分明用拳头撞击我的心口，好像受了多年的委屈似的，几十年的泪水，在那一刻尽情流出，把个心胸流得那么空阔无垠，无遮无拦。”（《一支歌》）读到此处的你我是不是已经抑制不住地泪流满面，就像在外漂泊了许久的孩子，突然间投进母亲的怀抱，瞬间感觉安全了！心里安定踏实了！情绪不由自主地无遮无拦地宣泄出来。

“是自己的亲兄妹，到了老年，一家家都平和了，甚事都能放下了，就只剩下血脉的牵挂了。”（《一支歌》）人到中年，唯有亲人的平安健康是心头最长久的牵绊，就像我们心里始终期盼着祖国的繁荣富强一样。

刘云先生行文一贯善用白描手法，简简单单，从不咋咋呼呼或者忸怩作态，从不独自感慨或者空发感叹，就是简简单单的文字铺排，简单得就像是面对面与你说话，让你感受到实在，感受到真诚，感受到简单背后的那些并不简单的寓意。不知不觉中你已走进作者的庭院里，在他的一呼一吸间，你触摸到了作者心灵深处的悸动，听懂了作者灵魂深处的语言。

“很多年，我在老屋的小学里，有一个小小的心愿：做一个升旗手。奇怪的是，我小姑夫从不指名叫我升旗。我多少次地渴望并暗示过他呀，他竟然一回都不理会。那个大高个的娃儿，其实脑子傻着哩，他是上了两个三年级的，冬里鼻涕老是揩不干净。他小名叫个草狗子，乡下老屋那么些小娃儿，我只是清楚地记得了他：草狗伢子。”这是《一支歌》里结尾的一段文字。就是这一段平平常常的文字叙述，就是这一种漫不经心的诉说，既没有对国旗高声呐喊般的赞美，也没有对国旗海誓山盟样的承诺，却让你不能不去思考这样一个问题：那么多小娃儿，作者为什么只记住了草狗伢子——这个脑子傻得上了两个三年级，冬里鼻涕都揩不干净的草狗伢子？是因为，他升了国旗，而“我”没有呀！这是埋藏在“我”心底的永久的遗憾呀！是一辈子也无法释怀的妒忌呀！

就是这一段平平常常的文字叙述，却让你我感受到了国旗在作者心里的分量，就像阳光、土地和水对于一株小草的分量。

让世界充满阳光的爱

“从我见到布莱斯·洛世奇第一眼，我就怦然心动了。”

这是电影《怦然心动》里的女主角朱莉·贝克初遇布莱斯的一句台词。知道这部电影还是几天前的一次线上读书会上，一位老师分享了这部电影以及她的观后感。于是我向因为疫情而宅在家里的女儿询问，没想到孩子对这部电影非常熟悉，立即把她的爱奇艺会员登录在我的平板电脑上，并在网上帮我搜到并下载了这部电影，鼓动我观看。

这是一部由罗伯·莱纳执导，玛德琳·卡罗尔、卡兰·麦克奥利菲主演，于2010年在美国上映的豆瓣评分很高的影片。该片根据文德琳·范·德拉安南的同名原著小说改编，描述的是青春期男孩和女孩之间的有趣互动。

影片的叙事风格很特别，分别以男女主人公两个不同的视角讲述发生在他们身上的同一事件。故事情节也很简单，小女孩朱莉因为刚搬来的邻居小男孩布莱斯有一双幽深的蓝眼睛，就怦然心动，产生了爱慕之情，并开始追求布莱斯。朱莉虔诚地相信三件事：树是圣洁的（特别是她最爱的梧桐树），她在后院里饲养的鸡生出来的鸡蛋是最卫生的，以及总有一天她会和布莱斯接吻。朱莉满心眼里只有布莱斯，不管布莱斯如何拒绝和躲避，朱莉都觉得他只是羞于表达，甚至当布莱斯找“校花”假装交往做挡箭牌时，朱莉也只是觉得布莱斯被徒有其表的“校花”蒙蔽了双眼，她单方面甜蜜地爱着布莱斯……

不幸的是，布莱斯并不喜欢朱莉，对她从来就没有感觉。而且，他认为朱莉有点怪，怎么会把养鸡和坐在树上看风景当成乐趣呢？朱莉的“癫狂”行动让他感到十分困惑，直到后来，朱莉愿意为了一棵树而坚守战斗，并在科学展览大赛中用鸡蛋孵化出小鸡取得第一名，这才使得布莱斯开始改变了对她的看法，在绅士儒雅的姥爷的点拨、诱导和鼓励下，男孩尝试着去接受朱莉，两个人的爱情故事就此开始。

影片中还有一个不能说话的主角——梧桐树。高大的梧桐树在朱莉的眼中无疑代表一种浪漫，朱莉愿意爬上梧桐树去欣赏绚丽多彩的远方，坐在梧桐树上享受微风中那些曼妙气息。她始终坚信坐在梧桐树上就能看到所有美好的东西，忘掉所有的不愉快。梧桐树贯穿了男女主角的童年，伴随女主长大，最终见证了男女主人公的爱情。

影片中的几个矛盾冲突场面直击人心、戳中泪点。第一次矛盾冲突源于社区为了建设要伐掉梧桐树。在朱莉的心中，梧桐树是她成长的依靠，为了守护住梧桐树，朱莉爬上梧桐树的高处，并大声呼喊布莱斯也上去。让朱莉失望的是，布莱斯并未那么做，而是坐上公交去了学校。梧桐树最终被伐掉，这让朱莉伤心落泪了两个星期。爸爸为了安慰女儿，画了一棵梧桐树并放在朱莉的卧室，让朱莉可以在晚上睡觉或早上醒来睁开眼时都能看到梧桐树。朱莉因为爸爸的爱而感动得热泪盈眶，她开始认真思考她眼中看到的布莱斯。

第二次矛盾冲突场面源于朱莉送给布莱斯一家的鸡蛋被布莱斯当作垃圾扔掉。朱莉饲养的母鸡生蛋了，生下了很多鸡蛋，多到他们一家人根本吃不完。因为鸡蛋非常新鲜，所以邻居们都愿意出钱来买。朱莉把一篮子鲜鸡蛋送给布莱斯，布莱斯的父亲因为朱莉家的庭院破败而怀疑鸡蛋里有沙门氏菌并要求布莱斯退还给朱莉，懦弱的布莱斯不愿意面对朱莉，他把鸡蛋偷偷倒进垃圾桶。朱莉一如既往地送鸡蛋给布莱斯，布莱斯转身倒进垃圾桶。当朱莉发觉倾注了自己美好情感的鸡蛋被倒进垃圾桶时，她伤透了心。

回家后的朱莉把事情的来龙去脉告诉父母，结果引起了父母的激烈争吵。母亲指责父亲为了照顾弟弟不顾儿女，强烈要求父亲把他弟弟送去公立精神病院托管，父亲坚决不同意，并握拳怒吼。朱莉被这突如其来的暴风雨般的争吵吓坏了，她请求父亲不要争吵。这时候让人泪目的一幕出现，父亲低下头告诉朱莉："对不起，朱莉！这不是你的错，我们会解决的。"朱莉回到卧室，父母都去了朱莉的房间。母亲告诉朱莉她一直爱着父亲——爱父亲的坚强与善良，并告诉朱莉她是她最大的骄傲。父亲向朱莉说了叔叔的遭遇，说他很爱他，他曾答应父母会一直照顾智障的弟弟。父亲向朱莉承诺一切都会变好的。父母走后，朱莉的心里充满了感动，她庆幸自己生在这样有爱的家庭。后来，她和父亲一同去给叔叔过生日，陪伴叔叔一起度过了难忘而又美好的时光，朱莉的心中充满了爱——她觉得父亲很伟大，她一刻也不能离开父亲了。

影片中的第三个泪点是布莱斯在姥爷的帮助下逐渐改变了

对朱莉一家的看法。他疯狂爱上了朱莉，可这时候的朱莉已经对布莱斯彻底失望，觉得布莱斯漂亮的蓝眼睛也许和他本人一样很空洞，毕竟，怎么会有人不把别人对树和鸡的感情当回事呢？后来，在朱莉爸爸的帮助下，布莱斯在朱莉家的院里种下了一棵小梧桐树，俩人最终在梧桐树下牵手。

影片中的这些泪点更加突出了一个主题，那就是——爱。朱莉一家虽然不富有，但有爱的家庭让每个成员都感觉到自己很幸运。小女孩朱莉对梧桐树的爱、童年以及少女时代对布莱斯纯真的爱、布莱斯后来对朱莉炽热的爱，让整部影片温馨而又浪漫。

这部电影之所以得到很高的评分，获得很高的票房，我想与观众在影片中能找到自己童年的影子，唤醒我们童年的某些记忆、引起情感的共鸣不无关系。

我的童年记忆中也有这样一个故事——一个小男孩和一个小女孩的懵懂“爱情”：小男孩在遇见小女孩的一瞬间，就怦然心动了。美丽、阳光、仙女般超凡脱俗的小女孩吸引了男孩所有的目光，他们在一个班级里上学，学校成了男孩心中最美好的地方。

男孩的心中还充满着某种美好的期待。他在自家的房前屋后种满了各种各样的花儿——月季、腊梅、凤仙花、牡丹、菊花……让房屋周围一年四季鲜花盛开，芬芳怡人；男孩每天打扫房屋庭院，让自己的居住环境也像女孩家那样干净整洁。男孩生活在自己的童话世界里，陶醉在自己的美妙幻想中。

与朱莉不同，小男孩却如同布莱斯一样羞怯、懦弱。他从不敢把自己的心事向别人吐露，更不敢面对着小女孩表达，他把炽热的情感埋藏在心底。

男孩觉得每天和女孩四目相对的那一瞬间是最幸福的时刻。男孩很努力，认为只有用功读书才能配得上女孩。当男孩看见女孩和在别人眼里很“帅气”的男生站在一起讨论问题的时候，他没有嫉妒，他只想搬条凳子过去让女孩坐下；他想的是如果不在学习上下苦功夫，靠着这种伎俩去接近女孩是没有用的……

让我们的思绪再次回到电影里吧。影片里有很多诗一般唯美的语言。“有时落日泛起紫红的余晖，有时散发出橘红色的火光燃起天边的晚霞。在这绚烂的日落景象中，我慢慢领悟了父亲所说的整体胜于局部的总和的道理。”这是女主人坐在梧桐树上的内心独白。

“在这一场青春的洗礼里，我经历了最痛彻心扉的爱情，它是如此的扑朔迷离，差点让我误以为它不能称作爱情。可当它枝繁叶茂开花结果，却被岁月连根拔起，我连呼吸都痛了。”这是朱莉对布莱斯感到失望时的情感体验。

“有的人浅薄，有的人金玉其外败絮其中。有一天，你会遇到一个彩虹般绚烂的人，当你遇到这个人后，会觉得其他人都只是浮云而已。”这是绅士儒雅的姥爷对布莱斯的诗境点拨。

这些唯美睿智的语言就像是一泓缓缓流动的山泉水，从心头淌过，涤荡肺腑，缓解了你的疲惫，润泽了你的灵魂；让你只想慢下来静静地回味与享受——回味那些遗失的美好，享受那些埋藏心底的阳光。

汉水游女俨如卿
——李爱霞《汉有游女》读后

"'嘤嘤，嘤嘤……'/睁开眼，小虫一下子跳开了/影子落在草尖，一闪一闪/阳光的小身段窈窈窕窕/一棵荇菜长出来了/'参差荇菜，左右流之……'谁在放声歌唱，她们是我的姐妹吗?"（《汉有游女》组诗《荇菜——初长成》部分）

庚子鼠年，山河复苏，荇菜萌芽，春的色彩映照在人们的脸上，就在人们期盼着和亲人团聚、憧憬着和美丽的春姑娘来一场浪漫约会时，一场突如其来的新型冠状病毒疫情却像倒春寒一样逼迫人们退回家里。

宅在家里，透过窗户，可以看见大街小巷空旷开阔，马路上行人寥寥。无聊的人们开始聊微信、刷抖音，感叹时光缓慢，日子难熬；可对于那些本来就好安静不喜热闹的人来说，却是遇上了难得的读书好时光。

老婆是医生，她在大年初一早上被通知去了医院。我和孩子宅在家里，手机不离手掌，眼睛不离手机，这样下去不是办法，于是便想到读书。诗歌是我的最爱，于是想起李爱霞老师借鉴《诗经》创作的组诗《汉有游女》。当时粗略一读，就觉得语言清新，意境优美，后来被春晓诗社选用刊载，由糖果老师朗诵并配有文字的版本，被李老师发在了朋友圈里。

打开李老师的朋友圈，找到了《汉有游女》组诗，于是一边听糖果老师的朗诵，一边在客厅里来回走动。一首，两首，三首……屋子里充满了美好温馨的气氛。

“爸爸，这是谁写的呀？”埋头看手机的女儿抬起头来。“李爱霞，你李阿姨写的。”“哇！写得好美啊！李阿姨太厉害了！”孩子的眼里满是钦佩的神色，和我一起听了起来。

“一棵棵荇菜长出来了/一片片荇菜长出来了/参差荇菜，左右芼之/抬脚间我凌空飞翔/环佩叮咚，水波荡漾/他们高呼：啊！游女，游女！”

一早上的时间，父女俩没有说一句话，我们完全沉浸在美妙的诗歌当中，当听完了全部的二十首诗歌，当糖果老师深情的朗诵结束，我们还久久地沉醉在诗歌的美好意境中，直到窗外的一缕阳光照射在我们脸上。我抬起头，啊！窗外阳光灿烂，春光明媚。

李爱霞老师是我钦佩的一位诗人，她从事繁重的一线教学工作，工作压力大、任务重自不必说；她有大爱情怀，她爱学生，爱家人，爱生活，爱周围一切美好的事物，她把心底的爱融入她的作品里，写成一首首文字清新脱俗、意境优美深远的诗歌。读她的诗歌，恍若置身于一个温情美好的世界。

“阳光的小身段窈窈窕窕/一棵荇菜长出来了/她伸伸懒腰就挪到暖阳里……”

多么阳光，多么可爱的荇菜啊！这哪是在写荇菜？这分明就是写作者本人！阳光下，作者呼吸着新鲜的空气，自由自在地生长，终于长成了一棵健康可爱的荇菜。没有一颗热爱生活、热爱大自然的心是写不出来这样的诗句的。

"'桃之夭夭，灼灼其华'……谁家的书生大声吟咏/调如浪涛/他手拿折扇/身袭蓝衫吗？'桃之夭夭，其叶蓁蓁'……音韵绵长至纯/我不禁凌空飞舞/淡紫的水荷裙，长长纱摆如桃花朵朵"（摘自组诗《桃夭——叶蓁蓁》）

书生蓝才貌双全，风流倜傥。我多么爱慕他啊！见到他的那一刻，心都融化了，我不禁挥动衣袖，翩翩起舞……多么纯真浪漫的爱情！多么让人艳羡的才子佳人！可是，神和人之间能有美好的爱情吗？冷静下来的作者唯愿天下有情人能一生一世，能"执子之手，与子偕老"。

"雨一直下/来不及绽放的桂花香消玉殒/玉米，大豆，高粱/一粒粒腐烂/苇草也在泥淖中/一再沦陷……"（组诗《江怒——凡心误》开篇）

乱砍滥伐，过度地向大自然索取，必然会受到惩罚。作者在这里提醒人们，保护好我们赖以生存的自然环境是多么重要。

"'再挥裙，洒袖，拔簪/忽然一个踉跄，手脚酸软/我呆立如石/怎么会？失去法力？'仅仅，一瞬间。江面上那么多人！他们被汹涌的巨浪吞噬裹挟/无影无踪。"

面对吞噬生命的狂涛骇浪，作者幻想着自己再次变成法力无边的游女，挥袖，拔簪。可又有什么用呢？原本温和儒雅的汉江水啊，也有暴怒狂躁的时候。人啊，只有善待生灵，与大自然和谐相处，才有可能被大自然温柔以待！

"多少天没有休息了/蓝不知，他不停/走动着，把采回的草药/煎汤，分发……/患者越来越多/院子里躺着，坐着/呻吟一片/难道这是一场疫疾？蓝抬头看看天空，举起/从不离身的玉佩，闭眼/祈祷，瞬间/又背起空掉的药筐/消失在茫茫山岭/一天，一夜，又一天……/终于，他疲惫的身影/挪回庭院/‘快，把这些紫草紫花/熬成汤水，让大家……’话音未落，便一头倒下/院子里，那棵樛木树也晄然倒下……”（组诗《东山——三生石里》部分）

面对瘟疫，书生蓝挺身而出。多少天没休息了？蓝不知；多少天的忍饥挨饿？蓝不知。他只知道老百姓正被病痛折磨。面对瘟疫，蓝义无反顾，舍生取义，这是多么高尚的品格啊！面对新型冠状病毒疫情肆虐，数以万计的白衣战士舍小家，为大家，不顾个人的安危，日夜奋战在抗击疫情的第一线。耄耋之年的钟南山院士亲临现场，成为这次抗击疫情的脊梁！他们就是作者笔下的千千万万个蓝啊！他们的大无畏精神一定能驱散阴霾，他们的大爱情怀一定能擎起一片明媚的天空。

李爱霞的《汉有游女》组诗用饱含深情的笔墨，为读者讲述了神女和书生的爱情故事。读她的诗歌，我们不难悟出人与自然的和谐相处之道以及关于真善美的哲学真谛。

你从哪里来

从来没有一本书能让我像现在这样长时间、忘乎所以地投入其中。每天下午午休后，泡一杯茶，让身体依偎在电暖器的暖风里，一个人手捧书卷，在不知不觉中阅读到夜幕降临。

作家河森堡的《进击的智人》做到了。

《进击的智人》运用现代考古发掘成果并结合进化论的观点，为我们讲述了一段人类历史发展，在书中作者向我们阐述了这样一个观点：人类作为一个物种至今还能生存在这个星球上实属侥幸，我们已获得的“文明”并不是由文明推进的，而是由野蛮推进的，野蛮才是文明的最大动力，而促使野蛮产生的根源正是与人类一直如影相随的匮乏。匮乏像一个幽灵，时刻笼罩在人们的头顶，你永远无法真正战胜它。但是，正是在和匮乏不断搏斗的过程中，人类才得以走到今天。

人类的历史就是一部匮乏塑造的历史。

全书内容由两篇序、一篇前传以及两部分正文组成。前传为我们讲述了这样一个故事：新几内亚岛上“闹鬼”了，鬼魂专门附身于女性和幼儿们的身体，被鬼魂附身的人们的脸上不可自抑地露出奇怪诡异的傻笑，全身不停地颤抖，说话颠三倒四，走路丧失平衡能力……3—6 个月后，他们彻底失去平衡能力而瘫倒在地，颤抖着发出凄惨诡异的狂笑，最后被活活饿死。是的，饿死，因为他们已经失去了吞咽能力，就算口中塞满食物也无法下咽。

其实，这并不是什么鬼魂附体。

科学家们经过研究发现，新几内亚岛“闹鬼”是因为新几内亚存在着食人的习俗，尤其是妇女和儿童，他们习惯于吃本族男性们在战场上获得的战俘的尸体或去世的亲人的尸体。而同类相食使他们容易感染一种具有传染性的脑部神经系统疾病——朊病毒，朊病毒可以在人脑中造成蛋白质的错误折叠，最后使人的脑组织变成像海绵一样的中空结构。新几内亚人之所以存在食人的习俗，很可能是由于当地蛋白质的匮乏。科学家们再次深入研究发现，没有感染朊病毒的人的身体里存在一种关于朊蛋白的基因，拥有这一基因的人将对朊蛋白病有较强的抵抗力。专家又在全球范围内进行调查研究发现，这种抵抗朊病毒的基因在各个民族中普遍存在，这一现象指向了一种让人毛骨悚然的可能：

我们中的大多数人是被食人的历史筛选出来的……

书中正文部分是由两部分组成。第一部分“匮乏塑造了我们”，第二部分“匮乏塑造了历史”。作者依据地方考古发掘和各类历史文献以及现代科学研究成果，以理性思考的笔墨，为我们描绘了一幅幅人类从远古时代走到今天所经历的震撼心灵的画面；讲述了人类之所以会成为今天的样子，是因为数百万年来，我们的生活中永远都有那么一些必不可少的事物处于匮乏之中，我们迫不得已地和匮乏进行着永不终结的搏斗。

无数的证据和事实都说明，人类只是自然界中最普通的一员，并不比动物高贵，动物也并不比人类低贱。数百万年前，由于地球地轴倾斜角度的变化，地球逐渐陷入了规律性的极寒的冰封之中，非洲东部大片的雨林逐渐褪去，取而代之的是广袤稀疏的草原。面对环境的变化，面对匮乏，一部分灵长类选择和雨林一起撤退，另外一部分则选择走出鸟鸣猿啼的丰美雨林，挺进长风吹拂的苍茫草原。为了更大范围地搜寻到更多的食物，它们不得不长途迁徙；为了应对生存资源的匮乏，它们不得不改变自己——直立行走出现了。

数百万年以来，东非发生过的极端气候事件绝不仅有一次两次，每当气候变化带来的干旱导致致命的匮乏来临之际，古猿必须要在体能透支之前赶到一个可以补充体能的进食地点，就像今天在非洲遭遇旱灾的大象一样，自己决定向什么方向迁徙。古猿的脑容量在这时候发挥着至关重要的作用，那些脑容量大的个体可能会通过记忆，思考选择正确的迁徙路线，找到食物生存下去；而那些脑容量小的古猿可能会因为脑力不足，判断失误而走向灭亡。数百万年来，在每一次的匮乏来临之际，大自然一直用这种方式对人类的脑容量进行连续不断的考验和筛选。那些脑容量更大的古猿凭借知识和经验找到了新的栖息地，让自己的血脉延续下来。

今天读这篇文章的你我，正是当年他们选择成功的证据。

考古发现，在200万年前的东非草原上，和古猿一起生活的还有成群结队的斑鬣狗与恐猫。科学工作者通过研究它们的化石发现，它们牙釉质里的碳同位素比例与古猿体内的碳同位素比例近似。这让我们不得不相信，我们祖先的骨骼曾经被斑鬣狗狞笑着“咔嚓咔嚓”地咀嚼过，血肉被恐猫悄无声息地吞噬过。斑鬣狗是当时非洲草原上非常优秀的猎手，它们的奔跑速度可以达到每小时 60 千米，今天世界上最优秀的世界短跑运动员博尔特的百米纪录是 9. 58 秒，相当于每小时 37. 6 千米，博尔特身高 1. 96 米，而 200 万年前，各类化石显示，古猿的身高通常在 1—1. 5 米之间，奔跑速度根本无法与斑鬣狗相比。我们没有任何理由相信，某只古猿在野外突然遭遇斑鬣狗时，可以通过奔跑逃命。

相对于喜欢狞笑的斑鬣狗，更加安静、优雅、迅捷、致命的恐猫更是可怕，肩高 0. 7 米，身长 2 米。类似于豹子但比豹子更粗壮厚实的恐猫，喜欢在夜间趁古猿熟睡时行动，突袭某一个体。我们的祖先成了恐猫独一无二的主食。怎么办呢？今天的我们之所以还存在并且能够读到这本书，这说明我们的祖先当年一定是想到了对付斑鬣狗和恐猫的办法了——那就是集体行动。几十只拿着石头和棍棒的古猿可以让凶残的斑鬣狗知难而退，但要组织起几十只古猿，让他们不光要在空间上靠拢，还要在精神上彼此连接，形成真正意义上的集体，这在几十万年前确实不是一件简单的事情。这需要他们具有额外的脑力，能记住彼此的身份，形成数量众多的群体，感知和回应同伴的情绪，在面对危险和苦难时相互照应（比如在夜间遇到恐猫突袭某一个体时，群体在听到同伴的呼救时会及时赶来支援），现代心理学称之为共情。可以说，几百万年来，我们的大脑就是被知识和感情一起撑大的。

感知别人痛苦的能力是祖先在匮乏的环境下留给我们的遗产，它深深地埋藏于我们精神的底层。

直立行走减少了古猿在奔跑时的体能消耗，开阔了古猿的视野，解放了古猿的大脑，使得人类的活动范围不断扩大，在面对匮乏时具有更大的选择优势。但同时，直立行走的麻烦也显露无遗，今天你我的椎间盘突出、颈椎病、腰肌劳损等都是直立行走的后遗症。直立行走也使得人类的盆骨变得越来越窄，而增大的脑容量遇到狭窄的盆骨，使得人类女性的分娩变得格外困难。为了解决这个问题，人类采用了“生理早产”，即胎儿还未发育到足够大就提前生下来。这虽然解决了分娩难题，但刚生下来的宝宝生活不能自理，必须依赖母亲的照顾才能存活下来。

21 世纪物质丰富的今天，照顾一个新生儿都会让母亲感到精疲力竭，更何况是匮乏的旧时代。如果照顾宝宝的母亲的精力和体力被大大占用，就无法获取足够的食物，无法面对野兽的侵袭，人类的血脉延续又一次经受了极大的考验。

作者在这里引用了人类学家詹姆斯的观点——外祖母假说。大意是当一个年轻女性在生育后由于照顾孩子而陷入困境后，孩子的外祖母就会挺身而出，帮助自己的女儿搜集食物，照顾孩子。这无疑大大减轻了女儿和宝宝的生存压力。但是，要想实现这一点，首先要有一个前提——那就是外祖母的寿命要足够长。这在事实上形成了某种选择压力，那些寿命短的个体，由于无法活到女儿生育，无法在女儿最困难时伸出援手，在匮乏的压力下，自己的血脉最终有可能断绝。长寿的基因被筛选和扩散开来，人类的寿命变得越来越长。

作者依据进化论的观点，提出了人类的进化历程应该是这样的：南方古猿进化成能人，能人进化成直立人，直立人进化成海德堡人。而大约在 50 万年前，海德堡人在非洲和欧洲分化为智人和尼安德特人。

今天的你我都是智人的后代。

距今 20 万年前，智人出现在了东非地区。由于气候的影响，我们的智人祖先通过进化的方式完成了褪毛，演化出浅色的皮肤并穿上衣服；在环境的影响下，组成了集体，产生了语言，形成了共情能力，走出了非洲大陆。总之，在匮乏的压力下，智人就像火焰一样，寻找一切可以利用的资源，在星球上蔓延并燃烧开来。而生活在更高纬度的欧洲和西亚等地与我们近亲的尼安德特人，由于语言、共情能力的缺乏等种种原因，在匮乏的压力下彻底从地球上消失了。智人为自己的事业画上了一个圆满的、血淋淋的逗号，最强大的竞争者败下阵去，智人靠不断的人口增长实现了对尼安德特人的置换。

在以采集和狩猎为主的攫取经济中，环境对人口的承载力是很弱的，不断增长的人口给环境带来的压力越来越大，族群里的一部分人不得不迁徙到新的家园去生活，智人就这样伴随着人口压力的增长，在地球上一点一点地蔓延开来，一个跨越数万年时间的伟大征程开始了。在历经数万年的迁徙之后，我们的祖先走到了阳光普照、山川锦绣的中华大地。在这片土地上，他们依然会与匮乏进行殊死搏斗，在这一史诗般的过程中，他们也将缔造出一个让后世子孙感到无比骄傲的伟大文明——华夏文明。

就目前的考古发掘来看，智人的历史大约有 30 万年，他们在 29 万年左右的时间内都过着采集和狩猎的生活（男性狩猎女性采集），这种生活方式所占时间比例超过 95%。有人类学家通过观察这种状态的社会发现，在攫取经济中，就带回食物的效率而言，女性要高于男性，这一点很容易理解，因为即便是经验最老到的猎人，也无法保证每一次狩猎都有收获，甚至有可能一去不回，因为狩猎的危险性非常高。而采集则不同，或多或少都会有收获。在采集和狩猎部落中，大约有60%～80%的食物是由女性提供的。因此，在旧石器时代的漫长历史中，女性的经济地位和社会地位比男性要高。

为什么在之后的文明进程中，男性开始逐渐占据了支配地位？为什么随着时间的推移，一些重男轻女、男尊女卑的价值观也开始甚嚣尘上，甚至成为一些民族传统价值观的一部分？

这一切的改变很可能是农业带来的。农业生产给人类社会带来了一系列深刻的影响，农业让人类开始了定居生活，人们开始在居住地附近种植农作物，相对来说，谁的力量大、耐力好，谁的产量就多。在农业社会中，男性成了主要劳动力，两性之间的地位失衡出现了。

其实，我们经过几十万年进化来的身体结构原本是用来适应采集和狩猎的，农业对人类来说真是个非常糟糕的选择。那么，人类为什么要开始农业生产呢？说到底还是因为匮乏。

大约1.2万年前，一次剧烈的全球降温给当时世界各地的智人带来了巨大的压力，当干燥和寒冷来袭时，动植物的数量也随之锐减，而靠采集和狩猎为生的智人必然会因此陷入匮乏之中，他们该怎么办呢？

1. 驯化农作物。从攫取经济过渡到生产经济是一个漫长的过程，大约经历了4000年，几乎相当于从大禹治水到2008年北京奥运会召开。在这个过程中，采集狩猎和农业生产此消彼长，逐渐过渡。

2. 制陶技术与酒。在旧石器时代的最后阶段，制陶技术出现了。制陶技术的出现彻底改变了人类的饮食结构，从此人们的食谱里出现了流食。新石器时代的制陶技术对人口的发展来说具有巨大的正面意义。从此以后，人类在面对匮乏时又多了一件有力的武器。比如没有了奶水的母亲可以给宝宝煮制一些米糊和肉汤，婴儿因营养不良而死亡的概率也因此而骤降；比如在战争中受伤的战士，因为流食而存活下来；牙齿不好的老人，因为流食而健康长寿……

3. 驯化动物。智人在进化过程中的另一项壮举，即对其他动物的驯化，这也让智人真正成为地球的主宰者。智人不仅驯化了猪，驯化了狗，还驯化了自己。

新石器时代农业种植成熟以后，人们开始定居下来，并且实现了人口的快速增长。如何将大量的人口维系成一个稳定的团体，成了一件颇具挑战性的事，于是，有些人站了出来，开始散播自己的理论，这些理论有解释各种自然现象的，有关于财富分配方式或道德行为准则的，甚至有关于统治者身份的，它们形成了中国新石器时代的原始信仰。对于持不同意见的人，他们会动用暴力或假借神力来强行让人们达成共识。随着人口的不断增长和团体意志的自我加强与扩散，国家政权的雏形已经初步形成。

4. 性匮乏。上海复旦大学分子人类学实验室的严实博士曾经在全国范围内做过广泛的采样，经过统计和汇总之后，他发现大约60%的中国男性都是中国新石器时代五大超级祖先的后代。超级祖先是指新石器时代，少数几位男性靠父系氏族之间的征战获取了巨大的权力，和身边的女性生育了大量后代，这些后代继续开枝散叶，实现了广泛的基因扩散，他们的血脉最终汇聚成了中国人的汪洋大海。性的匮乏使得男性一刻不停地相互竞争、打斗甚至彼此残杀，广泛且频繁的暴力行为在新石器时代达到了空前的高潮，最终那些最具智慧、最有力量的代表垄断了性的资源，获得了生育的机会。族群里最优秀的基因被筛选下来。

科研团队根据数学模型推测，在新石器时代，大多数男性都没能留下自己的后代，他们在性的极度匮乏中黯然离开了历史舞台。

随着农业生产、陶器制作和驯化牲畜等技术的深入发展，新石器时代的社会群体也变得越来越大、越来越复杂。人口、资源、性也伴随着权力的产生而越发集中和分层，一切都准备好了，华夏大地上的先民离迈入文明的门槛只有一步之遥。

就在这时，一场大洪水来了。

大禹治水的故事家喻户晓。在世界各地的神话传说中，都有关于上古时代大洪水的描述。大洪水存在于很多民族的记忆之中。其实，已经有不少证据证明，新石器时代末期的华夏大地确实被一场惊天动地的洪水浩劫所洗礼，而这场浩劫所引发的一系列匮乏压力，也使得华夏民族破茧成蝶，迈入了文明的门槛。

在公元前 2200 年到公元前 2000 年，华夏大地突然迎来了一次降温，在全国很多地方都能找到这次降温留下的痕迹。气候变化往往是牵一发而动全身的。这种全球范围内的降温同样会造成一系列的连锁反应，中国是大陆性季风气候，当气温下降时，夏季季风会减弱，季风雨带将重新调整它的位置，黄河、淮河流域很可能迎来频繁的暴雨，其后果就是，黄河河道再也无法控制其蓬勃的水量，最终洪水四处蔓延，华夏大地一片汪洋。

今天的我们无法想象出当时洪水肆虐到什么程度，对华夏先民造成了什么样的影响。那让我们把目光投向4000年后的河南驻马店吧。1975年8月5日到7日，由于台风的影响，三天时间里，驻马店西边的板桥地区竟然降下了1605毫米的雨水，这是往年该地区一年半的降雨量。往年一年半的降雨在短短三天之内集中轰向地面，大雨中仅仅几步之外就已看不见人影，成片成片的死鸟从窗户下面飘过，它们都是被大雨活活浇死的，大雨所到之处“鸟虫绝迹”。在恐怖暴雨的连续轰击下，驻马店境内大大小小几十座水库和一些滞洪区，在几个小时之内发生了无可挽回的连环溃坝，数十亿立方的洪水携带着巨大的势能呼啸而下，席卷并粉碎了洪峰路经的一切。大水过后，村镇、房屋、道路荡然无存，举目四望，一片汪洋，水面上漂浮着无数人和动物的尸体……

其实，这并不是中国历史上最恐怖的时刻。大约4000年前的那场上古大洪水，极有可能是地球进入全新世以来最大的一场洪水。处于较高水平的生产力条件下的我们在面对大自然不可忤逆的力量时，尚且无能为力，更何况几千年前的先民们。不少学者认为，大禹治水或许并非依赖于他个人的才华，他提出的疏导之法也未必能从根本上应对恐怖的洪水，华夏先民之所以能够度过劫难继续向前，很大程度上是因为大自然渐渐平息了怒气，也许是堰塞湖的蓄水已经消耗，更有可能是

4000 年前的那次降温终于告一段落。大禹在浩劫接近尾声之际接过了救灾重任，之后便收获了民望，勇敢睿智的他成为华夏的第一个王。

细心的读者读到这里时，会不会像我这样皱起眉头继而产生疑问，夏王朝的产生竟然是由气候变化造成的？那王朝的覆灭呢？明末农民起义呢？是的，所有这一切皆是因为气候变化所致。在接下来的论述中，作者运用一组组历史数据说明，气候的变化深深地影响着华夏民族的历史进程，因为，我们的祖先们一直处于靠天吃饭的农耕时代。

公元初年到公元 439 年，即东汉三国到两晋南北朝时期鲜卑统一北方止，中国进入第二个寒冷时期，这一时期“气候寒冷，灾害频发”，尤其是南北朝时期，区区 169 年内就遭灾 315 次，平均每年遭灾 1.87 次，几乎没有一年平安无灾。寒冷、旱灾、蝗灾，这些灾害重复叠加，中华大地赤地千里，颗粒无收，即使偶有收成，也被蝗虫啃食殆尽。食物匮乏带来的恐怖始终笼罩在人们心头，农业生产崩溃，田间地头白骨蔽野，就连宫殿也是死尸交横。至永嘉五年，即公元 311 年，洛阳沦陷，社会秩序随之崩溃，万民涂炭，盗匪四起，盗贼频频捕食兵士百姓，中原大地变成了一个食人乐园。

很多学者视三国两晋南北朝时期为中国历史上最黑暗、最动荡的时代。其实，就黑暗和恐怖程度而论，中国明朝末年完全可以与之相提并论。

公元 17 世纪中叶，太阳活动减弱，全球又一次进入寒冷期，即“小冰河期”。“小冰河期”导致地球气温大幅度下降，全球粮食大幅度减产，由此引发社会剧烈动荡，人口锐减。在德国科隆，每 5 万人中就有 2 万人在大街上乞讨；芬兰全国人口消失了三分之一。匮乏以及匮乏引发的风波和苦难成为 17 世纪的主旋律。有学者做过统计，整个明朝 276 年的历史中，全境内共计发生各类天灾 1011 次，平均每年发生 3.7 次。明朝后期，天灾之密集、惨烈简直到了令人瞠目结舌的程度，万千黎民连一年的安度都成了奢望。从来没有哪一个时代像明朝末年那么冷过。正是在极度的幽寒之中，各种天灾在明末迎来了一次前所未有的集中爆发，饥荒、瘟疫、农民起义、北方女真入侵，明朝的崩溃可以用天崩地裂来形容。最悲观的推测认为，全国人口消失了四成。

冰期最先让北方的游牧、渔猎部落面临匮乏。在匮乏的压力之下，他们变得异常凶猛，南下抢掠的欲望极大增强。努尔哈赤正是在灾荒之年建国，通过对明朝发动战争，多次从关内带走数以万计的人口和牲畜，进行一系列的抢掠和洗劫，帮助女真度过饥荒。由于作战方式不同，游牧民族作战是不需要什么成本的，几乎不需要后勤，他们通过一次抢掠就能获得后勤补给，而农耕民族军队的后勤就是生命线，很多战争都是通过比后勤决出胜负的。崇祯十年（1637），军事将领卢象升在一次呈给朝廷的公文中说，自己在巡视北境时，正值隆冬时节，自己穿着皮裘都冻得发抖，而很多士兵身无挂体之裳；武场列队的时候，不断有士兵冻僵倒地，有的士兵甚至连鞋和袜子都没有。询问得知，士兵们因为饥饿用自己的衣物换取饭吃；边防的战马配备不齐，仅有的一些战马也羸瘦不堪，加鞭即倒。现代有学者认为小冰河时期是明朝灭亡的主要原因并不是没有道理。

在农业时代，遭遇冰期就等于判了一个王朝死刑。当粮食歉收或绝收时，饥荒造成饥民起事，起义农民四处抢掠，大量人口死亡又引发瘟疫，农耕民族一蹶不振，夷狄乘虚而入，华夏大地一片狼藉。

匮乏！饥饿！这些丧气的词语对于今天的大多数人来说，可能已经成为一个遥远的传说，相对于饥饿，今天的中国人更担心的是脂肪肝和糖尿病。可你知道么，仅仅是在一百多年前，很少有人知道吃饱饭是什么滋味，随便一场旱灾袭来，在西安市场上卖的肉丸子里就能吃出人的手指甲。一百多年前，人们还在与匮乏进行着殊死搏斗，吃饱饭是老百姓心头比天还要大的事儿；一百多年后的今天，中国人衣食住行中的种种匮乏已经得到了巨大的缓解，中华大地呈现出从未有过的欣欣向荣的景象，我们终于迎来了一个伟大的时代。然而，身在福中的你我是否有理由相信，与匮乏搏斗的历史已经结束？寒冷干旱不会再次降临？食物匮乏不会再次带来饿殍遍野？火山爆发、瘟疫肆虐、洪水滔天、核武放射……这些面目狰狞的匮乏不会再次找到我们？

看看与我们一同从远古走到今天的动物们的处境吧！

你要去哪里

人类在 20 世纪的伟大成就——克服饥荒、瘟疫和战争，是为了让所有人享有富足、健康与和平。21 世纪的智人同样面临着新的议题——永生不老、幸福快乐和成为具有“神性”的人类，也是希望服务于全人类。

人类进入 21 世纪后，曾经长期威胁我们生存与发展的瘟疫、饥荒和战争已经被成功遏制——核武发明，超级大国之间如果还想挑起战事，无异于集体自杀。人类因营养过剩而死亡的人数超过因营养不良而死亡的人数，因年老体衰而死亡的人数超过因传染病死亡者，自杀身亡的人数甚至超过被士兵、恐怖分子和犯罪分子杀害的人数的总和。

人类得自问一个前所未有的问题了：我们接下来要做什么？整个世界已经如此健康繁荣又和谐，我们该把注意力和创造力投到什么事情上？生物科技及信息技术为人类带来强大的新力量，我们该如何运用之？

以色列作家尤瓦尔·赫拉利所著的《未来简史》以新颖的观点、丰富的内容为我们展示了一部关于人类未来命运的科学预言。

全书共十一章，分为四个部分。书中以宏大的视角审视了人类未来的最终命运，表达了惊人的预测：人工智能和生物基因技术正在重塑世界，人类正面临全新的议题。生命本身就是不断处理数据的过程，生物本身就是算法；计算机和大数据，将比我们自己更了解自己。未来，只有1%的人将完成下一次生物进化，升级成新物种，而剩下99%的人将彻底沦为无用阶级。

未来，人类将面临三大问题：生物本身就是算法，生命就是不断处理数据的过程；意识与智能的分离；拥有大数据积累的外部环境可能将比我们自己更了解自己。如何看待这三大问题，以及如何采取更好的应对措施，直接影响着人类未来的发展。在解决这些新问题的过程中，科学技术的发展将颠覆我们很多当下认为无须佐证的“常识”，比如人文主义所推崇的自由意志将面临严峻挑战，机器将会代替人类做出更明智的选择。更重要的，当以大数据、人工智能为代表的科学技术发展日益成熟，人类将面临从进化到智人以来最大的一次改变，绝大部分人将沦为“无价值的群体”，只有少部分人能进化成特质发生改变的“神人”。

1996年2月10日，IBM的超级计算机“深蓝”打败了世界国际象棋大师加里·卡斯帕罗夫，推翻了人类能力更强的论点。2016年3月，“阿尔法狗”和韩国棋王李世石在首尔举行了一场比赛，“阿尔法狗”“凭借出奇的下法、创新的战略，以4：1击败李世石，令各方大跌眼镜。围棋的复杂程度远超国际象棋，一般认为这并不在人工智能程序能够处理的范围内。赛前，大多数专业棋手都确信李世石能赢得比赛，但在赛后分析“阿尔法狗”的棋路后，多数人的结论是人类在围棋上已不再有希望能打败“阿尔法狗”或其后来者。

21 世纪经济学最重要的问题，可能就是多余的人能有什么用？一旦拥有高度智能而本身没有意识的算法接手几乎一切工作，而且能比有意识的人类做得更好时，人类还能做什么？传统上，人生主要分为两大时期——学习期和之后的工作期。但这种传统模式很快就会彻底过时，想要不被淘汰只有一条路—— 一辈子不断学习，不断打造全新的自己。只不过，许多人，甚至是大多数人，大概都做不到这一点。接下来随着科技发展的巨大潜力不断被挖掘，很有可能出现的局面是，就算这些无用的大众什么事都不做，整个社会也有能力喂饱他们，让他们活下去。然而，人总得做些什么，否则会无聊到发疯。那么，什么事能让他们打发时间，获得满足感？答案之一可能是靠药物（产生幻觉）和电脑游戏。自由主义推崇人类生命及人类体验神圣不可侵犯的信念可能会遭受致命打击——这些人对社会毫无用处，整天生活在现实与虚幻之间，其生命何来神圣？

科学发现和科技发展很可能会将人类分为两类，一是绝大多数无用的普通人，另一类是一小部分经过升级的超人类，又或者是把各种事情的决定权完全从人类手中转移到具备高度智能的算法。

生命科学已经认为生物体都是生化算法。数据主义指出，同样的数学定律同时适用于生化算法及电子算法，于是让两者合二为一。如果数据主义成功征服世界，成为新的宗教，人类会发生什么事？一开始，数据主义可能会让人文主义加速追求健康、幸福和力量。数据主义正是通过承诺这些人文主义愿望而得以传播。而为了获得永生、幸福快乐和化身为神，我们就需要处理大量数据，这些远远超出人类大脑能力的问题，也就只能交给算法了。然而，一旦权力从人类手中交给算法，人文主义的议题就可能惨遭淘汰。人类有可能从设计者降级成芯片，再降成数据，最后在数据的洪流中溶解分散，如同滚滚洪流中的一块泥土。数据主义对人类造成的威胁，正如人类对动物所造成的威胁。

虽然人工智能和科技的兴起定将改变世界，以人为本的核心观点正面临严峻挑战，但人类的发展并不代表只会有一种结局。未来，摆在我们面前的问题仍然是：

一、生物真的只是算法，而生命也真的只是数据处理吗？

二、智能和意识，究竟哪一个更有价值？

三、等到无意识但具备高度智能的算法比我们更了解我们自己时，社会、政治和日常生活将会有什么变化？

仁者爱人
——我读《论语》

“仁者爱人”是孟子《仁者爱人》中的一句。出自《孟子·离娄下》第二十八章：君子所以异于人者，以其存心也。君子以仁存心，以礼存心。仁者爱人，有礼者敬人。爱人者，人恒爱之；敬人者，人恒敬之。“仁者爱人”里的仁者，是充满慈爱之心、满怀爱意的人。仁者同样是具有大智慧，具有人格魅力、善良的人。

“爱人”思想最早由孔子提出。《论语·颜渊》中有：“樊迟问仁。子曰：爱人。”孔子提出的“爱人”思想最初是建立在血缘远近基础上的。爱人需要从自己最亲近的人开始，先爱自己的父母是为孝，再爱兄弟姐妹是为悌，然后再把爱给朋友，爱自己的上级和君主以及天下百姓，是为忠义。

孟子对孔子的仁爱学说加以继承和发挥。在孔子的“爱人”思想基础上，提出了推恩于人的王道理想。这样，爱人思想和推恩于人的王道理想构成了儒家哲学社会理想的全部内容。“仁者爱人”思想成为儒家哲学的核心内容。

对于统治者来说，“仁者爱人”思想的核心就是心怀百姓，善待百姓，使百姓生活幸福；反过来，百姓安居乐业，就会拥护爱戴统治者。唐太宗李世民治下的唐王朝强盛繁荣、万邦来贺，与他懂得人心的重要，深谙“水能载舟，亦能覆舟”的道理不无关系；隋朝由盛及衰，迅速走向灭亡，与隋炀帝的好大喜功、不顾及民生的暴政有关。

其实，早在2500多年前，孔子就发现了人的价值。孔子有着一颗悲天悯人的心，据说有一天他从朝堂回家，仆人告诉他，家里的马厩失火了。要知道，马在当时可是贵重财富，相当于现在的豪车。但孔子没有去关注他的豪车，而是马上问：有没有人受伤？孔子把人的生命放在了马等物质财富的前面。他提出的“爱人”就是建立在人的生命价值高于一切这一逻辑上的。

“爱人者，人恒爱之；敬人者，人恒敬之。”爱别人的人，别人也永远爱他；尊敬别人的人，别人也永远尊敬他。古人的智慧告诉我们这样一个简单道理：爱别人实际上就是爱自己，尊重别人实则就是尊重自己。著名诗人臧克家在他的诗《有的人》里写道：“有的人，俯下身子给人民当牛马。有的人，情愿做野草，等着地下的火烧。有的人，他活着为了多数人更好地活……给人民做牛马的，人民永远记住他！只要春风吹到的地方，到处是青青的野草。他活着，为了多数人更好地活着的人，群众把它抬举得很高，很高。”

爱别人就是爱自己！这让我想起2019年岁末西北大学慈善研究院安康达德书院的一次读书分享会上，马云乡村教师奖获得者易义彦校长的一段发言：“我尝试用爱心去接近我的学生，去关心帮助我的学生。一段时间以后，孩子们对我的态度改变了，愿意和我亲近了，我变得快乐起来，吃饭香了，睡觉甜了。以前总觉得自己面目狰狞、从不愿意照镜子的我意外发现自己变美了，变好看了。”是啊！一个有着仁爱之心的人，一个愿意去帮助他人的人，他的内心是轻松愉悦的。医学研究表明，这种由内而外的愉悦、轻松、满足感，会让肌体产生一种免疫力，一种对抗病毒的物质，使身体达到健康平衡状态，从而表现出健康快乐美丽。

我的发小静华老师，也有一颗悲天悯人的心。记得2018年的冬天，在北京上大学的女儿的室友突发重病住进了医院，这对于一个父亲早逝、母亲靠种几亩薄地供养她上学的家庭来说，真的是雪上加霜。同学在医院里没人照顾，静华老师便鼓励女儿前去照顾，结果女儿被同学在病情发作时抓伤，她虽然心疼女儿，但看到女儿同学正处于山穷水尽、无钱治病之时，她还是义无反顾地在朋友圈、微信群里帮忙发布筹款信息，最终用了短短一天时间，就筹到了五十万元的治疗费用，解决了女儿同学的燃眉之急。事后，还提醒女儿平时要多关心帮助同学，要低调，自己家庭条件好不能在同学面前显摆……这就是我的发小女神同学！几十年的风雨兼程，几十年的笑靥如花，只因一颗单纯有爱、岁月静好的心灵。

我们正处在一个物质生活极大丰富的时代，一个理想信念空前跳跃或将丧失的时代，一个人与人关系更加错综复杂的时代。时代的巨大浪潮裹挟着我们身不由己地向前，停不下来的脚步，静不下来的心。

战争，杀戮，病毒，海啸……这个世界怎么了？我们不禁扪心自问。我们真正需要的究竟是什么？我们苦苦追寻的“梦想”、拼命占有的财富是否值得？

为了他人，为了我们自己，请停下忙乱的脚步吧，是时候需要我们静下心来，重新审视自己，反观内心。因为，心灵需要港湾，精神需要家园，就让我们从“仁者爱人”开始吧！

问世间情为何物

爱情是什么？爱情是一场霍乱瘟疫。沉浸在爱情中的人们，如同一群感染霍乱疫病的病人。

《霍乱时期的爱情》是一部关于爱情的百科全书。马尔克斯用他那一贯的天马行空的想象力和超凡入圣的文字驾驭能力为我们讲述了在霍乱疫病与残酷战争交织的艰难年代里，小城青年弗洛伦蒂诺·阿里萨在对初恋情人长达半个多世纪的不懈守望与漫长爱恋后，最终重获爱人费尔明娜·达萨倾心的故事。

这是一部华丽炫目的作品，写尽了对人生、爱情、老年和死亡的思考；这是一部关于爱情的伟大史诗，穷尽了所有爱情的可能性：忠贞的、隐秘的、粗暴的、羞怯的、柏拉图式的、放荡的、转瞬即逝的、生死相依的……

《霍乱时期的爱情》被誉为“人类有史以来最伟大的爱情小说”。

小说的故事情节很简单，儿童摄影师赫雷米亚·德圣阿莫尔——一位来自安的列斯群岛的流亡者选择在60岁时自杀——为的是不再变老。他的挚友胡维纳尔·乌尔比诺医生在清晨来到他的工作室，在警察和实习医生的配合下，经过仔细检查之后确认了自杀。因为检查得太过于仔细，乌尔比诺医生错过了他一生中的第三次星期日的弥撒。回到家里的乌尔比诺医生发现自己心爱的宠物鹦鹉正停留在一株芒果树的顶上，他和仆人们费尽九牛二虎之力也无法将鹦鹉劝说下来，因为要和妻子费尔明娜·达萨前去参加学生拉希德斯·奥利维亚医生从医二十五周年的纪念午宴，他便下令让消防员前来帮忙。参加完宴会回到家的乌尔比诺医生发现鹦鹉还停留在芒果树上，便试图自己攀爬梯子去抓住鹦鹉，结果坠梯而亡。

弗洛伦蒂诺·阿里萨选择在当天夜晚——前来吊唁的客人全部走后向新寡的费尔明娜·达萨表白心迹——“‘费尔明娜，’他对她说：‘这个机会我已经等了半个多世纪，就是为了能再一次向您重申我对您的忠诚和不渝的爱情。’”“‘你滚开！’她对她说，‘在你有生之年，都别再让我看见你！’”费尔明娜被弗洛伦蒂诺的唐突，以及自己内心深处所触发出的情感吓退。

“她第一次哭了，她为丈夫的死而哭，为自己的孤独和愤怒而哭……到了这时，她才发现自己想得更多的竟是弗洛伦蒂诺·阿里萨，而非她那死去的丈夫。”

小说把极具容量和吸引力的故事情节安排在一天时间内完成，确实独具匠心，也展现了作家高超的文字驾驭能力。《霍乱时期的爱情》创作的直接起源，是马尔克斯在报纸上看到了一则新闻：一对来到四十年前的故地，重温蜜月旅行的老人，竟被载着他们出游的船夫用桨打死了，为的是抢走他们身上带的钱。

他们是一对秘密情人，四十年来一直一起度假，但各自都有幸福而稳定的婚姻，而且子孙满堂。作家将这个故事与父母年轻时候的真实爱情糅在一起，为自己笔下的虚构小说奠定了时间跨度与张力结构。但是，马尔克斯更为重要的创作契机源自他个人对爱情的理解和对拉美文化的认识。

《霍乱时期的爱情》作为马尔克斯最为满意的作品之一，作为一部被世人推崇备至的爱情小说，如果仅仅只有那么简单的“一天”，肯定是不能被读者接受的。实际上，这部小说最为浓墨重彩的是他对于爱情细节的描写。下面，就让我们静下心来，仔细领略马尔克斯那伟大的笔墨为我们带来的深入骨髓的细节刻画吧。

一次偶然的机会，17 岁的邮电局学徒弗洛伦蒂诺·阿里萨在给女主人公的父亲送电报时，看见了正在家里教姑妈读书的费尔明娜·达萨，女孩也恰巧抬眼看了看是谁走过窗前。“正是这样偶然地一瞥，成为这场半世纪后仍未结束的惊天动地的爱情源头。”

费尔明娜成了阿里萨心目中的“花冠女神”。他每天坐在花园中一张不易被人发觉的长椅上，假装读一本诗集，偷偷地看着心爱的姑娘从身旁走过，他用饱含爱慕的双眼追随着他的女神，他写出了满纸诗情的情书，在夜晚，他浪漫地演奏小提琴……在鼓足勇气把情书递给费尔明娜等待回信的日子里，“他开始变得寡言少语、茶饭不思、辗转反侧、夜夜难眠……腹泻、吐绿水，呼吸沉重，常常昏厥，像垂死之人一样冒着虚汗……以至于母亲以为他患上了令人谈之变色的霍乱”。

13 岁的费尔明娜还是至圣童真奉献日学校的学生。初次相见阿里萨，“他那弃儿般的眼睛，牧师般的装束，神秘的行动，都引起她难以遏制的好奇心，但她从来没有想到，好奇也是潜在的爱情的变种”。费尔明娜接到阿里萨的来信并回复给他，在两年多的信件往来中，他们彼此倾心，私自定下婚约。

洛伦索·达萨——费尔明娜的父亲，是一个大字不识、明面上靠贩卖骡子为生实则是从事不法交易的商人，他给自己定下的唯一目标，就是让女儿成为高贵的夫人，虽然这条路漫长而没有把握，但他对自己的勤劳和坚韧充满自信。在知道女儿的恋情后，洛伦索找到了阿里萨，“请别挡我们的路。”他试图拆散两人，但没能成功，“就在那个星期，他带着女儿去旅行了，为了让她忘掉一切”。

不得不承认，洛伦索是一个很有心机的人。一年多的旅行改变了费尔明娜，“此刻，她再也没有心思爱这世上的其他什么人，而且骡背上的长途跋涉弄得她浑身灼痛，困得要死，更何况还在闹肚子，她唯一渴望的是找个僻静的地方，痛快地哭上一场。”费尔明娜回到家里后，父亲把家里的生活钥匙交给了她，“她感到自己受到了一股升腾的勇气的召唤，足以撼动这个世界”。“年满 17 岁的她坚定地接过这个权力。她知道，她所赢得的每一份自由都是为了爱。”

费尔明娜把自己打扮成马德里妇女的模样，带着女仆来到市场上。她边玩边买，“她知道她不只是在为自己买，也是在为他买……细棉布用来做新婚之夜的床单，天亮时上面会浸染上两人幸福的气息。每一件精美的物品，都将在他们的爱巢里共同享用”。就在费尔明娜讨价还价、边玩边买时，阿里萨正紧跟在身后，“她比离开时长高了，线条更加分明，身材更加丰盈，一种成熟的矜持使她的美更为纯净”。偶然间，费尔明娜一回头，“在距离自己的双眼两拃远的地方，她看见了他冰冷的眼睛、青紫色的面庞和因爱情的恐惧而变得僵硬的双唇”。

“他离她那么近，但与那时不同，此刻她没有感到爱情的震撼，而是坠入了失望的深渊，在那一瞬间，她恍然大悟，原来自己对自己撒了一个弥天大谎。她惊慌地自问，怎么会如此残酷地让那样一个幻影在自己的心间占据了那么长时间？”

回到家的费尔明娜让仆人给阿里萨带去了绝交信：“今天见到你时我发现我们之间不过是一场幻觉。”她退还了他的电报、诗和他送的已经风干了的山茶花，并要求阿里萨归还她曾送给他的信件和礼物。

一部伟大的小说，必然是一部关于人性的深刻探索和真实表现。很多人对费尔明娜的情感变化不甚了解，有说“见光死”的，有说“弗洛伦蒂诺因爱太深而失去了自信，让女主瞧见了他邋遢的一面”的……其实，从人性的角度看，回来后的费尔明娜早已不是原来那个“在睡梦中被小提琴独奏的小夜曲惊醒而颤抖”的情窦初开的少女，在经历了艰难的漫长跋涉、见过太多的病痛死亡后，费尔明娜成熟了，她需要一个能带给她安全和温暖的人。

在父亲的撮合下，费尔明娜嫁给了胡维纳尔·乌尔比诺——一位有着长长姓氏的刚刚从法国留学回来的医生——一个显赫家族的唯一继承者。“从来没有人想过，安居在这样一座坚实牢固的房子里的夫妻，会有什么理由不幸福。”“安全感、和谐和幸福，这些东西一旦叠加，或许看似爱情，也几乎等于爱情。但它们终究不是爱情。因为她也并不坚信爱情当真就是她生活中最需要的东西。”“有好几个月，费尔明娜·达萨总是在早晨打开阳台的窗子，思念着那个在空荡荡的小花园里窥视她的孤独幽灵。”家族制度的折磨，婆婆的无端指责，丈夫的软弱让费尔明娜非常痛苦，她时时想着摆脱，想要有个自己的房子；中年时丈夫的出轨，甚至让她绝望地出走过。“这就是生活。而爱，如果真的存在，则是另一回事，另一种生活。”“他是个完美丈夫：从不会捡起地上的任何东西，也从不关灯，不关门。黑暗的清晨，如果他发现衣服上缺了一颗扣子，她便会听见他说：‘男人需要两个妻子，一个用来爱，另一个用来钉扣子。’”“他们终于彻底了解了对方，在结婚将近三十年时，他们变得好似一个人被分成了两半。”“如果再让她选择一次，她还是会从世间所有的男人中选中她的丈夫。”“不知道这些是不是爱？这又何尝不是爱呢，只是形式不一样罢了。”

阿里萨伤心欲绝，下定决心接受母亲恳求叔叔得来的远方的工作机会，离开这个伤心之地。在这个过程中，男主角失去了自己的童贞。在以后的几十年中，确切地说是五十一年九个月零四天，阿里萨在努力工作中逐渐由一个内河船运公司的小职员成长为公司的董事长兼总经理，当然这与莱昂十二叔叔——老董事长兼总经理的用心良苦有关。在这五十一年九个月零四天中，他一方面无时无刻不思念着费尔明娜，另一方面又在一个个情人中流连忘返。几十年里，他和数以百计的恋人发生过关系，其中多数是寡妇。阿里萨始终倔强地认为自己为费尔明娜保持了童贞……

一部直击灵魂的作品，必然是对人性的深刻解读。在东方文化的理解中，阿里萨保持的“童贞”也许就是自由之身吧——精神上的“守身如玉”，灵魂上的“从未出轨”。他时时刻刻都在和不同的女人做爱，在他看来是为了保持自己良好的性能力状态。

萨拉·诺列加，一位皮肤白皙头发乌黑的四十岁女诗人，唯一一个让阿里萨尝到苦涩滋味的女人。他们于安的列斯群岛赛诗花会上认识，在两人感情最好的时期，还联手写了一首关于貌合神离的爱情的诗：“灵魂之爱在腰部以上，肉体之爱在腰部以下。”并拿去参加了第五届花会。“她痴迷于朗诵，以至于做爱时还常常扯着嗓子背起诗来。她以 18 岁所能付出的全部疯狂与热情爱着他，而他却在婚礼的前一周逃避了自己的承诺，将她抛弃在绝境，成为被人耻笑的新娘。或者用当时的话来说，成了被人用过的未婚姑娘。”“她在圣牧羊女疯人院里度过了自己的一生，整日不停地背诵淫秽的旧诗句，以至于人们不得不把她隔离，以免她让其他疯女人更疯。”

奥林皮娅·苏莱塔，一个屁股上翘娇小玲珑的在市场卖小玩意的年轻妻子，在一次大雨中被阿里萨用车送回了家，“从最初猎艳以来，这是他唯一一次感到自己被爱情之箭射穿了”。不幸的是，她在被丈夫发现后用刮脸刀割断了喉咙，这在阿里萨心中留下了很久的悲伤，“玫瑰花开的时候，只要四周无人，他就摘下一枝放在她的墓前”。

阿美利加·维库尼亚，一个十四岁的寄宿学校学生，七十四岁的阿里萨的最后一个情妇。作为女孩的校外监护人，他每周六接她出来，周日下午送她回学校，“他以慈祥祖父般的温和，狡诈地牵着她的手，逐渐把她领向自己的地下屠宰场。对她来说，这一切都是在顷刻间发生的：天堂的大门为她敞开了，花蕾瞬时绽放，令她漂浮于幸福的境界之中”。一年后，当阿里萨获知了费尔明娜丈夫去世的消息，立即断绝了和女孩的关系。女孩在绝望中自杀。

作家笔下的不幸爱情与死亡，已经远远超越了单纯的爱情主题。

七十六岁的阿里萨重拾起青年时代的勇气，“他用了三天时间来记住键盘上字母的位置，又花了六天时间学会如何一边打字一边思考，最后用了三天时间，在撕碎了半令纸后，打出了第一封准确无误的信”。当费尔明娜收到这封亘古未有的用打字机打出的信时，那是对人生、爱情、老年和死亡的思考，这些想法曾无数次像夜间的鸟儿一般扑闪着翅膀掠过她的头顶，可每当她想抓住它们时，它们就惊飞四散，只剩下散落的片片羽毛。如今，它们就在这里，清晰明了，正如她自己原本想表达的那样。

“我真想离开这个家，一直走，一直走，一直走，永远不再回来。”

“乘船去吧。”弗洛伦蒂诺·阿里萨说。

费尔明娜·达萨沉思地看了他一眼：“嗯，这是有可能的。”

“我们这个年龄的爱情已属荒唐，”她叫喊道，“到了他们那个年龄，那就是卑鄙！”两人的交往遭到了费尔明娜·达萨女儿的反对。

“一个世纪前，人们毁掉了我和这个可怜男人的生活，因为我们太年轻。”“让他们见鬼去吧！”她说，“如果说我们这些寡妇有什么优势的话，那就是再也没人能对我们发号施令了。”

当地船厂造出了第一艘轮船——弗洛伦蒂诺·阿里萨为纪念光荣的前辈，将它命名为“新忠诚号”。“新忠诚号”与其他老式或现代的内河船都不同，它在船长室旁设有一个宽敞舒适的加舱，包含一间摆放着色彩喜庆的竹制家具的客厅，一间全部用中国图案装饰的双人卧室，一个同时装了浴缸和淋浴设施的卫生间，一个十分宽阔地吊着蕨类植物的封闭瞭望台，还有一套安静的制冷系统，使整个环境免受外界的干扰，而且始终保持着春天的气候。弗洛伦蒂诺·阿里萨在下令建造这个“总统舱”室时，内心就确信，迟早有一天，这里会成为他和费尔明娜·达萨新婚旅行中幸福的世外桃源。

这一天终于来了，费尔明娜·达萨以女主人和夫人的身份占据了“总统舱”。

“午夜过后，音乐停下来，旅客的喧闹声也消散了，变成了枕边的窃窃私语，只剩下两颗孤独的心留在黑暗中的瞭望台上，随着轮船急促的喘息声跳动。”“于是，他伸出冰冷的手指，摸索着黑暗中的另一只手，找到它时，他发现它正在等待着。”“如果我们一定要干那种见不得人的事，那就干吧。”她说，“不过要像成年人那样。”

轮船到了黄金港靠岸后，旅客们一下船，他们就离开了自己的避难所。“可他们却从未想过要走出舱室。”“他们之间的感觉并不像新婚燕尔的夫妇，更不像相聚恨晚的情人，他们仿佛一起越过了漫长艰辛的夫妻生活，义无反顾地直达爱情的核心。”

返航时，为了不让轮船搭载其他旅客，弗洛伦蒂诺·阿里萨命令船长升起标志霍乱的黄旗，轮船宣布进入隔离，在紧急状态下航行。谁知感染了霍乱的轮船不被允许靠岸，他们在返回即将靠岸时，巡逻队命令他们离开海湾。

“我们走，一直走，一直走，重回黄金港!”船长被弗洛伦蒂诺·阿里萨那灵感的巨大力量震慑住了，他看了看弗洛伦蒂诺——看到的是不可战胜的决心和勇敢无畏的爱。这份迟来的顿悟使船长吓了一跳——原来是生命，而非死亡，才是没有止境的。“见鬼，那您认为我们这样来来回回的究竟要走到什么时候?”她问他。

“一生一世!”

在五十三年七个月零十一天以来的日日夜夜，弗洛伦蒂诺·阿里萨一直都准备好了答案。

最后，让我们再一次把目光聚焦在这部光芒闪耀、令人心碎的人类有史以来最伟大的爱情小说吧，作品不仅表达了“经历爱情的折磨是一种尊严”，更重要的是展现了哥伦比亚的历史。

战争和霍乱威胁着拉美人民的生命，而人为的破坏加剧了人与自然的对立，人的社会孤独感使人与人之间缺乏理解信任，心理距离拉大。其实，作家笔下的不幸爱情与死亡，均源于生存意识的社会孤独感——小说中人物的社会孤独感折射出人类心灵的痛苦。社会孤独感与自我意识是相互依存的，阿里萨积累财产，努力提高自己的社会地位，等待重回费尔明娜身边的机会，都是由社会孤独感衍生的强烈的自我意识的表现。

马尔克斯通过《霍乱时期的爱情》提出了“爱情能够给孤独带来慰藉”这一秘诀，已经远远超越了单纯的爱情主题。

关于向善的思考
——陈国庆《梅里夜话》读后

西北大学慈善研究院院长、博士生导师陈国庆教授所著《梅里夜话》一书，近日由西北大学出版社正式出版发行。

该书以“读书、省身、论善、思古”为主题，共收录133篇论文随笔，计38万余字。用陈教授自己的话说：“是在梅里这个地方，自己对自然、社会尤其是对人生有所感悟的内心独白。”全书分“梅里读书”“梅里省身”“梅里论善”“梅里思古”四个部分。

《梅里夜话》是供陕西省慈善老年大学学员使用的微课教材，也是供广大读书爱好者阅读的一本好书。陈教授长年笔耕不辍，对慈善和传统文化研究的成果，在全国都有一定影响。《梅里夜话》一书的出版，正是陈国庆教授心系慈善和传统文化并为之不懈奋斗的思考总结及思想结晶。

时代的车轮滚滚向前，科技的力量突飞猛进，思想的火花占领高地。“坐地日行八万里，巡天遥看一千河。”今日世界，精彩纷呈，日新月异。时光在眼前纷纷扰扰，岁月于耳畔鼓噪喧嚣。“人们要谋求柴米油盐酱醋茶，以期过好眼前的日子。也要向前看，展望一下未来的日子怎么过……黑格尔说，一个民族有一群仰望星空的人，这个民族才有希望。”这是陈教授在该书序言里的一段话。仰望星空的人，生活里一定会伴随着读书和思考，梦想里一定会有诗与远方。

如果要用一段文字对该书做出准确判断与把握的话，我想再没有比教授自己的这段论述更合适了：“人们在其漫长的一生里，愉快地读书与思考；在向善的生活旅程中，帮助他人，愉悦自己；人们还应当知道，自己是谁，从哪里来，要到哪里去。这些不仅仅是哲学问题，更是现实生活的实质。一个人应该时常反省自己的思考和言行是否妥帖……一个民族更要知道自己的来龙去脉、演变盛衰的历史，以及本民族与他民族有何关系，彼此又有何不同。并由此做进一步思考：中华民族怎样才能更加深入和清楚地认识自身；如何才能更好、更富、更强地立于世界民族之林等重大现实问题和长远问题。”

精神需要净土去沉淀，灵魂需要港湾来抚慰。作为一名阅读者，我向您隆重推荐《梅里夜话》。

心灵的牧歌
——李娟《阿勒泰的角落》读后

《阿勒泰的角落》是著名作家李娟创作的散文集，于2010年6月首次出版。

该书是作者在1998年至2003年之间陆续写成并在《文汇报》《南方周末》等发表的短篇散文集，全书19万余字，讲述了李娟一家在阿勒泰山区开着一个半流动杂货铺和裁缝店时的生活故事。作者以自然流动的笔调记录日常点滴趣事，向读者展示了阿勒泰地区淳朴自然的风物人情。该书曾获2013年第四届天山文艺奖和2014年花地文学榜年度散文金奖。

《阿勒泰的角落》是关于新疆、关于阿勒泰的最干净明亮的文字。在新疆的最北部，有一个叫阿勒泰的地方，那里的牧民们逐水草迁徙，居无定所，作者就生活在这里，虽然环境苍凉贫瘠，但李娟和牧民们却不觉得苦。云朵和风、白雪和阳光、青草和白桦林，都能让他们感觉到生活的美好。风里来雨里去的边疆牧人、随家庭不断迁徙的动荡生涯、离春天只有二十公分的雪兔、风沙肆虐的荒漠里喂养的金鱼……这些原本贫瘠、艰难、苍凉的生活，却在作者独树一帜、活泼灵动、真诚朴素的笔触下，焕发出别样的温暖、丰盈与喜悦。正如作家在书中所描写："世界就在手边，躺倒就是睡眠，嘴里吃的是食物，身上裹的是衣服。在这里，我不知道还能有什么遗憾。"反观生活在城市里的人，虽然拥有丰富的物质生活，却总是有太多的不满足，丧失了内心的平静。

作者以天然而纯真的笔调描述了阿勒泰地区哈萨克族日常生活的点滴趣事：裁缝、可爱的孩子、来来去去的陌生人……有人认为，《阿勒泰的角落》刻画的不是一组有关新疆的异域风情，刻画的是我们内心的牧歌：白雪、阳光、青草、白桦林，优美而又明亮，读着这些文字，耳边的风轻柔了，时间慢下来了。

"每次重读，总能真切地看到独自站在荒野中，努力而耐心地体会着种种美感的过去和自己……漫长过程中，一点一滴贯穿其间的那种逐渐成长、逐渐宁静。"正如作者所言，打开《阿勒泰的角落》这本书，你就能感受到一个思维敏锐、感触细腻的人，是如何与大自然息息相通，感悟万物之美好的。

自然流露的真情
——李爱霞《花在飞翔》读后

陕西著名作家李爱霞老师所著的《花在飞翔》，2016 年已由陕西旅游出版社出版发行。它是一部集教育随笔、生活哲理、亲情散文、山水游记、文学评论于一体的杂集。

作者将《花在飞翔》这部散文集分为“教育琴瑟”“生活笛音”“亲朋弦乐”“山水笙歌”“风雅评弹”五个部分，全书 25 万余字。细读这些文字不难发现，作者笔下凝结的教育情趣、萦绕的乡土情结、散发的亲人情思、描绘的山水情趣、张扬的文友情谊，无不是作者真性情的自然流露，无不体现了作者的大爱情怀。

作为一名教师，最熟悉的当然是她的学生。在作者的“教育琴瑟”里，孩子们都是沾着露水、有着可爱笑脸的花花草草——“每棵草都会开花”“花在飞翔”“唠叨、怒目、指责”被“爱意、温暖、期待”所代替；早早凋谢的“花朵”使老师心痛——眼神里满是对生命的不舍，目光中饱含悲悯的光芒……

这些文字让你感觉到作者不是为了写作而写作，而是把写作与生活融为一体。这种既“入乎其内”同时又“出乎其外”

的表现手法，正是作者丰富的生活积累和情感体验下的“内”与“外”的轻松往返与驾驭。“教育琴瑟”的丰富容量和唯美意境，让我们感受到老师对教书育人掏心掏肺的忠诚，对孩子们发自肺腑的爱。

整部文集文字流畅自然，意境深远。或在朴素与自然中透出趣味与哲思，或在激昂与狂放中彰显豁达与傲骨，或在理想与现实中悟出真爱与从容。

文学写作的活力源泉，一向源于现实生活。作者成长于大山深处，她爱她熟悉的山山水水、一草一木，她爱她的家人、朋友，爱身边所有的人。这些爱体现在或清新隽永、或奔放豪迈、或诗意盎然的文字中，就是《花在飞翔》。

『下部』　时光深处的温暖

多少年过去，那些时光深处的往事仍历历在目，亲人、朋友们的深情厚谊，化成我内心深处无法弥补的愧疚！他们带给我的那些温暖，在每一个困惑迷茫的时候支撑着我继续前行。

一条红围巾

网购了一套保暖内衣，却在收到保暖内衣的同时，意外收到了一条红围巾。

打开外包装袋的一瞬间，我很是惊讶——怎么还有一条红围巾呢？长长的围巾质地柔软，红得像一团火焰在屋子里燃烧着，让人顿觉温暖。这是今年的流行色——中国红。

我试着围在脖子上，一股暖流瞬间涌向全身，暖暖的让人觉得已经到了春天。

是啊！我们的国家如今就是走在春天里——生机勃勃，活力四射，中国人感觉到了前所未有的幸福、自信和骄傲——中国红昂首阔步迈向世界了。

可是，我并没有网购红围巾呀！冷静下来的我想到这可能是朋友买的填错了地址，也可能是朋友买来送我——我得弄清它的来龙去脉才行。于是就发信息打电话去询问几个常联系的朋友，问他们有没有网购过一条红围巾？有没有把地址写错？结果所有的回答都是否定的。我想这可能就是商家所谓的买一送一吧。时令正值寒冬腊月，窗外已是大雪纷飞，于是我便把红围巾围在了脖子上，感觉真好。

出门走在大街上，朋友们见了问我：

“石老师！您今年本命年吧？”

“不是呀？我本命年都过了。”

“哦？红围巾挺好看的，围在脖子上把您显年轻了。”

“老啦，谢谢啊！”我一边嘴上客气着，一边心里美滋滋的。

我知道，在我们中国，特别是在我们汉民族的习俗里，人们凡是到了本命年，都要穿戴一点红的。或者穿身红色的外套，或者系上红色的腰带，有的人甚至连内衣、内裤都要选择红色——在中国人眼里，本命年不是一个好年岁。本命年常常被认为是一个不吉利的年份。“本命年”犯太岁，有话这样讲：“太岁当头坐，无喜必有祸。”所以在本命年穿上红色，能够避开灾祸，能给自己带来好运，平平安安地度过本命年。

我不信命。记得在我的几个本命年里，都没有买过红色，我只相信命运掌握在自己的手里，只要去努力，只要去拼搏，只要去奋斗，就一定能够到达自己想要到达的理想目标终点。我也从来没有屈服于命，包括那些失魂落魄、度日如年的岁月；包括那些山穷水尽、凄凉绝望的时候——我没有放弃过，更没有屈服过。在最黑暗的岁月里，我只是幻想期盼着——明天的太阳还能早早升起；我只是静静地等待着——春暖花开还会降临人间。

时光深处的温暖

20 世纪 80 年代中期，我从初中直接考上了中专。消息像展翅飞翔的喜鹊一样，传遍了整个村子：可不得了了，村里第一次出了“大学生”了！

我从乡亲们家门前路过，乡亲们必起身笑脸相迎，必强拉硬拽着留我吃了饭再走。

男人留下来陪我说话，女人闪身进了厨房。说是陪我说话，实际上就是看着我，防止我不辞而别；说是吃饭，实际上只是我一个人的盛宴。新麦面加水揉成软软的面团后，用擀面杖擀成饼，撒上雪白的精盐、葱花和捣碎的新花椒，再次揉成面团后用菜刀切成几个小块，然后把它们分别擀成薄饼……油饼烙好后，女人又从睡房里端出了平时舍不得吃的土鸡蛋，一股脑儿全打碎在了碗里，连用筷子搅都不搅，转身洗净自家地头割下来的嫩韭菜，不一会儿工夫，一碗油汪汪的韭菜荷包蛋汤端上了桌。

我一个人吃着黄亮亮香喷喷滴着油的热油饼，喝着油旺盐咸的荷包蛋汤，听着乡亲们微笑着低声鼓励着自己的孩子：

“你看看你小林哥，现在多好啊，以后拿着国家工资，吃喝不愁，旱涝保收呢。你要向你哥多学习哩。”

那些年，不管我走到哪一家，乡亲们必要留住我吃饭，不是油饼荷包蛋就是包饺子，家家都用这样金贵的吃食招待我。

至今记得那次从麻脸舅舅家门前路过，舅舅舅母俩人合力将我拉进他们简陋的小屋，舅舅堵在矮小的屋门口，舅母去厨房给我包饺子。他们硬是看着我吃下了满满的一碗饺子后才放我走。其实我知道，麻脸舅舅家栖惶着呢；其实我知道，那些年，他们自己一年半载也舍不得这么破费着吃啊。我的心里既充满了感动，又无比的惭愧：亲人们啊！你们可能还不知道呢，我还只是上了一所师范学校呀，我毕业了是要当一辈子乡村小学老师的呀！

我知道，我需要付出十倍百倍的努力了，不然如何对得起亲人们的这般厚爱和期望呀！

中专毕业后的我被分配到了北山的一所中学——茨沟中学教书。

在茨沟的那几年里，每个星期六早上上完课后，学生们不是在老师宿舍门口就是在校园墙角边，磨磨蹭蹭地不走，恳求老师去他家家访。

山里的学生由于路途遥远，大多都选择住校，一周回家一次。回家时便缠着老师去家访：

“我爸说了，让这次无论如何都要请您去我家里。”

北山山大沟深，每一次家访都要翻山越岭，跋山涉水，我都是在学校吃过中午饭之后，下午一点钟左右跟着学生从学校出发，到达学生家里基本上已经是下午三四点了。山里天黑得早，到了学生家里，基本上已是掌灯时分，偏房里火烧得旺旺的，女主人在厨房和偏房之间进进出出地忙着，豆腐干、卤鸡蛋、魔芋豆腐、酸辣小鱼已经摆上了桌，腊猪蹄在火笼上的吊罐里“咕咚咕咚”地炖着，家酿的酒已经斟满了酒壶，只等我们到家后再放火笼边煨热。

一杯热茶过后，主人家的酒菜已经备齐。主人家一边陪着我们吃酒一边和我们聊起家常，有意无意间向我们询问起自家孩子的学习情况，让我们把娃当成自己的孩子一样管严点，不听话就打……一顿酒饭吃完，已经是月挂半空。

第二天早上我们还没起床，女主人就备好了酸菜浆水和手擀面，只等我们起床后下锅给我们醒酒；男主人则在院坝坎边忙着杀鸡。吃过了酸菜面，男主家便要领着我们去他家的房前屋后田间地头转，看看他种下的冬小麦，参观他新修的山泉自来水井工程，瞧瞧他经营的天麻木耳魔芋等副业。一圈转下来回到家，基本上又到了吃午饭的时间。午饭过后我们便与学生一起又往学校赶。

至今记得那个叫党信稳的学生。记住他的原因是一直没有去过他家里家访。有一段时间，每周六放学后，他就在校园里赖着不走，我走到哪儿他跟到哪儿，反反复复地说他爸已经叮嘱他好多次了：

"这次一定得把老师请到家里来，老师如果不来，就说明你在学校表现不好!"

那时候由于山高路远，每周只能去一个学生家里家访，后来又因为自己的腰椎不好的原因，所以直到我调走也没有去过他家里。

多少年过去，那些时光深处的往事仍历历在目，学生的淳朴可爱和家长们的深情厚谊，化成我内心深处无法弥补的愧疚！他们带给我的那些温暖，在每一个困惑迷茫的时候支撑着我继续前行。

岳母的千层底与爱

“最爱穿的鞋是妈妈纳的千层底，站得稳那走得正踏踏实实闯天下；最爱做的事儿呀是报答咱妈妈，走遍天涯心不改永远爱中华。”相信这首由解小东唱红的、极具意象且洋溢着浓郁乡土气息的歌曲《中国娃》大家都不陌生，很多人耳熟能详，张嘴就能哼唱几句。“最爱穿的鞋是妈妈纳的千层底！”是啊，慈母手中线，脚下千层底。时光荏苒，岁月黯淡了最初的光彩，可是岳母一针一线为我纳布鞋的身影却久久地躺在心灵深处最柔软的地方，至今光芒依旧，熠熠生辉。

——引子

闲来整理鞋柜，偶然间瞥见几双布鞋，有高帮的，也有低帮的；有棉鞋，也有单鞋。雪白的千层底，黑色的绒布鞋帮，针脚紧密，样式古朴，静静地躺在鞋柜的最深处——那是岳母在我患病时为我纳的千层底布鞋。

记忆尘封的大门，瞬间在脑海深处徐徐打开——

还是在我和爱人美慧刚认识的时候，岳母就张罗着为我做布鞋了。先是照着我的鞋剪下鞋样，接着就开始忙着熬糨糊、制袼褙、切底、包边、黏合、圈底、纳底、楦底，一系列工序下来，十天半月过去，做好的“千层底”静静地躺在针线笸箩里，岳母又忙着缝制鞋帮。鞋帮缝制好了，就只剩下绱鞋楦鞋、修整抹边等最后两三道工序了。经过近一个月的忙碌，千层底布鞋终于做好了。一双好看、结实、合脚的千层底布鞋穿在脚上，走路感觉特别轻快有力，仿佛从此以后，脚下皆是坦途。

岳母中等身材，圆脸庞，一头浓密黑发，性格爽朗大方，行动干净利索。那时候，我和美慧刚结婚，每次上去看她，还没进门就听见满屋子回荡着她的笑声，溢出门外好远。

岳母勤劳朴实，善良能干，远近闻名。

岳父在区镇政府上班的时候，我在距离岳母家一百多米远的一所乡村中学教书。每次推着自行车从他们家门前经过，目光投向干净整洁的房屋院落，总能看见岳母忙碌的身影——不是在家洗衣做饭，就是在地里侍弄庄稼，没有一刻闲着。我和美慧结婚以后，去看望她最多的时候，往往都是暑假。大热天里，我们坐在堂屋里吹电风扇，岳母一个人在厨房里忙做饭，有时候实在不好意思了，要去帮她，结果总被她一顿吵：

“你们快去歇着，才几个人的饭，我一个人就行了！”

病中的那几年，岳母三天两头地来看我，每次来不是一只老母鸡，就是一篮子土鸡蛋。那时候的我已经调动到富家河口的一所中学，我们住在单位里，岳母每次下来看我都不容易。先是从山里老家坐上面包车或者农用车改装的面包车，在黄泥巴路上经过近一个小时的颠簸来到二级路边，然后在公路边等到进城的公交，坐上半个多小时的公交，下车穿过公路，经过几百米曲里拐弯的胡同才可以到达我家。

大冬天里，岳母来看我，见我蜷缩在炉火旁，水都没顾上喝一口就走了。两个礼拜不到，岳母又来了，进门屁股还没在椅子上坐稳当，就从臂膀挽着的布袋里掏出一双千层底布鞋来。这可不是一双普通的千层底，除了鞋底增厚了不少，鞋帮也换成了高高的黑色条绒布鞋帮，鼓鼓囊囊的。岳母说她在鞋底鞋帮里填了好几层新棉花，让我赶紧试试合不合脚。我脱下脚上的胶鞋，把脚试着往新鞋里蹬，可看起来肥嘟嘟的鞋却怎么也蹬不进去——由于肾脏失去了排尿功能，我的脚已经肿胀得像馒头一样，根本塞不进去。岳母看到这里，叹了口气，站起身来走了。

两个礼拜不到，岳母又来了。这次的千层底棉鞋显然比上次的大了不少，但依然穿不上，不管我怎样使劲蹬腿，或是岳母帮着用力拉拽，仍然无济于事。直到第三次，岳母带来的棉鞋简直就像是一只小船，我才终于穿上了脚。这是一双专为我量脚制作的“小船”。一股暖流从脚下生出，往上蔓延直达心脏，全身热乎乎的。棉靴穿在我的脚上，岳母还不放心，俯身用手指不停地反复按压脚趾脚跟，测量棉靴的大小肥瘦比例，花白的头发在眼前飘散，泪水模糊了我的双眼。

长期的过度操劳严重损害了岳母的身体，那时候的她因为膝关节病变就已经行走困难，直到后来逐渐失去了行动能力，依靠轮椅代步。就在上次，我和美慧去看望她，车在大舅哥家门前停住后，远远望见岳母在院坝上，倚靠着轮椅晒太阳。老人家微闭着双眼，低垂着头，满头白发下，是飘落一地的梨花瓣。我们下车走近前叫一声：“妈!”

岳母睁开眼，看见了我们，精神似乎一振，说：“你们来了!”停顿了一下，又问：

“吃饭了没有?”我们回答一声：“吃了!”便从车里取出水果、牛奶、面包等食品放在岳母面前，一样样递给她。

岳母看见这些昔日让人嘴馋的食物，神色黯淡地摇了摇头，毕了说一句：“又花那么多钱干啥呢!”

我回到车里取出一本书，在院坝上搬了一把椅子坐在岳母身边，埋下头静静地看书。岳母转过身来，静静地看着我看书。我口渴了，手不自觉地就去够水杯，目光也往放水杯的地方转动，发现水杯里没水了，便呼唤大舅哥的儿子：

“伟，给姑爹倒杯水。”

岳母赶忙重复：“伟，给你姑爹倒杯水!”

晚霞带来一丝凉意，我合上书本，起身要走。岳母好像一下子从沉睡中惊醒，挺直了身，似乎试探着想要站起来，但终于放弃，说：“刚上来嘛，一口饭都没吃，咋又要走?”

我说：“时候不早了，我们下次再来看您。”说完不等岳母再次挽留，跳上车，启动了发动机。

夕阳的余晖映照在岳母苍老的脸上，皱纹里挤满了和夕阳一样让人不忍直视的留恋。

时光的脚步如果能够倒转，就让我们一起停留在过去吧——

岳母腿脚还能动的时候，每次上去，她都要强留住我们，不让我们走。那时候，我们一家三口骑着摩托车上去看她，每次要走时，岳母就站在摩托车的侧前方，双手紧紧地攥住一只车把手：

“再歇一晚上嘛，明天吃了早饭再走嘛!”看着老巴巴的岳母眼巴巴地望着我们，恳求着我们，我们只好决定留下来。

看见我们掉转车头，岳母的情绪明显地高涨起来，追着女儿问：“园，你饿不，外婆给你做饭吃?”

女儿说不饿，岳母又问：“你饿了外婆给你烙油饼吃?”

女儿又说不饿，岳母还是追着女儿：“乖，那你想吃啥呢，告诉外婆，外婆给你做?”

女儿生气了，吼岳母：“我都说了不饿，你还不停地问，烦人不？听不懂话是不!”

女儿不耐烦地转身跑去和其他小朋友一起玩耍去了。岳母望着女儿跑远的身影，乐得合不拢嘴……

苦李子

大外婆家屋后的那一树李子，留在我记忆中的永远都是苦涩的味道。

小时候，每逢春天来临，大外婆家屋后的那一棵李子树就吸引住了我所有的目光。我看着它发芽、开花、长叶、结出果实——那些日子里，树上那些总也不见长大成熟的青蛋蛋，让我觉得时间过得那么缓慢、难耐。我家离大外婆家不远，从我家顺着一面坡“之”字形往北来到一处高崖边，沿着高崖边的斜坡下到一半，再次沿着“之”字形往北转到另一面陡坡下的平坦处就到了外婆家。站在外婆家的院坝上可以清楚地看见大外婆家门前的一切——两家中间只隔着一块菜地。我每天都要经过外婆家的院坝来到大外婆家门前，只为看一眼那树李子。我每天盘算着那树李子，啥时才能由青变灰？啥时候才能变甜？我有事儿没事儿总是在外婆家的院坝上转悠，发现大外婆家门前没人，或者大外婆走进房屋，我便迅速穿过那块菜地，跳上菜地边的土坎，爬上李子树。

李子树的主干有大人小腿般粗细，不高，也没有多少枝条。我有时不用爬上树，只需用一只手扯住一根枝条，另一只手就可以摘到李子。我摘下李子塞进口袋，口袋里装满了，便迅速离开李树，跳下土坎，飞也似的往回家的方向跑去。我跑上了那面土崖，回头看不见大外婆家的房屋，便放心地慢下来，环顾四周没人，兴奋而又紧张地掏出偷来的李子，顾不上咽下口水，迫不及待地咬上一口。

眉毛突然一皱，紧接着紧闭双眼，表情痛苦地张开嘴巴，伸出舌头，把没嚼碎的李子一股脑儿地吐了出来。在连续吐出好几口苦水后，我从苦涩的味道中缓过劲来，我又掏出一个李子来，仔细地审视着，然后小心翼翼地试探着咬上一口。结果还是一样——皱眉、闭眼、伸舌头、吐口水，连续重复了好几次后，我把李子一个个掏出来，用不舍的眼神看着它们一个个被我扔到远处的沟里。

时间一天天过得飞快，转眼间那棵树上没有了一颗李子，只剩下一树的叶。几年过去，我品尝到的都是苦涩的味道。后来，李树好像生了什么病，到了春夏时节，长出的叶子蔫蔫儿的，枯黄的颜色，失去了往日的光泽；果实也少得可怜，还生满了蚜虫。大外爷见它实在是没什么利用价值，便用砍刀把它砍倒拖回家晾干当柴烧了。

砍倒的李树留下碗口大小的树桩，仿佛大外婆往后生活中苦难的疤痕，留在了我记忆的深处；大外婆家屋后从此再没有了李树，可那苦涩的味道却永远留在了我的心中，就像大外婆的一生。

大外婆身材矮小，面容黑瘦，一双缠过的小脚，行动不是很敏捷。那时候的妇女们是可以去生产队干活挣工分的。地里的庄稼收获了，生产队按每家每户所挣的工分分配粮食。大外婆因为腿脚不便，只能待在家里干一些洗衣做饭等杂活，这让大外婆家一直很贫困。

大外婆在家里默默地从早忙到晚。她性情温和，从未见她发过脾气，更没有和人吵过架。小时候的我经常在大外婆家吃饭，写作业，晚上就和大外婆睡在一起。大外婆总会给我讲故事，讲她和大外爷的故事：她当姑娘时家里穷，穷得没办法只好出门要饭，要饭的路上遇见了从国民党队伍里逃出来的大外爷，大外爷便把她领回了家。结婚后好几年大外婆不能生育，大外爷便拉着大外婆往集镇上去，说是去赶集，大外婆心里明白大外爷是想把她拉到集镇上卖掉。她没有办法，谁让自己不能生育。大外爷拉着大外婆走到半路后悔了，又拉着大外婆往回走……大外婆每晚都给我讲这些故事。有时候她想起来什么就临时加进去一点，比如路上他们怎么躲避国民党拉壮丁，大外爷给她买了什么好吃的。多少个夜晚我躺在大外婆身边，在她这些不厌其烦、不断重复的故事里进入梦乡。

那时候，大外爷在生产队的农场里当保管员，晚上就睡在农场里。我有时候也去和大外爷睡，大外爷是外爷的亲哥哥，他没有外爷那般高大，看起来也比外爷老很多，但曾经是军人的他看起来很是威武雄壮。记忆最深刻的是大外爷睡到半夜总要披上衣服坐在床铺上抽烟。那时候他们抽的烟都是自己种的，叫作旱烟。旱烟成熟晾干后切成丝儿装在一个小布袋里，叫作烟包儿，烟包儿挂在腰间，一同挂着的还有一个旱烟袋，用一根一尺来长的空心细竹做成烟杆，一头套上一个烟锅，一头套上一个烟嘴儿，烟锅烟嘴儿都是铜质做成，抽烟人想抽烟了便把烟包儿解开，从里面捏出一撮烟丝儿来装在烟锅里压实，然后划根火柴去点燃，点火的同时用嘴噙住烟嘴使劲吸，这样烟锅里的烟丝就燃了。抽烟人很享受地闭着眼睛，一边咂巴着嘴一边吞云吐雾。大外爷抽烟时一边咂巴着嘴一边咳嗽，很难受的样子。

后来，土地承包到户，农场解散，大外爷回到家里。回到家的大外爷半夜里还抽烟，有一年冬天特别冷，大外爷睡在被窝里抽，结果烧着了被褥，引起火灾，家当烧去大半。

大外爷戒不掉他的烟瘾，他整天坐在椅子上，一边抽着旱烟袋一边咳嗽。军人的威严使得我们都不敢去劝他，大外婆更不用说。他只活到六十多岁就去世了，大外爷去世很多年后，大外婆还活着。

大外婆和大外爷没有亲生儿女，外爷便把自己的四儿子过继给大外爷，以便他的哥嫂将来有人养老送终。外爷有七个儿女，过继给大外爷的儿子我们还叫他四舅。四舅是村里为数不多的念过高中的人。我上小学那会儿，四舅读高中，四舅读高中的地方离家有点远，大外婆每天天不亮就起来给四舅做早点，那时候上学的孩子没有谁吃早点。大外婆早早起来给四舅做早点，大多时候是烙馍馍，有时候也烙油饼，早点做好后天还没亮，大外婆就回到睡房半躺着偎在被窝里，看着窗户纸微微泛白，估摸时间差不多了叫醒四舅，等着四舅洗漱完毕，把早点装进四舅的书包看着四舅上学去。大外婆每天如此，那时候物质极度匮乏，早点只属于四舅一个人，大外爷和我都没有份儿，大外婆更不用说。

四舅读完高中回村里当了农民。那时候的高中生算是知识分子了，村里的几个高中生当中，有的当了民办教师，有的在村组里当了会计出纳，可四舅却一直当着农民。母亲总是批评四舅懒惰、不善言辞，四舅总是低着头，不吭声。母亲那时候是村里的会计，我的一个远房舅舅是村支书。村里大多数人和母亲一个姓，这让母亲在村里有很大的权威。进入七十年代末村里通了电，母亲便让四舅去管理村里的变电站——平时维护线路，月底收缴电费，这在当时可是一个旱涝保收的肥差事。可四舅实在是懒惰，晚上竟不待在变电站，也不细心管理。一个冬夜变电所失了火，烧了个精光。四舅又回到家里种地。

四舅成家立业后，贫困状况仍未改变，家里一直恓惶着——即使土地已经承包到户。到了九十年代，母亲帮助四舅把老房子卖掉，在我家房后土塬上的公路边打下地基，建了三间平板房。这时候的大外爷已去世多年，大外婆瘦弱的身躯显得更加矮小。我大学毕业在外工作，每次回家，总能看见她背着一个大背篓，佝偻着腰，不是满坡架岭捡拾柴火，就是在沟边地头拔猪草——直不起腰的大外婆已干不了其他活路。自家山头坡地的柴火或猪草被拾掇干净，她又去别人家的地里，土地已经承包到户，大外婆经常遭到斥责与驱赶。我家的承包地就分布在我家房屋的周围，一大面坡都是我们的土地，大外婆就去我家地里，这引起父亲的不满与埋怨。大外婆有时趁着父亲不在家时偷偷去我家地里，弓着腰的大外婆背着满满一大背篓柴火或者猪草往回家走，远远看去像是在地上爬行。

我每次遇见大外婆，她总是背着一个大背篓，背篓下是一头乱蓬蓬地粘着枯草灰尘的没有光泽的银发，黯淡无光的脸上表情木然。我看着她走近，叫她一声“大外婆”。大外婆听到声音后缓缓抬起头，用没有神采的目光怔怔地打量着我，蚊蝇般的声音叫我一声“小林”——满是褶皱的脸上才露出一丝笑容。很快，木然的表情再次凝固在脸上，她又低下头去，继续找寻她的“宝藏”。我望着渐渐远去的大背篓，实在无法将这个微若尘埃的女人同曾经赐予我至今回味起来都满口生津的红薯稀饭、凉拌丝瓜等美食，给予我那么多精彩故事的大外婆联系起来；实在无法相信从村里人以及她的口中听到的关于她和二弟的“传说”。

我很小时候的一个夏天，家里失了火，爸爸妈妈差点被烧死，万幸那时候区镇上的医院里驻有军医——爸妈得以享受免费治疗，捡回了两条命。可出生才几个月的二弟就没那么幸运了，没有奶水和婴儿食物的二弟饿得瘦成了皮包骨头，连哭声都像是猫叫。村里人都说扔在大路边算了，要是被宽展（富裕）人家捡去说不定还能捡回一条命。大外婆不顾大外爷的责骂，抱着奄奄一息的二弟挨家挨户借粮食，跑了大半个村子，终于在一户余姓人家那里借到一升谷子，回家在石头碓窝里碓成大米，熬成稀糊糊救活了二弟。

二弟后来也考上了大学参加了工作。节假日我们回到家，哥俩坐在堂屋里聊天，大外婆的大背篓偶尔从院坝上经过，她听到了堂屋里的声音走过来，用手扶着堂屋门怯怯地朝屋里张望。她的目光从我的身上缓缓移到二弟的身上，我们叫一声：“大外婆，进屋坐!”她有时候回答说“不了”，有时候干脆不说话，目光怔怔地望着我们哥俩，黯淡的脸上浮现出一丝说不清是欣慰还是羡慕的笑意，之后默然离开。

我和二弟是村里出了名的“孝子”。那时候我们每月的工资除了零用钱，其余的都交给母亲保管。外爷人老了，经常来我家坐。我们除了逢年过节给外爷钱外，平时见到他也会给他一些零用钱，三五十块地给——让他买方便面吃，和村里老人们打牌玩。记忆中的我们从未给过大外婆钱——除了偶尔回家碰着机会给她一点好吃的外，从未给过她钱。多少年后我思考过这个问题：是觉得她不识字，用不了钱？还是情感认同上她不是我们的亲外婆？其实很难说得清，或许二者都是，或许都不是。后来的我终于想明白了，根子还是刻在骨髓里的价值判断，或者舆论认同作祟——怕村里人议论我们有钱了显摆。我是一个认真的人，我再一次扪心自问：自己是否真的屈从过舆论？“轻视”——这个让良心蒙羞的字眼从心底跳出来！

大外婆看上去已经很老很老了，但她还是那样倔强地活着，不管不顾。有一次我回家，刚走到院坝坎边就看见屋门口放着大外婆的大背篓——她正坐在我家的堂屋里鼻涕一把眼泪一把地向母亲哭诉着。原来四舅他们两口子让孙儿孙女们改口叫她“大婆”！我头一回见到大外婆这么伤心、激动。捡拾柴火回家迟了就没得饭吃，有时候明明看见他们做了好吃的，灶台上留给她的却是粗糙的吃食……大外婆絮叨着。母亲听得不耐烦了，去厨房端来一碗好饭，大声对大外婆说：“叫婆也好，叫大婆也好，人都这么老了还争将（争闲气，同计较）啥呢？没饭吃了就下来，饿不着你的。”大外婆走后，母亲告诉我，四舅他们家穷是因为大外婆——大外婆命里克财。算命先生说了，只要大外婆还活着，四舅他们就永远翻不了身。

时间到了二十一世纪，大外婆还活着。大外婆已然背不动她的大背篓，她的背弯曲得厉害，一个小箩筐被她扛在肩上，蹒跚着去四下里捡些柴火或者寻些猪草。她老眼昏花，耳朵也不好使，我们大声叫她，她也不答应，偶尔抬起头望我们一眼，就又低下头默默走远，后来我们干脆都不喊她。

最后的几年，大外婆彻底失去了劳动能力。每次回去，就见她蜷缩在房檐下，或者草堆旁，一身肮脏破烂的衣服，低垂着头，瘦小的身躯已缩成一团，像一片枯萎的树叶，随时会被风带走；又像是那个苦李树留下的树桩，让岁月的风霜雨雪侵袭得面目全非。

父亲打电话告诉我说大外婆走了，看我们有没有时间回去奔丧。我打通了二弟的电话，告诉他大外婆走了，用不容置疑的口吻让他开车过来，我们一起回去见大外婆最后一面。

二弟的车飞快地行驶在回家的路上。我不知道大外婆是怎么走的——我没问父亲。熟悉的山川河流映入眼帘，我的心里竟没有悲伤，我感觉到一丝轻松，仿佛压在心头上的一块沉重的、让我压抑了多年的石头落了地。我长吐一口气，眼前瞬间一片迷蒙，模糊了前行的路。

每逢清明我都要回老家上坟——给母亲上坟，给外爷外婆上坟。我不知道大外婆的坟地在哪儿，也难为情去问四舅，没有人提起过她。我站在山坡上，向着绿水青山的深处望去，连绵起伏的山头冒起阵阵青烟。悲凉、苦涩的情绪再次涌上心头，仿佛又一次偷吃那一颗颗还未成熟的苦李子。

说给爸爸的心里话

爸爸，昨夜上海风急雨骤，睡梦中全是您的身影，早晨醒来，竟然泪湿枕巾。

就在昨天，无意中翻到我十九岁生日的时候您写给我的一封短信，重新读过这封信的我还是满满的感动，突然之间就有很多话想对您说。

很感谢您！记得小时候，只要我惹您生气了您就揍我。每次挨完打，我就在心里发誓：再也不理您了，除非您给我道歉——但您从来没有。长大了以后我才明白，家长的道歉就是在卧室门口轻声喊一句："饭做好了，出来吃饭嘛。"不经意间的一句"出来吃饭嘛"，还有满桌子我爱吃的饭菜，就将我们心里的疙瘩解开了。这种自然而然的相处方式，已经渗透到我们的习惯中，我给予的回应，就是接受了您的"道歉"。别的孩子可能埋怨家长老打自己，其实我想说很感谢您的教育，如果不是您，也不会有现在的我，所以我经受的那些惩戒现在想起来都是值得的。谢谢您！

您是一个情绪从不外露也不轻易向别人袒露心声的人。以前您住院做手术，我不听话总惹您生气，您也从来不会说自己有多难，只会把那些艰难往肚子里咽。记得有一天晚上，写完作业的我无意间在您的房间里看到一个小本子，小小年纪充满好奇心的我打开本子一看，里面全是咱们家欠别人家钱的记录。我当时吓坏了，我们家怎么还欠着别人家那么多钱啊?!我哭着拿着本子跑出去问您，您轻描淡写地说没事，说这些欠债很快就可以还清，要我赶快去睡觉。还有一次，我刚上初中，早上起床后我不想在家里吃早点，想向您要钱去外面买吃的，要了好久，最后您还是给我了，我拿着钱开开心心地去买吃的，却不知道您半夜里因为胆结石疼痛难忍，去医院做了一夜治疗，刚回到家还没来得及休息呢。

高中的时候，因为我的文化课成绩下降得厉害，您就带我去了西安打乒乓球，您在省队旁边的院子里租了间房子陪着我。因为队里的情况一直在变——一会儿说要裁减人，一会儿又说要涨训练费。所有这些您都不会明着告诉我，您一直在背后帮我撑着，一定要让我留在队里训练。那时候我们每个月的开支实在太大了，您就在家里带学生挣钱，还要给我把午饭晚饭做好，等着我训练结束回家吃——您从来不说一句苦和累。后来我终于不负您的期望考上了心仪的大学，您也开始做自己热爱的事情了——读书、写作、做慈善公益。现在，看见您脸上的笑容多了，气色也变好了，好像一夜之间年轻了十岁——我知道您的前半生都在为培养我而努力，放弃了自己的热爱。现在的您终于可以为自己喜欢的事情而努力，我真替您感到开心！跟随自己的内心，做自己喜欢的事情，我永远在您的身后支持着您！

从小到大，好像所有的事情都不用我操心。在这个世界上，原来只有父母的女儿这个角色最好当！你们对我的付出可能是我这辈子都无法全部回报的！所以现在，我要努力学习，努力赚钱，要让你们过上更好的生活——慢慢地来回报你们吧。我也希望你们能身体健康，平平安安！我不在你们身边的时候，爸爸您要照顾好自己，少喝酒，少跟妈妈吵架。我想让您一直陪在我身边，好好的！因为还有很多很多的好日子，等着我们手牵着手一起走过呢。

最后，我希望我们都能在各自的领域里一起努力，发出属于自己的耀眼光芒！

（本篇作者：石珉贤，上海中国乒乓球学院大三学生，石昌林之女。文章写于 2022 年 2 月 15 日）

土地里的母亲
——写给妈妈的一封信

亲爱的妈妈：

您在那边还好吗？时光飞逝，岁月如梭，转眼间您离开我们已有十五个年头了。今夜，长空一轮明月，满院丹桂飘香，时值中秋，看着摆在面前的满桌佳肴，我的眼前不禁又浮现出您当年带领我们劳作的场景。

春天，谷雨刚过，桑树才生出婴儿手掌大小的嫩叶，您便瞅准时机，捡个天气连续晴朗的日子，带领我们兄妹几个把往年养蚕的家伙什儿从屋里往外搬，蚕筐（养蚕的农具）、蚕架（木制，可以上下放多层蚕筐）、蚕网（放在蚕筐上过滤蚕宝宝粪便的网）、蜂窝煤炉子（蚕室升温用）……这些零零碎碎一股脑儿搬到院坝上，您再提来几桶清水，倒入适量消毒粉，制成消毒液，将这些家伙什反复消毒后，在太阳下暴晒，直到所有蚕具变得亮光光、香喷喷为止。

小满到了，天气炎热起来，东边的天空刚刚露出一丝鱼肚白，您便挑起箩筐去坡上采摘桑叶了。蚕宝宝一天到晚躺在蚕筐上，“沙沙沙”地吃个不停，桑叶挑回来像小山一样堆在堂屋里，还要用清水清洗干净。您说：“采桑叶要赶早，太阳晒过的桑叶宝宝吃了会拉稀；宝宝特别娇贵，桑叶要干净，宝宝吃了才不会生病。”

芒种节气说到就到，布谷鸟一声声叫着“快黄快割——快黄快割——”，田里的油菜由绿变白，沉甸甸地低下了头；坡地上的小麦也由青变黄，收获的季节到了。蚕宝宝的身子胖乎乎的，饭量越来越大。您起床更早了，天还没亮，桑叶就采摘了回来，您扶着蚕架看了看蚕箔里贪吃的蚕宝宝，露出欣慰的微笑，紧接着又直起身，捶了捶背，拿起镰刀又走出门去。

1981 年土地到户，咱家人口多，分到的土地也多。爷爷年迈，我们兄妹四人大的大小的小，都在学校读书，地里的活就全靠您和爸爸。爸爸经营着大队的代销店，只能抽空回来帮忙，您瘦弱的身躯便独自承担了屋里屋外绝大部分的家务和农活。好在一大片瘠薄坡地都在房屋周围，极方便耕种，只有河坝边的三亩水田远点，要下到沟底去拾掇。

太阳底下，您瘦小的身躯弯成一张弓，一大片收割的油菜整齐地堆放在您身后，似乎要将您湮没。太阳挂在天上，像燃烧的火球，“多好的天气啊！”您抬起头，眯着眼睛笑了，深深凹陷的两只眼睛挤在一起，像两颗黑珍珠镶嵌在疲惫的脸上。

油菜被割倒在田里，不用管，晒上几个太阳，便熟透了。下午，太阳偏西，空气干燥，正是收油菜籽的好时机，您怀抱着塑料篷布、扛起一把梿枷，连声呼唤放学回家的我们兄妹几个，分别拿上簸箕、搓瓢、绳子和蛇皮口袋（装过化肥的编织袋）等，跟随您来到河坝田里。您摊开塑料篷布，我们负责把晒干的油菜轻手轻脚地抱进篷布里堆起来，您甩开胳膊挥舞梿枷，梿枷打在油菜秆上，“噗咚——噗咚——”几下油菜籽便脱壳而出。捡拾干净油菜秆和叶，篷布里便只剩下黄澄澄的油菜籽，您再用搓瓢把这些滑溜溜的油菜籽一铲一铲地铲进簸箕里，端起簸箕抖动双臂，随着簸箕的上下颠动，一会儿工夫菜籽里的灰尘、碎叶就被簸出去。干净油亮的菜籽被装进蛇皮口袋，装满后用绳子一扎，袋口向上竖在田里，一袋袋油菜籽整齐地竖在田间，像胖嘟嘟的娃娃们站成一排，圆滚滚的肚子，可爱极了。

收割完油菜，小麦紧跟着要下镰了，这时候的蚕宝宝浑身变得晶莹透亮，躺在蚕箔里一动不动——得马上把它们捡拾出来，散开放在用稻草做成的“草龙”上，以便它们吐丝结茧。您和爸爸把提前做好的“草龙”的两头拴在堂屋里两面墙壁的铁钩上，然后去挑拣成熟的蚕宝宝，我们兄妹几个则负责把它们散放在长长的草龙上。“吃够了桑叶的蚕宝宝浑身变得透亮，宝宝少吃一口桑叶都不会吐丝结茧。”您怕我们不小心把没有成熟的蚕宝宝放进了草龙，不停地叮嘱。

布谷鸟没黑没明地叫着，“快黄快割！快黄快割！”一声紧似一声，太阳炙烤着大地，金黄的小麦铺天盖地，麦浪滚滚。必须把黄过芯儿的小麦尽快收割回家，您和爸爸在地里挥舞着镰刀；我和妹妹个头稍大有点力气，用稻草把割倒的小麦捆成小捆，竖在地里晾晒；两个弟弟人小力气弱，跟在后面捡拾麦穗。割麦可不像收割油菜那么干净轻松，一不小心，麦草麦芒粘在脸上钻入脖颈，麦芒划破皮肤，脸上、脖子上便火辣辣地又痛又痒，用手一抓挠，满脸满脖子上的草灰白一道黑一道，活像大戏里面的花脸。

收割小麦若遇上晚上有月亮的时候，一家人便不分白天黑夜地守在地里，干活在地里，吃饭也在地里。您在地里一边干活，一边还要估摸着时间回家做饭，饭菜做好了带到地里，又累又饿的我们便蹲在地上狼吞虎咽，一阵风卷残云过后，咂巴着嘴又开始了热火朝天的战斗。白天，骄阳似火，汗如雨下；夜晚，月朗星稀，人困马乏。您总是给我们鼓劲说：

“晚上好，晚上干活不晒太阳，也没有干扰。”

那时候的我真困啊！有时候正使劲儿捆着麦捆，手一松，就倒在麦捆上睡着了。

夏季的收割被称为“龙口夺食”，天空像极了娃娃脸，说变就变，刚才还是晴空万里，艳阳高照，轰隆隆几声响雷过后，便是瓢泼大雨。成熟的小麦经不起风吹雨淋，几场雨淋过后就会落在地里发芽，长出绿油油的小麦；留在麦秆上的也会变成芽麦。芽麦收回家里，磨出的面粉乌青脸色，失去了面粉的香甜筋道，做成面条下锅就成了糊糊，烙成饼吃起来粘牙，吃进肚子腹胀、不消化。有一年，因为雨水太多，小麦来不及收割，一家人吃了一年难以下咽的芽麦面，那滋味，真难受。

逢下雨的时候，麦收停下来，可农活不能停。咱家的河坝田被雨水一泡，正是犁田插秧的好机会，您和爸爸扛起犁头、犁耙，牵上老黄牛，冒雨来到河坝田里，给牛套上犁头，把田里泥土齐齐新翻一遍，再用犁耙反复耙上几个来回，一天工夫，水田便新翻平整出来，这时的河坝田油亮亮，明晃晃，煞是好看。不管了，让它自己澄清一晚，第二天便可插秧。

小麦被割倒捆起来竖在地里，收割才刚刚完成了一半——得尽快把它们搬运回家里，等待队上的脱粒机来了，把麦粒脱出来，用风车筛选出上好的小麦，在院坝上晒干后装进屋里的大柜小柜，才算彻底完成了“颗粒归仓”。您和爸爸用担滑绳子把很多捆小麦捆在一起，再用扦担扎牢挑在肩上一步步往回家走，两大捆小麦压在你们肩上，远看像两座移动的小山。我和妹妹用扁担一头挑着一小捆小麦，跟在你们身后。肩挑小麦是苦差事，不像肩挑其他东西那样轻松，可以歇脚，小麦一上肩就不能撂挑子，连剧烈抖动都不可以，一次剧烈抖动或是一次歇脚，干燥熟透的小麦便会撒落一地，再也无法收拾回家。“小麦上肩，到家才安。”所以，小麦一旦挑在肩上，就算再苦再累也要坚持下去，直达目的地方才罢休。

夏收结束了，秋播又紧锣密鼓地开始，插红苕、种玉米、撒芝麻、种绿豆，样样都得跟着节令走。等到满坡架岭郁郁葱葱、稻田里蛙声一片时，您又开始养起夏蚕。“懒喂猪，勤养蚕，四十五天就见钱!”您总是这样念叨着。

秋收没有夏收那么紧锣密鼓、惊心动魄了。坡地都在房前屋后，玉米、芝麻、绿豆、红薯可以按照它们各自成熟的先后顺序有条不紊地收获，唯一费力的是水田里的稻谷。收稻谷得请人换工，一二十人组织起来，按各家水稻的成熟程度一家一家地收割。那年秋收，我已经长成了十六七岁的少年，您说这正是吃不饱做不乏的年纪。该咱家收割水稻了，您在家张罗十几个人的饭食，我负责把稻谷挑回家。从河坝田到家是一段两里地的陡上坡，我把稻谷挑回家堆在院坝上，您负责用木耙摊开晾晒。那年稻谷丰收，院坝上是一片耀眼的金黄，屋里屋外充满了欢声笑语。谷子全部收回来堆在院坝上，帮忙的人吃过晚饭也陆续回家休息，您看天空月朗星稀，估计第二天是晴天，便招呼我和您一起把谷子用抛绳吊上楼顶。那时，我们家已建起了二层楼房，当大部分谷子被吊上六米多高的楼顶摊开时，已是夜深人静，腰酸背痛的我回到屋里来不及洗漱，倒头便沉沉睡去。

也不知睡了多久，迷迷瞪瞪间突然被您的叫声惊醒。“小林，快起来！下雨了！”还在睡梦中的我听见“下雨了”，条件反射般一骨碌爬起来跑出门外，此时天空电闪雷鸣，狂风夹杂着雨滴打在身上使我瞬间清醒，顾不上穿好衣服的我三步并作两步爬上楼顶，等我和您冒着冰凉的雨滴，手忙脚乱地赶在大雨落下之前用木耙和笤帚把谷子堆起来，装进箩筐，吊下楼收进二楼堂屋时，已是黎明时分。困倦至极的我回到床上，在此起彼伏的公鸡打鸣声中沉沉睡去。

又一次被您叫醒时，窗外耀眼的阳光刺得我睁不开眼。我不知道自己睡了多久，当听见您轻声对我说“快起来，天晴了，我们抓紧把谷子盘（搬）上楼”时，头昏脑涨的我再也无法控制住自己的情绪，坐起来冲着您大声吼叫：

“您算算！从昨天到今天，我睡了多长时间?！人又不是机器！没有您这样使唤人的！”

您见我这样吼您，先是一惊，后又笑了：

“娃呀，咱农民不都这样吗？在泥巴里刨食，哪有按时吃饭休息的呀?”

“我不管！我讨厌农民！我再也不想当农民了！我讨厌种地！”

“娃呀，不种庄稼咱吃啥呀？乖，快起来，坚持一下，帮妈把谷子盘上楼再好好去睡。”您俯下身心疼地抚摸着我的肩膀，柔声地说。

漫长的秋收结束了，但您的劳作并未结束。俗话说秋收冬藏，楼上堂屋里堆着小山一样的玉米棒子，用抛绳吊下来堆在一楼堂屋里，等着晚上一边看电视一边剥成颗粒；茎秆上的黄豆取下来，选择天气好时在院坝上摔打，让一粒粒黄豆从豆荚里脱出，晾干后收进袋里，等过年时，玉米爆成爆米花；黄豆浸入水中长出豆芽，或磨成豆浆做出豆腐。

劳累了一年的人们终于得到了美味的奖赏。

妈妈，不知从什么时候起，匍匐在泥土里为家人劳作的您，身躯开始慢慢模糊起来，最终影子般消失在泥土里，与土地合而为一。

妈妈，您终于可以休息了。多少年过去，每次回家，我总是习惯带着孩子，去您劳作过的土地上走一走、看一看。我会自觉不自觉地向我的孩子讲述起那些与您一起和土地亲近的岁月，心里是难以割舍的乡愁。我不知道多年以后，当我的孩子独自站在这里会怎样，有没有和我一样的乡愁，告诉自己的孩子：一粥一饭，当思来之不易啊！

想您的儿：昌林

庚子年中秋夜

一碗苞谷糁面

很久都没吃上一碗苞谷糁面了，一想起它那酸酸爽爽的味道，便满口生津，回味无穷。

那是儿时妈妈的味道！

20 世纪 80 年代到 90 年代的农村，苞谷糁面是家家户户用柴火灶煮出来的最可口、最美味、大人孩子都爱吃的美食。

记得土地刚到户后的那几年，农民种地的积极性空前高涨，“人像发了疯似的，起早贪黑，不光把麦田比往年多耕了一遍，还把集体多年荒芜了的地畔地塄全部拿锄头挖过，将肥土刮在自家地里……”正如著名作家路遥在《平凡的世界》里描述的陕北农民一样，在陕南农村，家家户户都用汗水和辛劳换来了丰衣足食的好日子。小麦、玉米、豌豆、稻谷……各种各样的农作物装满了农户们的水泥大柜、木桶、坛坛罐罐——农村呈现出一派欣欣向荣的景象。

我家也不例外，到处堆满了粮食，一下子面对这么多的粮食，父母好像还很不习惯，反反复复地念叨着他们过去挨饿的日子。我知道，他们是用这种方式表达着内心的喜悦呢。

农忙一结束，就是农人们享受生活的时刻。

那时候的我还是一个少年，正是吃不饱做不乏的年纪。

小麦被我和父亲挑到加工作坊磨成麦面粉，玉米被粉碎成了苞谷糁，豌豆或胡豆也被磨成面粉……母亲则在家里把小麦面和豌豆或胡豆面粉按一定比例掺和在一起，调制成了两掺面粉。一部分两掺面粉留在家里准备擀成两掺面吃，一部分被我或者父亲挑到压面机房压成两掺挂面。两掺面虽然黑不溜秋的，不好看，但吃起来却有一股豆子的清香，口感极好。

在安康，酸菜是家家户户的必备菜品，各家各户都有一个或大或小的酸菜缸。安康酸是安康最流行的味道。安康人“三天不吃酸，走路都会打蹿蹿”。

母亲早就准备好了酸菜。她在自家的地里拔一些萝卜缨子或者春不老菜叶抱回家，把它们淘洗干净后放入开水里一焯，再捞出来控干水分，等冷却后装进酸菜缸里，淋一点发酵好的浆水做引子，然后盖上盖子发酵。几天后，这一大缸菜就会变酸，酸菜就做成了。

母亲要为我们做苞谷糁面了。

她先从面柜里舀出多半盆两掺面粉来，放在案板上一边加水一边用筷子搅拌成面疙瘩，估摸着面疙瘩干湿均匀了，用手把面疙瘩揉成面团，揉好的面团盖上湿抹布放在一边。母亲再从酸菜缸里捞一些酸菜出来，把酸菜捏干后放在菜板上切碎，炒成酸菜浆水。

浆水炒好后，母亲便开始在铁锅里熬一锅稀溜溜的苞谷糁糊糊。熬苞谷糁的同时，母亲又取出面团摆放在案板上，取出擀面杖，只见母亲两腿一前一后蹬住地面，弯着腰伸直胳膊，两只手用力按住擀面杖，在面团上来来回回不停地滚动，不一会儿工夫，面团就变成了又大又圆的一块面片。母亲放下擀面杖，在面片上撒上一层玉米面后再把面片折叠起来，然后取出菜刀嘭嘭几下，面片就被切成了长长的面条。这时候苞谷糁儿糊糊正冒着拳头大小的泡泡，母亲趁它还没有变稠时，放入擀好的两掺面条，等面条煮得透明变软时，舀几勺酸菜浆水倒进锅里，再稍稍一煮，一锅香喷喷的两掺苞谷糁儿面就做成了。

吃苞谷糁儿面适合在秋冬的夜里。一家人围坐在火炉旁，舀一大碗两掺苞谷糁儿面，浇上油泼辣子，掰几瓣大蒜，就着大蒜“吸溜，吸溜”地吃上几口，那酸爽、那过瘾简直无法用语言来形容。一碗下肚，浑身上下热热乎乎的；两碗下肚，头上身上冒起汗来。棉袄脱掉搭在椅子上，椅子挪到火炉边，吃过苞谷糁面，趁着身子还未感觉到凉时就把棉袄捂在身上，一天的劳累便烟消云散，舒服欢畅到了心里。

那一碗苞谷糁面哟，是一个冬天的暖！

感恩遇见

漫漫人生路，我们可能会有很多的遇见，或惊天动地，或和风细雨，或失魂落魄，或柳暗花明……然而随着岁月流逝，能留在记忆深处陪伴我们一生的，可能就是那些触动灵魂、温暖生命的遇见吧。

一

小时候的我，绝对算得上是一个调皮捣蛋鬼，整天和几个臭味相投的小伙伴厮混在一起，今天去偷人家还没成熟的杏——吃不了扔得满地都是，明天又去人家南瓜地里把南瓜用小刀开一个小口，给里面塞几只小虫子，再用切下来的部分把南瓜口合上，让南瓜在不知不觉中腐烂而不被主人立即发现；今天在这家玉米地里掰几个玉米棒子，明天又在那家花生地里拔几株花生……

那时候，土地刚刚到户，物质还很不富裕，农民们如果发现树上少了杏，南瓜被放进了虫子，地里少了几个玉米棒子或者几株花生，一定会心疼地捶胸顿足继而破口大骂。而我们几个捣蛋鬼在看到这一切后，并不以为耻，甚至还会幸灾乐祸。

课堂上的我也好不到哪儿去，不是走神就是睡觉，回答老师提问时，常常答非所问，引得同学们哄堂大笑——

人生如果就这样走下去，我也能想象得出，我会有怎样的结果。

初一的时候，班上一位姓陈的女同学引起了我的注意。原因是我的同桌一直在我面前嘀咕："学习太好了，上小学从一年级跳级到三年级，又从三年级上完又跳级到了五年级……"那时候的我们小学只上五年，而陈同学等于在小学只上了三年学。

这让我对她有些刮目相看了：高高的个儿，苗苗条条的身材，白白净净的皮肤，清清爽爽的，如一株雨后的桃花，灼灼耀眼。

世间真有这么优秀的女子吗？仙女一般的气质，学习又好，我暗暗地观察着她：上课听讲总是很认真，很投入，还不停地做着笔记；目光总是紧盯着黑板；老师的提问，她都能回答正确，声音也非常好听……我想，我得改变自己了，我在日记本上写道：

我的心里
好像射进了一束光
我开始有了思考的习惯
开始每天思考自己的过失
和未来的路
我开始追随她
衣服穿得干干净净
谈吐变得文雅

每天都要静心冥想

要和她一样优秀

后来的我考上了大学，参加了工作——而且是教书育人的工作，我每每想起我的这位女同学，想起自己的改变，心中总是感慨万千：是她的出现，使我有了榜样的力量，我的心底从此有了一束光，这束光时时照亮着我的心，让我有了目标：向往光明，追求美好。

二

刚参加工作时，我被分配到山区里的一所小学。

校长是一个精瘦而矮小的中年男人，他的目光炯炯有神，人长得也很精神。他每天早上都要对着学生大声训话，对我们这些年轻老师也是毫不客气。那时候的我刚二十出头，啥都不会还很自负，所以没少挨他批——早上必须按时跟着学生跑操，备课字迹要工整清楚。

我们上课时他还经常悄悄地走进教室旁听，课堂上出现一点点小问题，晚上开会讨论批评肯定少不了。最过分的是打扫卫生，每次打扫完了还必须经过他的检查才可以结束，虽然是学生打扫，但我得跟着，角落里有一个小小的碎纸屑，得重新打扫；本来就是泥土地面，但坑洼里如果有一点灰土，也得重新打扫；检查玻璃时他会用嘴哈气到玻璃上，然后再用手去摩擦……

这样没完没了的做法，让我既深恶痛绝又无可奈何。“这是强迫症啊！”我每天在心里嘀咕着。就在他这样日复一日、年复一年注重细节的“折磨”下，我用了两年时间成为“区级优秀教师”和“区级教学能手”。

多年以后，当我握着他那苍白而瘦小的双手时，心里充满了感恩：“校长！您是我一生的导师，是您影响了我的一生啊！”

三

有一段时间，我调动到离家有七八里山路、放学后可以回到家吃晚饭的一个乡村小学教书。

学校的环境一落千丈，学校里大部分都是民办教师——就是半天在学校教书，半天回家里种地的那种。在我的心里，他们的综合素质确实有待提高，所以我每天的课余时间不是读书，就是静坐冥想，与他们几乎没有什么交往。这也让他们对我做出了这样的评价：

“大脑有毛病呢，教不好书的。”

说实话，与这样一群人共事，我找不到知音，我像蚕茧一样把自己重重地包裹起来，不与任何人交往。

每天早上起来，在家里吃完早饭去学校，天晴骑车下雨走路，就这样日复一日机械而又麻木地重复着，内心的孤寂落寞无人诉说。

一个春天的早晨，下了一夜的小雨。一想到早上又要步行去学校，我的心情就变得极其糟糕。匆匆吃过早点，拿起一把雨伞便往学校赶，当我走到我家房后的半坡坡上时，一抬头，突然发现了一株怒放的桃花，桃树上的桃花沾着昨夜的雨露，像一位美丽的少女沐浴在春风细雨中，娇艳欲滴，楚楚动人。

桃树生长在房后贫瘠之地，树干很细，也不高，但一树桃花却开得很繁盛，那一瞬间，我被定格在那里，我的眼里只有桃花，她是那么美，那么纯净，那么芬芳，那么富有朝气。

我每天都从她身旁经过啊，却只在这个雨后的早晨发现了她。我的美丽的桃花，我的骄傲的桃花，无论你是欣赏她也好，无视她也罢，她总是那样绽放着，独自芬芳着，向这个世界展示着美好，展示着自信。

我被深深地感动了，我也成了宇宙间的一株桃花，沐浴在春风里，享受着清纯的雨露和清新的空气。

一阵晨风吹过，我回过神来。我观察了一下四周，新雨中的草色是那样的青翠，小麦绿油油的，几株油菜花含苞待放，空气既湿润又清新，一股淡淡的花香随风扑入鼻孔。

原来，我每天路过的地方竟是这样美丽而富有诗意……

我的心绪彻底改变了。以后再去学校的路上，即使被大货车喷一身灰土，就算在雨后泥泞的土路上摔倒，我也不会怨天尤人，因为我的心里始终装着那株桃花，装着积极向上，装着自信与朝气。

传承在心底的力量

记忆中的母亲高高瘦瘦，她在我小时候的眼里很是漂亮。村里的妇女们见了母亲总是说：

“阎王爷，又富态啦，变好看啦！”

那时候我的周围是没有胖人的。由于物质的极度匮乏，村里的人清一色全是瘦子，谁要是身上有了一点肉，脸上泛出一点光，那是会被人赞叹和羡慕的。记得我上初中时，母亲每次到学校，同学们都会瞪大眼睛：

“你妈好年轻漂亮啊！”

听到这样的话我的心里乐滋滋的，那时候的我很为母亲的美丽而自豪。母亲留在我记忆里的不光有美丽，更有勤劳和智慧。

记忆中的母亲总是天不亮就起床，每天清晨，我还在睡梦中，总会被她收拾屋子、打扫院坝的声音吵醒。母亲春夏养蚕，四季喂猪，洗衣做饭样样能干，没见她有过休息的时候。

即使到了现在，每次回到老屋，满屋子仿佛都还是她忙碌的身影。

记忆里最为深刻的还是母亲的缝纫机。那年夏天家里失了火，母亲和父亲全身大面积烧伤，生命垂危。多亏了当时五里镇医院里驻守着解放军医生，母亲和父亲才得以住进医院，接受免费治疗。母亲和父亲得救后失去了干重体力活的能力，所幸当时是大集体时代，父亲被安排经营村里的小卖部，母亲在家里照顾我们兄妹几个。

回到家里的母亲闲不住，便东拼西凑借钱买了一台缝纫机。

当时全村只有两台缝纫机，另一家在沟底，而我们家在临近公路边的墚上。那时候，农村人穿衣服都是自己买布料请人做，做出来的新衣服在过年时穿，所以一到隆冬腊月，人们去集镇上把自己舍不得吃的土鸡蛋、土鸡、猪肉等土特产卖了换成钱，然后去买布料，给自己和家人做上一身新衣服，大年初一的早上穿在身上走亲访友。沟里的那家缝纫机只给自己和周围的邻居们做衣服，而我家房后的公路边平时就人来人往，一到冬腊月更是熙熙攘攘、人流如潮。人们去时肩挑背扛，回来时兜里揣着人民币，怀里抱着刚买的布料。

从冬月开始，母亲就把缝纫机搬到屋后的公路边，一边做衣服，一边收集布料，来来往往的人们把买来的布料交给母亲，母亲量好他们身体的尺寸后用粉笔写在布料上，按收集时的先后顺序给他们做衣服。

收集的布料堆成了山，母亲的缝纫机白天在房后的土墚上不停地转动着，晚上在家里彻夜地响着，到了腊月快要过年的那几天，母亲更是忙得顾不上做饭吃饭。

母亲饿了，便让站在她身旁看着她做衣服的我去给她下碗面条。我回到家里，先在石炭炉子上放一个小铝锅，加入适量的水，然后取几根母亲早已洗干净的蒜苗或葱，把它们切成碎末。水开了，我把柜子里的挂面抽出一小捆，放到锅里煮，然后再放点猪油、酱油，等到面条变软了再放进葱花（或者蒜苗）和盐，最后浇上醋，面条做好了，我把面条盛在一个大洋瓷碗里，端到母亲面前看着她吃。母亲吃得头上冒汗，连声说香。

冬天的夜里，我钻进温暖的被窝，母亲坐在缝纫机前，缝纫机便嗡嗡直响。我一觉睡醒，母亲还坐在缝纫机前，嗡嗡声更加响亮了。早上起床去学校上学时，我总能看到缝纫机上放着还有剩饭剩汤的碗筷，我知道母亲又熬了一夜。

缝纫机的嗡嗡声伴随在我整个少年时代的梦里，就是现在回到老屋，半夜里醒来，我仿佛还能听见母亲踩踏缝纫机的“嗡嗡”声。

母亲踩踏缝纫机的声音，听起来是那么亲切，那么熟悉，它一下子就紧紧地攥住了我心灵最柔软的地方，使人不由得浑身战栗，不由得泪流满面。

母亲踩踏缝纫机的声音，此刻仿佛还在耳边响起。这一种铭刻在记忆深处的声音，这一种与心脏产生了同步跳动的声音，曾经那么长久地占据着游子的心，给过我多少温暖，多少希望啊……

小时候周围的村民普遍贫困，可是由于母亲的勤劳和要强，我们姊妹几个穿得比同村的孩子好，吃得也比同村的孩子好。家里原来住的是一间茅草房（我没见过茅草房，是母亲有时在劳累过度或伤心落泪的时候向我哭诉的），后来推倒了茅草房盖起了三间大瓦房，几年后紧挨着原来的瓦房又盖起了三间大瓦房，包产到户后没几年，又把六间大瓦房推倒建起了五间两层的小洋楼。

那是我们十里八村的第一幢小洋楼啊，那是母亲用勤劳和智慧换来的！

母亲的勤劳智慧不光让村里人羡慕，也形成了我们兄妹几个要强的性格。二弟大学毕业后在单位从普通员工做起，通过勤奋努力一步步走上领导岗位。妹妹因为农活耽搁没有考上大学，在家务农的她报了函授，硬是通过自学取得了大专文凭，去年又通过自学考试获得了会计师资格证，如今她是一家集团公司的财务总监。

我知道，我也不能懈怠了，因为母亲早已在我们的血液里传承了一种力量，一种精神的力量——努力向上，享受劳动！

母亲节的回忆

——谨以此文献给我平凡而又伟大的母亲！献给天下所有平凡而又伟大的母亲！

母亲节到了，我又想起母亲！

秦岭南坡，牛山脚下，那是我出生的地方，也是埋下母亲尸骨的地方。母亲离开我们已经十多年了，常常地我会想起她，想她年轻时的样子，想她劳动时的样子，想她吃过的苦受过的累，想我成年后的一场大病让她忍受的那些煎熬。想着想着就忍不住泪流满面，继而失声痛哭，悲伤的心情难以用语言表述。

这也许是每一个儿子在怀念自己逝去的母亲时都会有的情感吧。

一

小时候的我还不够上学的年龄，母亲就送我去学校。

因为我太小，母亲便背着我去上学，放学后又把我从学校背回家，一直到我稍微大些能自己走路上学为止。这种记忆不是太深刻，是后来身边的大人们反复对我说起才让我留下的印象——这让我深信母亲是爱我的。

留在记忆里的还有我去学校，那些比我大的哥哥姐姐们便把防疫打针时医生发给他们的用来驱肠胃蛔虫的“宝塔糖”给我吃。那时候的母亲是学校里的民办教师。

母亲的脾气很暴躁，小时候的我们都没少挨她的打，尤其我最甚，这让我们都很怕她。村里人也怕她，给她取绰号“阎王爷”。

后来母亲在村里当会计，我的一个舅舅是村支书。村里人大部分都和母亲一个姓，村里开会都是在我家里。每次开会，开到最后母亲总是生气，开始骂我那村支书舅舅，舅舅这时候总是低下头，两手并拢垂在两腿之间，一声不吭地听母亲骂，留在我记忆里的还有，每次母亲骂完了，就去厨房里炒菜做饭。等到母亲走了，舅舅的头便从快要垂到两腿之间的位置抬起来，开始和其他村干部说笑，等母亲把饭菜做好端上桌，他便和几个村干部一起喝酒吃菜，大声地猜拳行令。

舅舅已经把刚才挨骂的事情忘到了九霄云外。

小时候的冬天去学校上学，天寒地冻时节，我们每个人手里都会提着一个小火盆，用来暖手或者上课时放在地上暖脚。小火盆的制作很简单，就是找来一个烂洋瓷碗（薄铁皮做的）或者废旧小铝盆，用钉子在边沿上对称钻上两个（或四个）小孔，然后再找来一根（或两根）细铁丝对称一折，把铁丝的两头往小孔里穿过一点点，再折回来扣紧，小火盆便做成了。冬天的早晨天气寒冷，我们便在小火盆里放几块木炭或者一些窑糟（大木头未燃尽留下的可以再次燃烧的黑木块），点燃后提着去学校，一边走还一边不停地用嘴巴吹，防止它熄灭。还有的为了让火盆里的火烧得更旺些，干脆提在手上甩开膀子抡圈圈，这样火苗一下子“呼呼”地蹿起来，空中顿时就以人的头部为圆心形成了一个火红的圆圈圈。这是一个技术活，抡不好，燃烧的木炭或者窑糟会掉下来，烧着自己或者别人。我们边走边吹，或者边走边抡，等到学校时互相看着对方的黑眼圈或者黑脸蛋，相视一笑，童真可爱。

记得有一次放学回家，我和我的两个表兄弟走在一起。他们兄弟俩一人提一只小火盆，我那表弟一边走一边抡着小火盆，不知怎么没抡好，一个火红的木炭渣子甩出来落在了我的脖子上，当时就烫得我手忙脚乱，踢腾吼叫了好半天，炭渣子才从我的后背抖了出来。我的后背和脖子被烫得灼痛灼痛，用手一摸更是痛得龇牙咧嘴，我抬头看向那两兄弟，他们竟站在原地幸灾乐祸地看着我笑，气得我当时就对着他们破口大骂。那两兄弟见我骂他们，不答应了，走过来要揍我，我知道我打不过他们两个，便先下手为强，在地上捡起几块土疙瘩扔向他们，俩弟兄见我下狠手，“好汉不吃眼前亏”，直接往回跑去，一边跑一边说着要到我家里去告状。

我忍着疼痛，万分委屈地回到家里，果然看见两兄弟正站在我家门后挤眼泪，母亲黑着脸在堂屋里干活。我知道他们肯定是向他们的姑姑告状了。我轻手轻脚地往屋里走，还没等我进门放下书包，母亲便疾言厉色地问我是怎么回事，我便一五一十地把事情的来龙去脉告诉了母亲，母亲没等我说完便急步走出门外，在院坝坎边折了一根桑树条，又一阵风似的走进屋来，抡起了桑条。我吓得一哆嗦，赶紧缩起脖子。我以为母亲要打我了，谁知桑条没落在我身上，却听见那兄弟俩鬼哭狼嚎般地叫了起来，桑条带着风声落在他们的身上，两兄弟抱起头便往门外跑，我那表弟还差一点被门槛绊个大跟头，我呆立在堂屋，不知所措，既不敢跑也不敢动。母亲看着他们跑远了，大声地吼我说：

“还不赶快去吃饭！”

吃饭的时候我心里直犯嘀咕：“这下糟了！等会儿我那大个子舅舅非来找母亲算账不可。”我把饭吃完了，舅舅没来；到晚上要睡觉的时候，舅舅还是没来。我松了一口气，舅舅不会来了。

脾气暴躁的母亲也有温柔的时候。有一件事我终生难忘，因为它影响到了我的一生。我因为上学太早，学习习惯一直不好，成绩也不好，学校老师总是把身材矮小的我安排到最后一排，说我上课老爱朝后面望，和后面的同学说话。记得那是一个深秋的夜晚，那时我已经上到了三年级，母亲坐在我身边看着我写作业，我做的是两位数除法题，我根本就不会，急得抓耳挠腮。

那次，母亲很意外地没有暴跳如雷，没有打我，而是一遍遍耐心地给我讲解；那次，我真的听懂了，我感觉到数学题原来这么简单。从那以后我爱上了数学，爱上了学习，老师把我的座位也从最后一排慢慢调到了前面第一排。很多年过去，我常常回忆起这段往事，我想不明白，母亲那次为什么没有打我，为什么那么有耐心地给我讲解，而且就那一次，我居然听懂了，并且豁然开朗，爱上学习了。

直到现在，我热爱读书学习的兴趣不减，沉迷其中，乐此不疲。

小伙伴们总爱来我家找我玩耍，即使后来我读中师、读大学，他们仍然如此，因为平时见不到我，就等寒暑假的时候来家里找我，和我一起玩耍聊天。那些年，有时候早上我还没起床，就有小伙伴来到我家的院坝上，等着我起床开门。每次小伙伴们来访，到了吃饭的时候，母亲总会留下他们，做好吃的招待他们。母亲经常告诫我们对朋友要大方些，不要小气，“吃不穷喝不穷，账算不到一世穷”，是她经常挂在嘴边的话语。记得我参加工作后有一次单位里的同事们来我家，母亲做了两大桌子菜。那次我打牌赢了钱，很不好意思，便又让母亲给同事们包饺子，母亲听到让她给包饺子吃时，回头微笑着看了我一眼，什么也没说，转身就去和面、洗菜、剁饺子馅……

那天从早上到晚上，母亲一直都在厨房里忙着。

现在想来，那时候的我是多么不懂事啊！不过这也让我养成了一生“重友情、轻钱财”的思想。这种思想习惯让我在后来吃了苦头——在遇上困难急需要用钱时，手头上却没有积蓄。但这也帮助了我，我结交了一些和我一样重情重义的朋友，他们在我最艰难困苦的时候，来到我家里，对我说：“需要用钱的时候千万别客气啊，记得给我打电话啊！”

相对优越的家庭条件形成了我骄傲张扬的个性。多年以后和小伙伴们再见面时，昔日的小伙伴们很多已经成了大老板。他们在外面发财了，买了奔驰、宝马等品牌的轿车，开回老家后第一件事便是推倒原来的老宅重建。很快，一幢幢豪华气派的小洋楼便拔地而起。我家的“小洋楼”明显地寒碜破败了，但我每次回到老屋，搬把椅子坐在院坝上，我的心里还是充满了自豪和骄傲。

老板的新屋落成了，拿出好烟散给众人，脸上堆满“谦恭”的笑容，接受着大家的祝贺。我不抽烟，我只是远远地站在原地不动，面带微笑地看着他们……老板和大家寒暄了一阵，好像忽然间“发现”了我，用责怪自己的神情甩开人群，急步向我走来，脸上堆满笑，恭敬地向我敬烟——他当然知道我是不抽烟的。

二

母亲还有一套“前人强不如后人强”的理论。她常把这句话挂在嘴边，让我在小小年纪就知道要努力向上，做事情要认真。长大成人后的我依然如此，做任何事情都会认真对待，要做就要做到最好。

“前人强不如后人强！”让我一生都不敢懈怠啊！

在母亲的督促下，在我的刻苦努力下，我考上了中师，成为村里少有的确定是要端公家饭碗的人。我要去学校报到的头天晚上，全村人都来恭贺，他们敲锣打鼓来到我家，家里热闹了半个晚上。

毕业后我被分配到了大山里教书，这让母亲由骄傲欢喜瞬间变成了失落和担忧，她总是担心我在山区受委屈，担心我不能照顾好自己，担心我找不着对象。每次我回到家里母亲便唠叨：“不能在山区里谈对象呀，找对象要找双职工呀。”这些话题被她翻来覆去地说。那一年夏天，我因为参加学校的义务劳动受伤，住进了医院，母亲知道后来山里看我，这让我很是吃惊。母亲在医院里询问了我病情的来龙去脉后，便领着我去找区镇的领导，要求把我调回老家的川道学校。手续办得非常顺利，调令也拿到了手，又和川道区镇的文教办签了合同。可就在等着去山区转户口和粮油关系时，我被告知山区换了领导，新领导不让我走。

那是一个酷热的夏天午后，我汗流浃背地回到家把结果告诉了母亲，母亲听后一言不发，起身到里屋换了一身干净的衣服，随手拿了一顶草帽便出门了。看到母亲瘦弱的身躯走进炽热的阳光里，我心想，母亲真是拼命了，那根本就是她无法改变的事情，她去了也是徒劳。区镇里的领导能听她的话？能因为她不顾烈日的暴晒，拖着瘦弱的身躯为了她生病的儿子早日回到她身边去求情而心生怜悯、格外开恩？

太阳西斜的时候母亲回来了，母亲一脸疲惫地坐在院坝边的椅子上，我为母亲倒了一杯水。母亲一口气喝完了杯子里的水，神情落寞地告诉我，山区新领导说我还欠着医院里的药费呢，不能走。听了母亲的话，我知道这是学校搞的鬼，区镇领导怎么知道我欠医院药费的事情？我是因为参加义务劳动受了伤，晕倒在教室里才去住院的，是学校将我送去医院的，是校长签了字的，这是学校和医院之间的事，怎么能是我个人欠着医院的费用？我清楚这是学校为我交了住院费，学校担心到时候万一不能在区财政报销这笔钱，而我要是一走了之，为难的是学校，所以学校去请示了区镇领导……胳膊拧不过大腿，我知道我还得在山里工作一年。

三

时间一晃到了 2000 年，我也步入而立之年，我注意到母亲一天天地变老了，很多时候很多事情上我会让着她。母亲老了！我时刻告诫自己，不要用母亲遗传给我的暴脾气去对待渐渐变老的母亲，去对待一大家子和我流淌着相同血液的家人。那时候我们兄妹几个都已成家，都在外面工作或打工，逢年过节的时候我们都会回到老屋。这时候的屋子里、院坝上挤满了人，老的、少的、小的三代同堂，小孩子哭闹，大人叫嚷，热闹非凡。到了吃饭的时候，两桌坐不下摆成三桌，母亲总是在厨房忙碌着，有时候我也进厨房帮母亲炒菜做饭。母亲好像也感觉到自己老了吧，很多事情总是有意无意地让我拿主意，让我当起这个家。我便在家里约法三章，其中有一条便是“好日子要好好过！逢年过节的时候，不管是谁，不管他心里有多大的委屈，多么难受，都不许爆发，自己先忍一忍，先欢欢喜喜地过完节再说。”这就是现在流行的所谓“仪式感”吧？现在生活条件好了，我们很容易产生仪式感，而那时候的人们才刚刚解决了温饱问题。

我们的家庭总是欢声笑语，一派祥和，这让很多人羡慕不已。

也许老天爷也有嫉妒心吧，就在我刚过而立之年后的第五个年头，我被查出了肾衰竭，病来得很突然！那时的我，脸上的笑容不见了，欢快的心情不见了，只剩下双眼浮肿，神情憔悴。来看我的人都哭了，我不知道母亲哭了没有，我没有见过她流泪，只记得她为了我的病整天忙碌着。那时候的我对活下去真的失去了信心，整天望着医院的窗户发呆。母亲陪着我，总是一句话：“娃啊！你可不能啊！你看妈都还活在这个世上。”

记得那次我因为体内毒素太高，流了一夜的鼻血后昏迷了，在观察室人事不省地躺了四天四夜。醒来后我看见母亲坐在我身边，拉着我的手，母亲见我醒来，万分欢喜地附在我耳边，轻声地问我想吃什么。重病中的我最想吃母亲包的饺子了，包饺子也是母亲最拿手的饭。母亲听说我想吃饺子，便起身把病房简单收拾了一下，又附在我耳边叮嘱了几句便出门了。等母亲返回时，手里便拎着一只保温桶，保温桶里装着饺子，热腾腾的酸汤饺子总让我吃得满头大汗，母亲在旁边扶着保温桶。当时的我光想着吃母亲亲手包的饺子了，我没有去想，为了能满足我的这个馋欲，母亲要走路去车站，坐一个小时班车，下车后再走一个小时山路回到家里，在家里和面剁馅儿，包好饺子再下锅煮熟，然后用保温桶装着，小心翼翼地提在手里原路返回——还得走一个小时山路，坐一个小时的班车……

每次母亲手提着保温桶回来，香喷喷的味道便弥漫在整个病房里。那是留在我心底让我一生回味、一生为之后悔、一生都为之泪流满面的美味啊！

我要去北大医院做组织细胞配型了（准备换肾）。父亲要把他的肾脏捐给我，母亲坚持要把她的肾脏捐给我，两人为此争论不休，后来在当地医院验血，只有母亲的血型和我相同。经过一个多月的准备后，母子俩就背着衣被等生活用品上路了，东西太多了！吃的、用的、穿的、铺的、盖的好几大包压在母亲身上。母亲驮着行李上了火车，因为没有买到卧铺票，所以上了火车又去卧铺车厢补卧铺票，补到票后母亲又一个人把行李从硬座拖到卧铺，艰难地穿过好几个硬座车厢……母亲分了好几次才把行李拖到卧铺车厢。火车终于到了北京，下了火车母亲想省钱，坚持要坐公交车，我们不认识路，问路人也说不清楚，因为大家都是外地人；问小卖部的老板，老板要我们给两块钱才说。好不容易遇见了警察，在警察的指引下母亲才把行李驮到公交站。公交车来了，母亲又分了好几次把行李拖上公交，行李就在公交车上占据了好大一块地方。下车时母亲又一趟又一趟地往下搬，公交车司机终于忍耐不住了，大声地吼了我们一顿。

行李终于被母亲全部搬下车，我们抬头一望，北京真大啊！一座座高楼大厦让人眩晕，宽阔的马路一眼望不到头，指示牌上写着“平安大街”。母子俩站在平安大街上晕头转向，只有一边打听一边向北大医院挪去。母亲背着两个大包，提着几个小包，几个轻一点的小包由我提着，我们一步一步地向前挪，走走停停，后来母亲实在背不动了，就用了一个长带子一头扎紧两个大包，一头挽成一个圆圈，和在火车上一样，像纤夫拉纤似的，把两个大包放在地上拖着走。看到母亲这样，我也学着她的样子，把包放在地上拖着走。

夕阳西下，母亲瘦小的身影在前面，儿子瘦弱的身躯跟在后面。夕阳的余晖映照在气派繁华的平安大街上，映照在这对不平安的母子身上，气派祥和的平安大街上，是一对拖着行李的缓慢向前移动着的两条瘦长身影。许多疑惑的目光投向了我们。

四

发现母亲身体不好是在那个军人服务社，很大的一个自助餐厅，每次吃饭时母亲基本上不吃或者吃得很少。母亲晚上的睡眠也不好，每天晚上睡到半夜她就坐起来，我因为病痛也睡不好，于是我便陪着母亲坐起来。母亲给我讲了她过去的一些事，分析了我们兄妹几个的性格，还预见性地说了几个弟弟妹妹们今后要走的路，她让我告诫兄妹几个要勤勉自律，要遵纪守法。她第一次向我说了她以后的事，说她看上的一块坟地……

母亲的这些话让我有了不祥的预感，那些夜里我们经常谈话到天明，我们的谈话里她唯一没有提到我，这是最让我伤心的事。母亲没有预见到我能活到现在，而且还活得好好的，也许母亲预见到了，只是没来得及说出口而已，我经常这样安慰自己。

在北大医院里大夫先抽了我的血液，然后给母亲检查身体，我在外面焦急地等待着。时间一分一秒地过去，我有种不祥的预感。母亲终于出来了，大夫又叫我进去，大夫小声地告诉我母亲必须先做肿瘤活检！听到大夫这样的话，我浑身一阵战栗，像一盆冷水当头浇下，一下子从头凉到了脚。一个好好的人，怎么要去做肿瘤活检呢？我们是来做配型的呀！母亲是要把她的肾脏捐献出一个给我的呀！悲凉和绝望的情绪裹挟着我，我不知道是怎样劝说母亲回来的。在返回的火车上我就想好了：回去立刻给母亲做全面检查，有病就赶快治疗。

回来后立即去了当地的医院。当大夫告诉我母亲已是肺癌晚期、不可能上手术台的时候，我怎么也不相信，我的要强的母亲，为了儿子的病四处奔波的母亲，整天忙里忙外、不知疲倦的母亲，前一天还背着沉重的行李陪我看病的母亲，她怎么可能一下子就病成这样？怎么连手术台都上不了呢？实际上她早就得病了！她一个人默默地忍受着病痛，没有告诉我，没有告诉其他任何人，她把心思全部用在了儿子的病上，完全忽视了她自己！我想最主要的原因是她不愿意让我操心她，不愿意全家人去操心她而影响为我治病。那一刻我才真正体会到了母亲有多爱我！我失声痛哭——我爱我的母亲！我不想失去她！

我们给母亲治疗了一段时间，几乎没什么效果，母亲也拒绝再打针吃药。她躺在床上，一天天消瘦下去。

母亲在最后的十几天里，已经无法咽下一口饭，喝下一口水。我眼睁睁地看着母亲瘦成了皮包骨头，心里是刀割般难受。病床上的母亲却很平静，她没有向我们叫过一声痛，就连小声的呻吟都没有过，直到她躺在父亲的怀抱里咽下了最后一口气。全家人的眼泪和悲痛最终没能留住她。

后来啊，我一直在想，母亲最后的日子为什么那么平静？难道她不爱惜自己的生命，不想多活些时日？不是的！她不愿意为她的病多花钱！她想留下每一分钱为我治病；更重要的是，她不愿意看到儿子走在她的前面！这才是她拒绝治疗，忍受着剧痛折磨，一直到死都很平静的真正原因！

母亲紧闭着双眼静静地躺在堂屋里铺着稻草的地上，我攥住母亲渐渐冰冷的手，我知道我焐不热她的手了——母亲走了。是的，母亲，还从未见过您这样安静地躺下休息过呢！母亲，您劳累了一生，为我们奉献出了您的一切，是该好好休息了！母亲啊，我们再也不会因为工作忙受点累，就把孩子送回老家让您给带了！您也再不会因为孙儿孙女们用稚嫩的声音叫您一声“奶奶”，便隐藏所有的疲惫和委屈，笑逐颜开，义无反顾地帮着我们带孩子了！您已经帮我和妹妹带大了女儿，又帮着二弟、三弟他们带大了儿子。母亲，您睁开眼看看吧！您的孙儿孙女们正在院坝上欢快地嬉闹着，唱着歌，跳着舞呢。我的母亲啊！您怎么能这样说走就走了呢？您才活了58岁呀！

现在，我恢复了健康。有时候我走在大街上、公园里，看见老奶奶搀扶着老爷爷，或者儿女们陪着父母亲，我总是幻想，要是母亲能早几个月把她的病情告诉我们就好了。经过治疗她肯定能活到现在，能看到恢复了健康的我，能看到她的孙儿孙女们一个个长大成人，阳光帅气，如花似玉。母亲！您怕是做梦都要笑醒来呢，您活着的时候不是经常告诫我们说“前人强不如后人强”吗？

遥远的小卖部

提起父亲，不能不提到他的小卖部。

我五六岁的时候，家里因为一场大火，父亲的手臂落下残疾，失去了从事重体力劳动的能力。好在那时正是大集体时代，于是父亲被照顾去经营村里的小卖部，每日按一个壮劳力记十分工，一年三百六十五天每天都有工分——这在当时是除了当公社干部以外，一份最轻省最实惠的美差了。

一条南北走向的乡村公路，顺着一条大沟的沟底一头连接着南边热闹的集镇，一头往北走村串户向大山深处延伸。就在距离集镇两公里远的一个村子中心，紧挨着公路东侧的是一排很有气势的坐北朝南的大瓦房——当时我们的大队部所在地。父亲的小卖部就设在大队部靠近公路的那间厢房里。

厢房一南一北对开着两扇窗户，南边是双开门样式的大窗户，北边是格子小窗。在厢房的中间位置有货架隔开，外间作为父亲的小卖部——我们那时都叫它代销店。代销店紧靠窗户的位置摆放着一张带有两个抽屉的大桌子，桌面上摆放着算盘和人们喝酒时共用的搪瓷缸子。两个抽屉，左边的那个放账本和钢笔，右边的那个放钱，平时抽屉都是锁着的。里间是父亲的卧室，从货架旁的过道进去，透过昏暗的光线，可以看见一张木床和床上的被褥。

大瓦房泥土夯筑，瓦屋顶，两间堂屋带三间厢房样式。大瓦房西边靠近公路的墙壁风化剥蚀严重，正面墙壁上“备战备荒为人民”的红字标语也有些残缺不全、字迹模糊，代销店窗台的窗户因为长期被人靠近攀爬，窗台塌陷，墙体脱落，但它和周围人家的房屋相比，还是显得高大、气派。大瓦房紧靠公路的是一间堂屋带两间厢房的样式，远离公路的是一间堂屋带一间厢房的样式。从外观上看，堂屋只有两扇大门而没有窗户，厢房都是南北对开窗户，只不过除代销店有双开门的大窗户外，其他厢房全是格子小窗。

从靠近公路的堂屋的大门进去，一左一右分布着两间厢房。右侧厢房的墙上一里一外开有两道门，进去各是一个小房间——用人工制作好的土坯把厢房从中间隔开而成。外间住着一位五保户老婆婆，里间是大队部的卫生室，在隔断墙的墙边摆放着一个木头架子，给人看头疼脑热以及防疫用的药品针剂就摆放在架子上。左侧厢房只有一扇门，开在靠近大门的地方，进门就可以看到小卖部里琳琅满目的商品。

从远离公路的最东边的堂屋大门进去，房屋敞亮而又开阔，因为堂屋和厢房是打通的，作为大队的机房，里面摆放着打米机、粉碎机和磨面机等加工机械。不过，机房的大门平时总是锁着，夏收或秋收过后的下午，陆续有人来加工粮食，人们先把挑来的粮食放在门口排队，然后使唤小孩去管理机房的舅舅（后来的村支书）家里叫他，舅舅家离机房不远，所以大家有时候就站在大队部门面的院坝上吆喝一嗓子。等到机房门前的粮食挑子排起了长队，舅舅才慢悠悠地走来，打开大门后许久，机房里响起了机器的轰鸣声，地动山摇，震耳欲聋，一直持续到下半夜才能结束。这时候，代销店里的人们需要扯着嗓子说话才能彼此听见。

代销店虽然小到只占半间厢房的面积，可麻雀虽小，五脏俱全。最显眼的货架上层次分明地摆放着纸烟、瓶装酒、塑料袋装杂果（一种用淀粉、果仁、蔗糖做的糖果，大拇指样子大小，吃起来香甜酥脆）、毛巾、手帕、卫生纸、洗衣粉、脸盆、肥皂等；紧挨着货架的地上还斜靠着一些麻袋、塑料袋和纸箱子——麻袋里面装着生花生、枣儿糖（蜜饯）和红糖，塑料袋和纸箱里面装着水果糖（可以论个卖，也可以论斤卖）和散装饼干（散装饼干是装进大塑料袋子并扎紧袋口后放在纸箱里的）。小卖部靠近堂屋的这面墙边，有一个大盐池子，盐池子上面摇摇晃晃地挂着一个带搓瓢的钩秤。盐池子是用砖头依靠墙面在地面上垒砌起来的一个方形大池子，里面抹上水泥隔开泥土而成。父亲从乡上的分销店进（购）来的一袋袋散装食盐，打开封口后就倒进盐池里，社员们来买盐时，拿着自家的盐罐子或盐缸子（泥土烧制而成的土罐或搪瓷缸子），要买多少报上斤两数目，父亲便用搓瓢在盐池子里铲起一些盐，挂在秤钩上把准秤星，抖动搓瓢，称好后倒进社员的盐罐子或盐缸子里；紧挨着盐池子的是几个口小肚儿圆的大粗陶瓷坛子，里面分别盛装着散酒、酱油和醋。散酒缸和醋坛子口上都压着一个像葫芦一样的布袋子，布袋子里面包着的是洗净的细沙子，用来防止酒精或者醋挥发。酱油缸上面则是一个硬纸片，上面粘着斑斑点点的黑色酱油渍。尽管如此，小卖部里，酒味、酱醋味、糖果味，等等，还是飘散得满屋都是。

大路上人来人往，热闹非凡，可代销店的生意依然冷清。那时候每个村子都设有代销店，人们在本大队的代销店里可以赊账，所以社员们基本上都选择在本大队的代销店里买东西，只是偶尔有住在深山沟里的人去集镇赶集返回时走累口渴了，才会来到代销店的窗口前，掏几分钱让父亲给打上一两二两散酒解馋。

父亲打散酒的动作敏捷而娴熟，他先是揭开压在酒坛子口上的大沙包，再根据顾客买酒的斤两数目，取下相对应的挂在酒坛口上的酒提子（一种专门打酒的工具——一根细长细长的铁棍儿的顶端弯成钩，底端焊接一个有底敞着口的圆柱形的铁皮容器而成），往酒坛里使劲儿一杵，听见“咕咚”一声，便迅速提起酒提子，然后慢慢地倾斜酒提子，把酒倒进公用的搪瓷缸子里递给顾客。顾客眼见酒提子里的酒全部倒进酒缸子里，便倚着窗台，用沾满泥巴的双手小心翼翼地接过搪瓷缸子，眯起眼睛，小口慢饮起来，直到搪瓷缸子底朝天，眼看着再也滴不出一滴酒来，才依依不舍地把搪瓷缸子放回原处，咂巴咂巴嘴，俯身收拾起扁担箩筐，哼着小曲儿往回走。

父亲打酒的动作也有不迅捷的时候，比如外公来时。外公身材魁梧高大，和瘦小的父亲站在一起形成了强烈对比。外公一般不在外面喝酒，他每次来打酒，总是提溜着酒瓶子，背抄着手缓缓走来。外公来到代销店窗前，把酒瓶子往抽屉桌上轻轻一放，小声告诉父亲需要打酒的斤两数后，也不看父亲打酒的动作，而是低头在身底的衣服里摸索着，等父亲酒打好了，外公的钱币也摸索出来放在了桌上。父亲给外公打酒时，也是使劲儿把酒提子杵进酒坛子里，在听到“咕咚”一声后，并不急着提起酒提子，而是稍微等一下，才小心缓慢地提起……

代销店、卫生室加上机房，大队部门前又有一个大院坝，这里自然成了村里最热闹的场所，成了大人们每日放工后或农闲时在此谝闲传（聊天、闲话家常）、小孩儿们看热闹撒欢儿的活动中心，可处于热闹之地的代销店，生意却并不如意。那时候，不到万不得已是没有人来代销店购物消费的。家里正做饭时突然发现食盐酱醋没了，急忙使唤小孩儿跑过来；屋里要招待客人，或是请人帮忙干一天农活了，得来代销店买上一斤两斤散酒。那时候，农村普遍贫穷，人们来代销店购物总是赊账，父亲的账本上密密麻麻地记着人名，人名的后面缀着一连串用“+”号连接的阿拉伯数字——还清了的用笔把名字连同数字划去，新欠的又记在最后面。也有那些干活累了，或是闲来没事儿的农人们，来代销店打上一两二两散酒，在窗外慢悠悠地喝完后才说没带钱的——红着脸逼迫父亲记账；或是那些条件好点的买了散饼干、生花生，坐在代销店的屋子里就着“下酒菜”小口慢品的，也有赊账。

代销店生意最红火的时候是在腊月里。“今儿七，明儿八，吃了腊八过年啦!”腊八节一过，代销店门前便开始热闹起来。宁穷一年不穷一节，劳碌奔波一年到头的农人们，再怎么说也得在春节期间对自己和家人“奢侈”一回——瓶子酒得买几瓶，散酒得买几斤，味精油盐酱醋等得提前备齐，杂果饼干水果糖、白糖红糖这些都得买——亲戚朋友来了要喝几杯，小孩子要打牙祭，拜年走亲戚得提着礼兴（礼物）。小年腊月二十三到大年三十晚上的几天里，代销店门前从早到晚人头攒动，里三层外三层地被围得水泄不通，父亲乐呵呵地取货、收钱或者记账。大队上有身份或者和父亲关系好的人会从厢房门口直接进入代销店里面选购物品。一天下来，父亲的账本又一次密密麻麻地记满了人名和一连串长长的数字，账本的肚子鼓了起来，越来越显得厚实。

我到了十多岁的时候，因为识得了许多字，账也能准确算出，父亲便打发我隔三岔五地利用星期天的时间去帮他收账。这对于还是学生的我来说真是一件很丢人现眼的差事，因为村里人大多和母亲一姓，乡亲们都是我的长辈或亲戚。每次我拿着账本走到乡亲们家里，说“某某舅舅或某某表叔，我爸让你把欠账结了”时，总是羞得面红耳赤，总是说得结结巴巴，觉得自己就是那不仁不义的黄世仁。那时候，没有不赊账的乡亲，家家户户的掌柜的名字都记在账本上。我从村头跑到村尾，从沟底跑到墚上，我有计划地选择最近的路线跑完所有的人家，大半天的时间里重复着同一句话：“某某舅舅或某某表叔，我爸让你把账结了。”而得到的回答也总是众口一词：“给你爸说下，再等一晌（一段时间），等手头一松泛了（经济宽裕了）就去结。”每次我只要一听见这样的回答，立即感觉到如释重负，我答应一声“好”，便转身飞也似的跑向另一家。我象征性地跑完了所有的人家，等到回去给父亲交差时，总是空手而归，父亲也从未责怪过我。我这样面红耳赤过多少回，我在田间小路上绊过多少次跤，我记不清楚了，但我清楚地记得，账本在我的怀里被揉得皱皱巴巴、不成样子了，我却从来没有在账本上划掉过一笔欠账。

父亲经营代销店的最初的两三年里，卫生室里表婶儿散发给小孩儿们的宝塔糖、五保户老婆婆做的酸菜拌汤和酸菜包子，总让人馋涎欲滴、回味无穷；代销店货架上蜜甜的水果糖、馋人的散饼干、糯软香甜的枣儿糖，不时地会被我们偷偷塞进嘴里，甚至袋儿装的杂果偶尔也会被我们悄悄地打开。那时的代销店在我们兄妹几个的心里真是天堂般美好，要多诱人就有多诱人。

可是，我的父亲是一个心地善良又极易相信他人而且还很容易醉酒的人。

他喜欢结交朋友，爱劝酒，很多时候家里招待客人，客人还没喝醉，他已经醉得不行；在外面就更不用说了，只要有酒场，他总是喝得烂醉如泥，需要被人搀扶着，甚至是被人抬着回家。母亲为此常常和他吵架大闹，质问他“喝的是酒，还是尿”。不管是在家里或是外面，每一次酒场结束，家里总要闹得天翻地覆、鸡飞狗跳。其实，父亲不喝酒时寡言少语，他勤劳节俭，在我的记忆中，在他的身体逐渐恢复以后，他总是终日劳作不休。我住进城很多年，年近七旬的他，还时不时地背着一大口袋自己种的新鲜蔬菜，从家里走路到镇上，然后坐公交车进城，再走一段上坡路来到我住的小区，爬上四楼把菜送到我家门口。我的母亲虽然强势，却是农村里少有的通情达理、勤劳睿智的女人。

那些年，家里的鸡飞狗跳、地动山摇，母亲的歇斯底里，全是因父亲的醉酒而起。是的，如果家里仅仅只是父亲一个人醉酒，就算父亲天天醉卧不起、无所事事，凭着母亲的勤劳智慧，一家人都可以过上比别人家好很多的日子。可怕的是，父亲的好酒、轻信别人是与他经营的代销店紧密联系在一起的。“好酒”“轻信他人”“代销店”这些关键词结合在一起，将会给一家人的生活带来怎么样的地动山摇、惊魂落魄？可想而知！

外公的生日是农历九月份。一个淫雨霏霏的傍晚，我们一家人都去给外公祝寿，外公家离我家很近，就在离小卖部有一里多路的西面坡上。那天晚上，正在席间吃喝的我们突然听见从沟底小卖部方向传来几声“代销店失盗了，代销店失盗了”的叫喊声，所有人都不太相信，认为天才刚刚黑下来不久，没有人会这么大胆。父亲听到叫喊声，慌忙拿起手电筒拉开门走进雨夜里。代销店确实被盗了，小偷连续撬开堂屋大门和厢房门的两道门锁，偷走了货架上的几条烟和几瓶酒，所幸抽屉上了锁，小偷没来得及撬开抽屉锁。在我的记忆里，这是小卖部第一次被盗，也是五保户老婆婆死后不久发生的事。父亲母亲为此懊恼了多日，后来用家里的积蓄补上了损失的货款。

老婆婆活着的时候，父亲每次夜晚外出，老婆婆就一个人坐在堂屋大门外的木墩儿上（门墩儿）等父亲。那时，父亲出门只需关好代销店的双开门窗户，从里面插上木闩，再给厢房的门上加一把锁，然后告诉老婆婆一声即可。堂屋的大门就由老婆婆掌管着，就算父亲回来得再晚，就算老婆婆已经睡下，只要父亲一叫门，老婆婆就会立即起来给他打开堂屋大门。

五保户老婆婆是什么时候去世的，她是怎么死的，我好像没有什么特别的记忆，只是突然间感觉到老婆婆的屋子里没有了响动，变得寂静无声。五保户老婆婆走了，卫生室表婶也不常来了，小卖部一下子冷清了许多，尤其是夜晚，除了小卖部里挤出来的微弱的亮光，四周漆黑一片，着实让人感觉到恐惧。

小卖部的失盗让父亲变得谨慎了一些，有时候他晚上要出去，就让我和爷爷来代销店替他看门。爷爷领着我来到代销店里，关好门窗后，总要打上二两散酒，倒进搪瓷缸子里，剥几粒花生米，一边口中念念有词，一边慢慢地就着花生米把酒喝完，喝完了酒的爷爷躺在床上后还会继续念念有词好一阵子，直到我进入梦乡；有时候村里人家办红白喜事有锣鼓家什儿响，爷爷喝酒时便不出声了，喝完酒直接就出去唱半宿花鼓戏或者孝歌子，留下我一个人躺在床上，既不敢关灯，也不敢闭眼。迷迷糊糊地睡着后便不停地做噩梦，一会儿梦见老婆婆坐在门墩儿上，一会儿梦见代销店四门大开，一群小偷走进屋掐着我的脖子。我感觉已经出不来气，拼尽全身的力气挣脱出来，睁开眼却发现我还躺在床上，什么都没发生，蚊帐边的电灯依然亮着。

那年腊月三十，代销店的生意依然火爆，屋里屋外全是人。父亲从早上一直忙到晚上，连饭也顾不上吃，他的几个好朋友便陆续前来帮忙。等到父亲送走最后一位顾客，又请帮忙的几个好朋友喝了酒，再送走朋友关上门清点货款时，才发现压在里间睡床上枕头底下的货款少了一百块钱——这可是天塌下来的事情！

那时候，还没有百元大钞，最大的纸币面额是十元，小偷从厚厚的一沓钱中取走了十张。在计划经济下的七十年代，一百块钱就是一个科级干部好几个月的工资啊！一个壮劳力包括父亲辛辛苦苦出一年的满工，挣的工分也折合不了几十块钱。那时候，价格由国家统一制定，商店里的物品用多少钱从公社的分销店购进，就得多少钱卖出，没有现在的利润概念；不光没有一分钱的利润，那些用秤和用容器称量的货品还会有损耗，所以被盗的一百块钱肯定是要父亲用好几年的工分来抵扣偿还。

大年初三的早上，正在麻脸舅舅家门前的院坝上兴致勃勃地玩踩高跷的我，突然看见父亲和母亲黑着脸走来了，一会儿工夫，麻脸舅舅家的门前便吵闹起来，乱作一团。原来，父亲通过几天的回忆，大致记起了几个进睡房的人，其中就有麻脸舅舅，麻脸舅舅家儿女多，家里比较穷，所以父亲就认定是他偷走了钱。看热闹的人陆续赶来，有劝架的，有叹气的，还有小声议论父亲不对的，我站在高跷上，看得一清二楚。我怕母亲看见我过来打我，赶快找到一处高地，坐下来解去绑在腿上的绳子，躲到人群后面，不过吵架一会儿就结束了，因为麻脸舅舅发了毒誓。后来父亲又去请示了算命先生，算命先生让他点燃一支烟，从小卖部出发一边吸一边走向他怀疑的人家，如果到了哪家的院坝上烟刚好熄灭，那就是这家偷的。于是父亲点燃一支烟从代销店出发走向管理机房的舅舅家，结果刚走到一半路，烟已经熄灭了；他第二次点燃一支烟走向靠近小溪边的表叔家，谁知他的脚已经踏上了表叔家的院坝，烟却还没有燃尽。

父亲费尽九牛二虎之力，还是没有找到偷钱的人。整个正月里，别人家里欢声笑语，我家却是阴云密布，我们兄妹几个更是连大气也不敢出，在战战兢兢中度过了那个春节。

代销店里最严重的几次失盗，都与父亲喝醉酒有关。

那次父亲在朋友家喝醉了酒要回代销店里。朋友见他醉了，提出要送他回去，他不让，说自己没醉，谁要送他他就不回了，朋友没办法只好由着他踉踉跄跄地往回走，父亲走到半路酒劲儿上来了，他顺势就躺在田坎边睡着了。一阵风吹来，父亲似乎清醒了一些，但他睁开的眼睛很快又闭上，朦胧夜色中他以为自己睡在小卖部的床上。在酒精的作用下，父亲竟唱起了花鼓戏，直到有人循声找到他并告诉他代销店被人翻了个底儿朝天……还有一次，喝醉了酒的父亲又是一个人往回走，有一点点不同的是，这次父亲不是醉倒在半路上，而是醉倒在了离小卖部几步之遥的大队部东边的山墙边，等到凌晨时分因为口渴难忍清醒过来时，父亲彻底傻眼了：代销店大门的门锁还在，可大门已经被抬起放倒在一边——是被几个人用手抠着门缝给抬起来的。代销店堂屋里码得整整齐齐的化肥被掏了一个大窝坑——半晚上的工夫，小偷竟然搬走了十几袋化肥，而他就睡在距离代销店十几米远的地方。这是土地包产到户后不久发生的事情。

因为土地包产到户，农民种地的积极性高涨，化肥的需求量激增，而且买卖有差价，父亲看到了商机，农闲时从氮肥厂购进了上百袋化肥，屯在大队部空着的堂屋里等农忙时卖出——因为他的好酒，商机秒变人祸。

代销店的几次人祸也与我有关，它永远留在了我的记忆里，如影随形，挥之不去，成为我半生的梦魇。

一个河南人，红黑脸庞，大嗓门，鼻梁上架着一副眼镜，长得敦敦实实——听父亲说他是贩卖鱼苗的。他一直答应要给父亲弄一些鱼苗来，也经常来代销店里喝酒，有时候是他请父亲，有时候是父亲请他，父亲请他时他不掏钱，他请父亲时总是把账记在本子上。每次大嗓门“喝醉了”，他先是握一只手成拳独将食指伸直指向父亲，后又用另一只手掌猛拍自己的胸口，用他那特有的大嗓门、特有的河南方言愤愤不平地对父亲说：“老石！有人说我是个骗子！你说说，我是不是骗子?!”

大嗓门说话时的那种理直气壮、义愤填膺让我至今记忆犹新，那天父亲不在，我一个人在代销店里写作业，消失了很久的大嗓门来了。大嗓门在窗外站了一会儿，问了我几句话后，便提出要买东西，他拿了几瓶酒、几条烟，让我把账记在本子上，并不停地对我说鱼苗来了一并结清。大嗓门走后不久又返了回来，他好像有点不放心似的，再次叮嘱我让我记得转告父亲，鱼苗一来就把欠款结清。大嗓门见我不停歇地点头答应，便又提出让我取点钱给他用，我把抽屉里的十几块钱都给了他，大嗓门迅速离开了。大嗓门走后，我把借的钱数同样记在了账本上——大嗓门的名字后面密密麻麻地缀着一连串的数字。大嗓门走后，我每天翘首以盼，盼着大嗓门的鱼苗出现在村口。大嗓门走后很多年，我的梦里一直有他：一车的鱼苗倒进堰塘里，堰塘里那叫一个壮观——千鱼竞飞，一片让人头晕目眩的白；小卖部里，愤愤不平的大嗓门一边用手指头指着父亲的鼻子，一边胸膛拍得啪啪响，厉声说：“老石，你说说，我是不是骗子?”父亲讨好似的摇着头，脸上赔着否认的微笑……可是啊，从那以后，大嗓门再也没有出现过，我知道自己被骗了，我不敢对父亲提起他，我为此羞愧了很多年。

我到了十一二岁的时候，有时候家里晚上招待客人，父亲就让我一个人去代销店看守。第二天早上，我因为要去学校上学，便早早起了床，准备回家洗把脸，顺便把代销店的大门钥匙放在家里，然后去学校。我家住在高墚上，当我爬上一面坡回到家里，洗漱完毕，背着书包，顺着墚顶的公路往学校赶时，走在晨曦中的我隐约听到几声从沟底传来的叫喊声，我没有在意，继续往学校跑去。坐在教室里不久，同学便给我带来了代销店失盗的消息，我急忙奔出校门，顺着沟底的公路跑回代销店。代销店门前围了很多人，正七嘴八舌地议论着。

小偷是从卫生室后面的窗户爬进去的，来到堂屋撬开了厢房门锁。小偷是动了脑筋的，我们的村子处于丘陵地带，代销店的门前是一片梯田状的开阔地，没有人家，视野开阔，小偷大白天不敢从正门下手，只有后面距离大队部四五十米的地方，梯田状地分布着密集的人家，这样大队部房后自然就形成了一面缓坡。大队部房屋后面有一条阳沟（排水沟），因为要排水，所以经常开挖，这样房后便是一条半人深的排水沟，排水沟的上面还有一条小路，但平时行人稀少。小偷就是利用了我回家送钥匙与父亲来开门的空当，借助朦胧曙色隐身于代销店后面的阳沟里，砸开了卫生室的窗户。

那晚代销店里又是我一个人。一个很面熟的乡亲来买东西，他买了几瓶瓶装酒，又买了一条农工烟——一种老农们常抽的最便宜的棕褐色纸烟，乌黑烟丝，口劲大，老年人喜欢抽它。他还是要赊账，我好像认得他，但又不能确定他的名字，乡里乡亲不好拒绝，于是便按照他说的姓名把账记在账本上。大半年过去了，有天父亲突然把账本翻出来，指着账本上的一处笔迹问我："这是你记的？"我看了看笔迹点了点头，父亲告诉我说那人说了，他没有赊账。听了父亲的话，我心里一惊，我想起了当时的情景，四十多岁的年纪，高个，黑瘦脸庞，我心里清楚他是二队的。当父亲提出让我和他一起上门去讨债时，我心慌了，我隐隐约约地感觉到是我记错了——那人谎报了别人的名字，我在本子上记的是一个身材矮小、长得敦敦实实、家里穷得叮当响的人名。我怕父亲骂我，不敢说出实情，只好硬着头皮跟着父亲一路小跑着来到这家人的院坝上。

父亲站在院坝上一会儿工夫，院坝上便激烈地争吵起来，我更加确定那晚赊账的人不是他，但我不敢说出来，我耷拉着脑袋，缩在父亲身后，眼看着他们吵得越来越凶，撕扯着就要打起来，我却不敢上前。心虚、理亏与自责让我杵在那儿，动弹不得。所幸这个人的儿子及时赶到，挡在他俩中间拼命劝说拉架，才没有让他们真正打起来，后来，在这个人的赌咒发誓下，争吵声慢慢平息下来，父亲叹了一口气，领着我回到代销店，把这个人的名字从账本上划去。后来，这个人的儿子也考上了大学，毕业后分配到了外地工作。

一个中秋节前的下午，我们坐在同一辆回村的面包车上，这是我们时隔多年以后仅有的一次见面。也算不上是什么见面，当时的车上非常拥挤，他坐在角落里，与他父亲一模一样的脸庞，不同的是鼻梁上架着一副眼镜，看得出他是带着老婆孩子回家过节来了。他抱着孩子，没有认出我来，我在看见他的那一瞬间，条件反射似的低下头，心“咚咚咚”地跳个不停，脸上感觉火辣辣的——我没有勇气说出当年的实情。

我到现在都一直认定，小偷是来自代销店周围的那些住户。父亲经营村里小卖部的十几年间，除了老婆婆在世的三年里平安无事外，十年间代销店被盗窃了一二十次之多，有时候父亲大白天的刚锁上大门，去几十米远的水井边提一桶水，前后不到十分钟的时间，小偷就从没有关上的窗口爬了进去……土地到户后的第六个年头，村里办小学需要使用大队部的房屋，便和我们家商量由村里补助一部分资金，我们自己再添一部分资金，另外选址新建一个代销店，母亲满口答应，毫不犹豫地把地址选在了远离村子中心的我家房后墚上的大路边。

从此，代销店便一直安然无恙，一家人的生活终于平静下来。

成年之后的我随着阅历逐渐丰富，再去思考当年被盗的事情，审视代销店周围的那些人，我一眼便能看出当年的偷盗是哪些人所为。我有时候从那些人家门前路过，看见他们苍老的面容、混浊的目光，耷拉着脑袋坐在院坝上晒太阳，我却一点也高兴不起来，我凝重的表情下隐藏不住心里想说的话：不劳而获怎么能够长久呢？幸福生活是要靠双手去创造的呀！

可我还是忍不住同情他们。可是啊，你们永远不会知道，你们当年是怎样让一个孩子过早地接触到了什么是人性之恶，整日生活在恐惧之中，总是提防着什么，担心自己活不长久……

成年后的我，如果知道乡亲们谁家因为天灾人祸困难了，我还是会主动地去帮助他们，平时带去一床被褥几件衣服，逢年过节的时候送去几百块钱……有时候老婆吵我，我会对她说："几百块钱对咱们来说算得了什么呀？"几百块钱其实也帮不了他们什么，就是买点好吃好喝的而已。

后来，我加入了一些社会公益组织，成为一名爱心志愿者，每学期都会为贫困乡亲的子女送去爱心人士的助学款（有时候也包括我自己的爱心），每次都要从那些曾经带给我梦魇的人家门前经过。有时候我会问自己，我这样做究竟是为了什么呀？我眉头紧蹙地抬起头，望向远处，我不确定我是不是同情可怜他们，可我心里知道，如果不这样做的话，我总觉得自己良心上过意不去，我会寝食难安啊！

我承认，我遗传了父母亲的某些品性。

好了，一切都过去了！如今，岁月静好，云淡风轻。

父亲种瓜

1983年的春季，父亲趁着小麦还未变黄熟透，便在整个自留地里的小麦空隙处栽上了冬瓜苗。这已经是父亲第二次在小麦地里套种冬瓜了。

1981年土地到户后，农民们在自家的承包地里精耕细作，加上当年风调雨顺，农作物获得了前所未有的大丰收，家家户户的粮仓里装满了粮食，我家也不例外，饿肚子的时代一去不复返了。

第二年，父亲便在自留地阳坡面的小麦地里套种了几分地的冬瓜。小麦收割后，冬瓜秧苗显露出来，有了阳光普照，冬瓜苗疯了似的生长，很快在瓜蔓上结出了冬瓜。到了农历八月份，几分地的冬瓜喜获丰收，一个个胖嘟嘟、粉扑扑的大冬瓜横着、竖着躺在地里，脸上乐开了花。父亲号召全家出动，把一个个冬瓜从地里抱到房后的塄上，再用架子车托运到镇上。一家人分工协作，运的运、卖的卖，几天工夫，地里的冬瓜就销售一空。晚上，父亲数着手里厚厚的一沓钱，对母亲说："没想到种冬瓜能卖这么多钱！一斤冬瓜两毛钱！可比种粮食划算多了，还不影响秋季播种。明年得多种些！"

尝到甜头的父亲一发而不可收，第二年，父亲将全部的自留地都种上了冬瓜。小麦收割后，父亲细心地给冬瓜除草，把瓜蔓排列整齐。等瓜蔓长到一丈多长时，又在离每个瓜蔓根部一尺远的地方挖一个深坑，还足足地施了一大勺尿素，再用深土掩埋……

村里的好心人见了，纷纷劝说父亲："世来呀！你种这么多冬瓜，卖给谁呀？（卖不掉）你能当饭吃呀?!"的确，刚刚摆脱了饥饿困扰的人们恨不得把田头地垴都种上粮食，怎么舍得在地里种菜呢？

1983年，对于陕南秦巴山区里的人们来说，是极不寻常的一年。这一年的夏季雨水特别多，靠近河流的川道、城镇普遍遭了灾，房屋被毁，农作物颗粒无收；可对于丘陵地带的蔬菜来说，却遇到了难得的生长机会。秋天，冬瓜成熟了，我家门前是一大片耀眼的白，一个个又大又圆的冬瓜，袒露着粉白粉白的肚皮，弥勒佛一般，憨态可掬。

父亲种冬瓜的事不知怎么就上了报纸，这下可不得了了，到了收获季节，一辆辆小卧车、大货车从城里出发，开到了我家房后的土墚上。人们跑向冬瓜地里，抢着抱起一个个大冬瓜，就像怀里抱着一块银元宝似的，久久舍不得放下。抢购冬瓜的人们在地里划出了一个个属于自己的势力范围。根本用不着我们动手，父亲和母亲只忙着给人过秤、算账和收钱。

这一年，一斤冬瓜由五毛卖到了一块钱。为了能完成蔬菜采购任务，城里人喊出了让任何一个农村人听见都胆战心惊的价钱。一个冬瓜二三十斤，能卖几十块钱？会不会被抓起来呀？一个冬瓜的价钱几乎赶上了一个国家干部的月工资了！三亩自留地，几百个冬瓜，父亲说他一辈子都没有见过这么多的钱。

我有时候在想，父亲为什么会想到种冬瓜呢？小卖部被他经营得一塌糊涂，让一家人吃尽了苦头，他竟然通过一次种菜就挽回了颜面。其实说到底，可能还是与他经营小卖部有关系。小卖部一天人来人往，父亲接触的人多，得到的信息自然就多；第二点可能与父亲爱读报纸有关。父亲经营小卖部的那些年，一直都在订阅《安康日报》，一有空闲，便捧起报纸。

父亲一定是从报纸上读到了“让一部分人先富起来”这句话。

下一年，父亲不种冬瓜了，他在区上技术员的帮助下，用卖冬瓜的钱从汉中购回来一捆捆葡萄苗和柑橘树苗，准备在自留地和承包地里兴建果园。

父亲要大干一场了。

果园赞歌

朝霞映红了东方的半边天空，瓦蓝瓦蓝的天幕之下，随意地点缀着几朵轻飘飘的云朵。白云之下，碧波荡漾之中，一大片时隐时现的即将成熟的葡萄，以及远处摇头晃脑正长得欢实的泛着油光的柑橘树苗，像一幅层次分明的水墨丹青，从人家屋前由近及远地铺展开去——大地被渲染得如此美丽、清新而又充满勃勃生机。

一个十六七岁的光着上身的少年，正站在自家门前的院坝坎边，出神地看着眼前这一切。晨风轻送，果园里好闻的葡萄的香甜味道以及柑橘酸爽的清香味道，一股脑儿直往少年的心肺里钻，少年醉了。

“小林——快去堰塘里放水，地里干得炸裂缝了——”少年一惊，听出是父亲的叫喊声，目光在果园里仔细搜寻了好一阵子，才发现匍匐在葡萄架下的父亲的身影。少年随即答应一声：“好嘞——”转身飞一般向房后跑去。

——题记

1984 年的秋冬季，父亲用卖冬瓜的钱，从汉中购回来一拖拉机的葡萄苗和柑橘树苗，依照区上技术员的指导，请来乡亲们帮忙，将柑橘树苗密集地栽种在靠近门前的一小块自留地里，等待一年后稍长大些再移栽到远处的承包地里；葡萄苗则按照标准直接分散栽种在自留地里，将三亩自留地占得满满当当。房屋门前一时枝叶葳蕤，绿意盈盈；柑橘、葡萄连同新翻泥土的清香气味，不经意间就直往鼻孔里钻，让人心里生出无限的欢喜和踏实。

至于具体劳动过程，可不像文字里描述得这样轻松惬意。

栽种柑橘树苗很是顺利，密植嘛，只需密密麻麻地种植在地里就行；可栽种葡萄就不一样了，因为要直接散开种植在地里，一旦栽种上就不能再移动，所以必须严格按照规定的标准进行。技术员梁满鼎说，正常的栽种标准是株距 1.5 米、行距 2 米，但也要依据土地的坡度、肥瘦等实际情况相应地进行调整——坡度越大行距越大，土地越肥行距越大。我家的三亩自留地除了屋前的几分平地外，其余大部分都是坡地；平地因为距离家近，便近水楼台先得“肥”，因为农家肥施得足，所以就特别肥沃；坡地稍远些，施肥少，比较贫瘠。技术员就让父亲把平地的行距调整到 2.5 米，坡地的行距调整到 3 米，株距不变。

父亲不懂技术，又倔强得不行，哪里听得进技术员的指导意见。他不管坡地平地，都按照株距 1.5 米、行距 2 米栽种，嘴里还嘟囔个不停：“土地这么金贵，哪能这样子不害心疼地糟蹋呢?”

满鼎哥是一个较真的小伙子，第二天上来就和父亲大吵了一架。说这样栽种，到时候漫说葡萄，连葡萄秆都收获不了，尽疯长叶子了，还容易招惹病虫害，让父亲赶快返工——把已经栽下的全部挖出来，重新按照制定的标准栽种。父亲没想到一个小伙子竟然当面对他大声嚷嚷，当时就涨红了脸："你——你看看这满地泥土都裸露着；你——你这是糟蹋土地呢!"父亲一激动，话都说不利索了。"你要这样不讲科学蛮干的话，那你就自己干好了，以后出了问题可别去找我。"满鼎哥也生气了，丢下这句颇有威慑力的话，转身头也不回地走了。父亲望着技术员远去的背影，明显地有点慌乱，一边嘟囔着"糟蹋土地呢，脾气还大得很"，一边赶忙呼喊帮忙的乡亲们返工。

葡萄苗全部栽种在地里后，满鼎哥又上来指导父亲制作水泥杆子，搭葡萄架。

如果把栽种树苗比作传统农业生产的话，那么制作水泥杆子无疑就是现代工业制造了。父亲先买回来大量的水泥、砂石料和铁丝，堆放在院坝角落里；又用自家现有的木板在院坝平坦处依照尺寸制作出模板，浇筑了许多长长短短的方形水泥杆子。短的水泥杆子竖直栽在两根葡萄苗中间，长的则横着分上下两排用铁丝捆绑固定在竖直的水泥杆子上面，中间再用铁丝牵连缠绕。葡萄架搭好了，一行行、一列列葡萄架昂首挺胸、整齐划一地站立在葡萄地里，像正接受首长检阅的卫戍战士。

春风拂过大地，沉睡了一个冬天的葡萄树苗，睡眼惺忪地打了个哈欠，伸了个懒腰，"手指"突然触碰到了站立在身旁的"卫士"身上，一激灵醒了，纷纷爬上葡萄架，在上面躺平了晒太阳，倒挂着身子荡秋千，伸直了胳膊做广播体操……

又一次春回大地的时候，葡萄树苗已经枝枝蔓蔓地铺满了葡萄架，藤蔓间也能明晃晃地看见一串串圆嘟嘟的果实，父亲便着手准备开始移栽柑橘树苗了。父亲还是请来乡亲们帮忙，所不同的是这次不再固执己见，而是严格按照满鼎哥的要求进行。依照规定的行距株距，承包地被挖出许许多多的深坑，深坑最底层先填入畜粪、麦秆草料以及几年里积攒下的油菜饼等，然后再垫一层泥土，最后移栽树苗。房屋门前的自留地里，还有十几亩承包地里，顿时沸沸扬扬、人欢马叫，人们像迎娶新娘子一样，用竹篮、箩筐等把一株株柑橘树苗迎进新家，小心地培土、浇水。

夜幕降临，“迎亲”的队伍逐渐散去，承包地里，只留下“新娘子”与土地紧紧拥抱。山色朦胧，月色朦胧，星星睡眼蒙眬，它们不一会儿都将进入他们香甜的梦里。

它们，还有他们，全都进入了父亲的梦里。梦里，父亲手里捧着一颗金灿灿的果实，忍不住地咧开嘴笑，笑得口水差点流出来。

第二天早上，父亲去地里一看，笑容瞬间僵在了脸上。原来，仅仅一个晚上过去，距离房屋最远处的柑橘树苗被人偷偷拔去了几十棵，父亲心疼坏了，从此没黑没明地值守在果园里。白天，他去果园周围的满坡架岭寻找荆棘灌木，移栽在果园四周，让它们相互缠绕着长成篱笆护栏；夜晚，戴上草帽，披上蓑衣，不管天晴下雨，在果园四周巡视。春去秋来，直到柑橘树苗深深地扎根在泥土里。

两年后，父亲终于美梦成真，笑容又重新回到了他的脸上。夏秋之交，葡萄首先成熟，果园里先是飘来一阵勾人魂魄的甜香，紧接着枝蔓间现出一张张晶莹粉白的小脸蛋，无数双水汪汪的大眼睛扑闪着，目光所向，销魂荡魄，世界沦陷；向阳的土地上，几树早熟的柑橘挂果了。金秋十月，黄澄澄的柑橘在绿叶丛中探出脑袋，鼓起了腮帮子，仿佛正在演唱一首赞美劳动者的歌。

永远的堰塘

许多年过去，父亲果园里的葡萄、柑橘统统不见了踪影，就连那些密集生长在土地周围、形成了一道钢铁长城般的荆棘灌木篱笆，也都消失得无影无踪，可沿着老房子后面的水泥公路往上一百米，转到妹妹新建的房屋后面，一方堰塘碧波荡漾，四周芳草萋萋，岸边柳荫下，有三两垂钓爱好者，手执钓竿，或坐或卧，悠闲自得地等待着鱼儿上钩。

思绪的火把瞬间被点燃，穿过一条长长的时空隧道，照亮了那些激情澎湃的往昔岁月。

房屋门前的葡萄丰收了，承包地里的柑橘也在陆续挂果，收获就在眼前。可我家住在高墚上，门前的土地由于坡度大，土壤贫瘠，保湿效果差，所以一遇上干旱，“丰收”就成了最不确定的愿景。为了确保劳动就有成果、果园旱涝保收，修建一口堰塘就被父亲提上了紧要议事日程。最终，房后井泉湾的一块湿地被父亲看上了。

20 世纪 80 年代中期，已经人到中年的父亲好像突然间有了使不完的力气，没黑没白地在土地里忙碌着。

父亲去区里找到领导，请来懂水利的技术员。水利员拿着卷尺，带着水平仪，跟着父亲来到了井泉湾湿地。井泉湾，是我家祖祖辈辈吃水的地方，那里有一口石头砌成的深井，据说已经存在了百年。百年老井井水清澈透亮，常年四季不枯不溢，有时候遇上大旱，就连河坝周围的住户都要爬坡上来挑水吃。

紧挨老井的南边是一小块湿地，覆盖着茂盛的芦苇、菖蒲等水草，远远望去很有一种“蒹葭苍苍”的感觉；湿地再往南是我家的承包地，平坦而肥沃，常被父亲用来种植土豆、玉米等农作物，收获的土豆个大质优、玉米颗粒饱满。

水利员先用水平仪仔细测量校准，又用皮尺反复丈量，最终选定了在水井南边的湿地以及紧挨着湿地的承包地里修建一口深 2 米、宽 20 米、长 60 米的堰塘。

仿佛突然之间又回到了热火朝天的大集体时代，热烈而又紧张的劳动开始了。

父亲同样请来了乡亲们帮忙，只不过随着时间的推移、经济的发展，这时候的帮忙已经不是最初单纯的帮忙，而是需要支付一定的工钱了。在区上技术员的指导下，几十号人聚集在一起，手拿铁锹的站在堰塘里，锹土往竹篮箩筐里送；肩挑竹篮箩筐的在堰塘堰坎之间来回穿梭，将泥土运到堰坎上。劳动的人们欢声笑语，顾不上揩去脸上的汗水，你追我赶，生怕落在别人后面。

最为壮观的要数堰坎上夯土的场面了。四个人站成一圈，每个人双手紧紧地攥住一根抛绳，抛绳的一端系在土夯上。说是土夯，其实是一个上底面稍小、下底面稍大、近乎正方体的大石墩，是石匠用凿子在更大的石头上凿下来的，大石墩的上底面四角再各凿出一个可以穿绳子的孔，就成了可以夯实基础的土夯。在刚刚壅过土的堰坎上，四个人一起用力拉绳，土夯被高高地拽起；四个人同时松手，只听见“咚”的一声闷响，土夯平稳地砸在疏松的泥土上，等土夯被再次提起来的时候，堰坎上就留下了一个四四方方的深坑。为了能让夯土的人们一齐用力，同时鼓足干劲，劳动的人们喊起了号子，先是由一个人起头：“乡亲们加把劲儿——吆！”土夯被高高拽起来，接着是四个人齐声呼应：“吆——喝！”土夯落下去。

“堰坎儿就夯得实——吆！”

“吆——喝！”

“堰塘它不漏水——吆！”

“吆——喝！”

“主家就心欢喜——吆！”

“吆——喝！”

……

节拍整齐、节奏鲜明的劳动号子由劳动的人们口中喊出来，既像是歌唱，又像是呐喊；带着浓厚的泥土气息的劳动号子由劳动的人们口中喊出来，就充满了力量，就格外有气势，听得人热血沸腾，浑身就有了使不完的劲。

堰坎被土夯夯过之后，许多手执杵子（一截尺把长、小臂粗细的圆木，中间凿铆，垂直揳进一根六七十公分、小腿粗细的圆木，圆木另一头再套上一个半圆铁球）的人上场了，只见他们双手高高地提起杵子，再使劲往被土夯夯过的堰坎上杵去。不一会儿，堰坎上就留下了密密麻麻排列整齐的、拳头大小泛着油光、要多瓷实有多瓷实的小圆坑。

堰塘修建好了，进水沟、沉淀池、出水沟等也都设计修建得妥妥当当。没过多久，一场春雨来了，父亲赶忙戴上雨帽，披上蓑衣，拿起铁锹走出门去。父亲要去修整进水沟了，他要让每一滴水都流进堰塘里，可是，一天一夜过去，守在进水沟旁的父亲已经累得直不起腰，堰塘里竟然还是没有存下一滴水。父亲失望地回到家，抱着头，瘫坐在堂屋的椅子上。就在这时，区上水利员撑着一把雨伞，一身泥浆地来到我家门前。水利员告诉父亲，赶紧牵上耕牛，一家人都去堰塘里，牛脚也好，人脚也好，脚越多越好，用脚踩实堰塘里的各个角落。这样重复几次以后，堰塘才可以装上水。

等到夏天，堰塘终于蓄满了水。蓝天白云之下，一汪清水波光潋滟，顺着出水沟渠缓缓地注入果园。堰坎上春天栽下的柳树也垂下了碧绿的枝条，小草覆盖了裸露的泥土，堰塘周围一片花红柳绿。夏日的午后，我将我家的大黄牛牵来堰塘边饮水，看着清澈见底的一池碧水，我忍不住脱去衣服，跳进堰塘里游泳。我家的黑狗“赛虎”也赶来凑热闹，在堰坎上绕着黄牛撒欢儿，看见我一个猛子扎进水里，便“嗖”的一下子猛扑到水边，却又不敢下水，摇晃着尾巴，蹬直了前腿，一边后退着一边狂吠不止。我家那些不甘寂寞的鸡也来了，它们神态从容地顺着沟渠一路觅食到堰坎上，水足饭饱后的它们一会儿扇动翅膀，轻手轻脚地踱步消食；一会儿又单腿站立，歪着脑袋，眯起双眼，做出一副思考的模样。

后记：有了水利灌溉，父亲的果园连年丰收。黄土地上的葡萄颗粒饱满，芳香美味；柑橘硕大浑圆，酸甜可口。它们中个大的果实流向市场；稍小的果实也有去处，葡萄进入葡萄酒厂，柑橘则进入罐头加工厂，而堰塘本身也被父亲利用起来，在里面养起了塘鱼，种上了莲藕。那些年，我走在乡村小路上，时不时就可以从广播里听见父亲的名字，而且前面总要加上勤劳致富带头人、农村万元户等头衔，报纸上同样如此。那些年，我实在不能够想象出来我的父亲有什么特别之处，因为现实中的他，身材瘦小不说，走路还总是低着头。不过啊，我们家是真的富起来了！

现在的我再回过头去思考，我终于明白，如果当初没有政府提供的技术支持，没有技术员上门指导，父亲万万不能够做到这些。生于20世纪40年代的父亲，由于家贫没进过学堂，新中国成立后，父亲先是进了政府举办的扫盲班，通过夜校学习，达到了读书看报写信的水平。后来，家里因为一场大火，父亲的胳膊落下残疾，失去了从事重体力劳动的能力，被政府安排进了代销店工作……

其实我想说的是，我们党的脱贫攻坚工作早在她执政之初就开始了。

父亲的稻田

堰塘修建好后的几年里，雨水一直很充足，地里根本用不上堰塘灌溉，这让父亲多少有点“失望”。看见果园里硕果累累，连年丰收，一家人都沉浸在喜悦之中，唯独父亲脸上的表情怪怪的，整天进进出出地小声嘀咕着，话里话外就一个意思：老天爷可说不准，说不定哪天就干旱了呢。

可老天爷就是不听他的，年年风调雨顺。

为了让修建好的堰塘能物尽其用，也为了挽回一点颜面，父亲终于做出了一个决定：把房后满是石头、连庄稼都不好好生长的几亩薄坡地，变成梯田。

父亲说干就干。他先是将地里的石头挑拣出来，按照提前依据地形而规划好的梯田位置形状，用石头和着泥土垒成田坎，再用铁锹、铁镐等把高处的泥土翻倒到低洼处，最后用锄头平整。经过一个多月的艰苦奋战，大小六块、上下三层看起来颇有气势的梯田终于平整出来。

就等着一场大雨落下。雨终于来了，父亲赶忙脱掉鞋袜，挽起裤腿，冒雨走进梯田里。雨越下越大，为了能让梯田尽快蓄上水，父亲又急忙呼唤一家人都来到梯田里，十几只赤脚片忍受着泥浆深处硌脚的石渣子将脚硌得生疼的痛苦，在田坎里侧不停地用力踩踏。惊心动魄的一天过去，一家人被淋成了落汤鸡，梯田也终于蓄上了水。

犁、耙在梯田里仔细耕耘过后，又经过一晚上的澄清，再去我家房后，眼前长条形的三层梯田里，已是水汪汪一片。施肥，插秧，几天的紧张劳动过后，蓝天白云倒映水中，水面点缀着点点绿意，看得人心里别提有多喜欢了。几场夏雨过后，稻田更是青绿一片；青蛙不知什么时候也住了进来，夜晚，一家人头枕着蛙声入眠，心里更是无限的踏实与满足。

大路上来来往往的人见了，无不回头张望，一边露出羡慕的神色，一边“啧啧啧”地摇头感叹。熟悉的人说：“石世来呀，你是真敢呀，敢在高墚上种稻谷啊!”不熟悉的人呢：“这家人也太能了吧，竟然在高墚上种水稻！这水从哪儿来呀?”

水稻在高墚上欢快地生长着，抽穗了，开花了。父亲有事没事地往房后跑，一脸的阳光灿烂。一家人也跟着一起欢声笑语着。

“有钱难买五月旱，六月连雨吃饱饭。”农谚在这时候竟突然反了过来，一进入农历六月，就是连续十多天的炎炎烈日，稻田里的水很快蒸发没了，裂开了一道道丑陋的缝隙。父亲顾不上他的果园了，他做出了一个大胆决定，放开堰塘里的水专门来灌溉稻田。我知道他的心思：保住了稻田就等于保住了他的脸面。堰塘里的水源源不断地流进稻田里，稻田里腾起一团团热腾腾的水雾，可经不住连续多个毒日头的炙烤，很快便又干裂开来。

堰塘里的水已经所剩不多，父亲便指派我和二弟，带上脸盆来到堰塘里，把剩下的水往外浇。他不甘心一家人几个月的辛劳和祈盼被烈日蒸腾，变成天上的云朵。兄弟俩光着膀子，顶着烈日，轮换着将堰塘里的水一盆一盆地往外浇，一盆一盆地往外浇啊，可灼灼烈日下，水不等流进稻田就已经在沟渠里蒸发殆尽，哪里还有一滴水流进稻田里！

烈日当空，骄阳似火，稻田里的裂缝越开越大，越来越面目可憎。水稻枯萎了，焦黄了，要着火了，人的心头也着起了火。父亲一会儿在田间地头徘徊，一会儿又屋里屋外踌躇；一会儿抬头凝视天空，一会儿又低头望向稻田……像得了传染病一样，一家人也跟着父亲，一会儿抬头，一会儿低头，坐立不安，焦躁万分。天天就那么盼着，盼着一场饱墒雨落下。“可惜苍天对不住，怜惜雨滴屈指数。”老天爷依然我行我素，下不来一滴雨，直至水稻变成枯草。

倔强的父亲偏不信邪，第二年又在梯田里种上了水稻，结果还是和往年一样，一家人在经过一两个月的内心煎熬后，收获一堆枯草。第三年仍继续重复。母亲再也忍受不了父亲的倔强，忍受不了因父亲的倔强而带来的果园减产、水稻绝收的结果，指着父亲的鼻子破口大骂：“羞你八辈子先人哩！你看看这一沟两岸、塬上塬下，有哪家在干塬上种水稻！”父亲被母亲的气势震慑住了，又因为自己的决策失误，只好低着头，默不作声。

连续干旱，却并不影响我家河坝田里稻谷的收成。父亲看见因干旱而变得越来越宽的河床，不禁“眉头一皱，计上心来”。因为我家的水田紧挨河坝，他要在河床上垒石头造田，增加我家的水田面积了。

搬石头，挖河泥，浚河床，垒田坎，倒老田泥巴，平整新水田，重修老水田田坎……父亲带领着我们兄妹几个，经过一个多月的辛苦劳作，硬是在河床里、靠近我家水田外坎边沿的位置垒出了几块长条形的新水田。“新筑场泥镜面平……”父亲一边抹去脸上的泥浆，一边笑逐颜开：“好得很！这下子，起码又多了三四分口粮田，要多收三四百斤稻谷呢！”

秋收结束了，一家人围坐在饭桌旁，父亲看了看每个人碗里白花花的大米饭，又抬头望向母亲，像是自言自语，又像是要向谁解释什么，小声说：“嗯——今年这米，吃着香！”

后记：有人问我，你的经历这么丰富，现在回想起来是不是感觉挺值得怀念的？现在嘛，说句心里话，再回过头去想想那时候的那些情境的话，我能想起来的只有一个字：苦！那时候啊，我有时候真的是对我父亲恨得咬牙切齿！怨得腹诽心谤！无论天晴下雨，从来都不曾休息过——烈日当空，他说草只要一薅掉就死了；三伏天，下午两点，别人都在家休息，他说外面有风——让一家人跟着他面朝黄土背朝天，任凭滚滚热浪蒸腾，任凭汗水湿透衣背，把日头从东山背到西山。不过啊，多年的磨炼，也形成了儿女们做事执着、不向任何困难低头、永不服输的性格！

这是父亲留给我们受用一生的宝贵精神财富，我应该感谢他啊！

朋友送我普洱茶

朋友送我一饼普洱茶，在这个隆冬季节里。

说起普洱茶，相信很多人都不陌生。普洱茶属于红茶系列，有生熟之分。生普提神醒脑、降低血压血脂、抑菌消炎，有提高免疫力等功效，但生普对脾胃刺激较大，所以脾胃虚弱者需谨慎饮用；而熟普消食减脂、美容养颜，有温脾养胃等功效。朋友送我的正是熟普，他知道我肠胃不好。

一饼包装精美的普洱茶捧在手里，心里顿时热乎乎的。我爱饮茶，春夏秋冬，四季更替，绿饮红汤换着喝。所以对于茶，尤其是普洱茶，我是多少了解一些的，封存年代越是久远的熟普，品质越佳，养胃效果越是良好。

从外包装上的阿拉伯数字一眼看出，朋友送我的普洱已经很有年份了，就像我们的友谊。

那是十几年前的事儿了。朋友从单位退休了，喜好运动的他便每天早上都去自己单位的乒乓球活动室里打乒乓球。单位里打球的人极少，可偏偏这个乒乓球又不是一个人能打得起来的，一个人无法完成推来挡去。恰在此时安康汉江乒乓球俱乐部因为没有活动场地而解散，一大帮喜爱打乒乓球的退休老人失去了活动场所，便纷纷前往朋友的单位里打球。

偌大的礼堂里摆放着六张乒乓球桌，地板上铺着塑胶，高高的天花板上镶嵌着无数的小灯泡，闪烁着密密麻麻的光芒，像极了璀璨的星空。这里环境虽然不错，却不是一个专门用于打球的场所，专门的乒乓球台上方只有一个带着灯罩的大灯泡，光照聚拢在乒乓球台面上，使得乒乓球桌亮堂堂，清晰可见；而这里是高高在上的点光源，光线暗，不集中，还晃人眼睛，运动时根本看不清球，只能凭感觉。

我对经常陪我打球的禹师傅说：“走，咱到奥克去，我给您买卡。”奥克是一个私人承包的专业乒乓球运动场所，条件较好，但去那里需要付费（购卡，打一次划一次卡那种；或者直接购买年卡，管一年）。那时候为了培养孩子打乒乓球，我在那儿长年买卡。

禹师傅面露难色。犹豫半晌告诉我说，朋友人太好了，没有一点领导架子不说，对人还掏心掏肺，走了太不近人情。于是，我便也在此“安下了家”。

孩子也常来这里打球。这时候的大礼堂已经淘汰了点光源，换成了专门照射在球台上的聚光大灯。朋友常逗孩子：“今天你爸给你做了什么好吃的呀？”孩子总回答说“酸菜面”。一问一答，问答雷同。时间长了，朋友终于忍不住发了火：“回去告诉石昌林，就说是伯伯说的，以后再要让你吃酸菜面，就把他的锅给摔了。娃子正长身体，你看这吃得黄皮寡瘦的！”孩子回到家笑呵呵地把朋友的话有模有样地学给了我。是啊，因为我爱吃酸菜面，从小吃酸菜面长大的我，估计已经形成了味觉记忆，一天不吃就心不甘，一天不吃就好像没有吃饭似的；可孩子正长着身体呢！朋友的善意批评让我顿时清醒，环顾左右，我能明显地感觉到自家孩子与别家孩子的差距。

孩子很喜欢打乒乓球，可随着她进入中学读书，学习任务一下子繁重起来。为了既不影响孩子学习，又能让她练习乒乓球，我想到了一个好办法——把家里的客厅变成乒乓球室。为了不影响楼下人家的生活，我花了两千多块钱在客厅铺上了地胶，可乒乓球桌哪里来呢？那时候，为了孩子练习乒乓球，城里的几个家长合伙在每个周末寒暑假都从省城请来专业教练，带领几家孩子从事专业乒乓球训练，为此，我已经花光了家里所有的积蓄。

我从网上低价购买了一张乒乓球桌，打开外包装一看，最担心的事情还是发生了——就在外包装的破损处，里面正对着的桌面上有一个芝麻粒大小的凹洞。乒乓球运动是一项精密的技术活，桌面上一点瑕疵都不可以有，经过和商家的反复沟通，人家终于同意回收修理。

这事儿不知怎么就被朋友知道了，电话立即打了过来："我们单位有几张球桌要处理呢，都还是好的，我买一张送给你吧，你明天就过来搬走。"我还没顾得上说声感谢，那头已经挂断了电话。

2013 年对我来说极不平常，一月在省城做了心脏射频消融手术，九月又因为胆结石去西安做了胆囊摘除手术，再加上本身的肾移植术后，我的身体免疫力已经低下到了非常危险的地步。为了能尽快使身体恢复正常，我拾起球拍来到朋友的单位。乒乓球室临时搬到了职工活动楼的三楼，空间小了，只能安放下三张球台，只能容得下十来个人。朋友笑脸接纳了我。

一个冬天，我每天早上去三楼打一个多小时乒乓球。活动室里有一台柜式空调，加上人体运动出汗，我每每打得只穿着一件短袖短裤，完了用开水把毛巾泡热拧干，擦去身上的汗水，换上干净的衣裤，身体别提有多清爽了。那个冬天，我一次感冒都没得过。

朋友是谁？安康供电局退休干部解安宁是也。他中等身材，皮肤白皙，鼻梁上架一副眼镜，显得文质彬彬。因为长期运动，年近古稀的他，如今看起来面色依然红润，身板依然挺拔，走路还是一阵风。

一辈子的心事

我把我一辈子的心事，写成了轻飘飘的文字，想要得到一丝慰藉，不料却走进了无法释怀的岁月深处。

孩子的干妈，曾经帮扶过我们的恩人——常州市武进区奔牛人民医院阮敏芝院长，上月又带领医疗团队来陕西安康帮扶了。这给了我们第二次见面的机会。

我们具体相识于哪一年，竟然忘了，只记得是老婆医院里和她同在一个科室的一个主治医生去常州进修学习，通过他的引荐让阮院长知道了我们家的情况。

然后，阮院长主动联系上了我们。

那时的我身患重疾，贫病交加，每天要思考的事情太多太多，头脑反而一片空白——以至于具体什么时间遇见了生命中的贵人，也记忆模糊了。只记得那时孩子每学期的学费、书本费等都是他们从常州足额邮来，包括孩子春秋换季的衣服还有过年穿的新衣服也都是按时按节地邮寄过来。

2012 年春夏之交，阮院长一家三口从常州来西安游玩，顺道来安康看望我们。我们在莲花池一起匆匆吃了两顿饭，算是第一次正式见了面。

温和、优雅、讲话语气平和，娓娓道来，大方而亲切，这是阮院长留给我的第一印象；而她的老公，常州市医院的主任专家赵卫忠大夫，性情也是率真自然，豪爽大气，故三言两语我们就互相熟悉了。

我们在一起，感觉就像前世的家人。

至今记得那天午饭后，他们一家提出要去香溪洞看看——因为平时生活在大江平川，他们一家人很少见到大山，而当一行人走到南环路口并等到了一辆出租车时，当时的我竟然为了三十元的打车费而犹豫了。客人可能看到了我的为难，马上主动取消了行程，让我带着他们一家人去汉江边走了一圈。这成了我一辈子的心事，每每想起来便后悔不已。

一辈子的心事，怎么都化解不开啊！

再后来，我们的日子渐渐地变好了，虽然和阮院长一家联系少了，但心里却时常回忆起那些困顿潦倒中的温暖，想起那些至暗时刻里的感动，总是难忘。哪能忘记啊！是要时刻铭记在心里的啊！所有帮助过我们的人，给予我温暖和鼓励的人，是他们的帮助和扶持，是他们用一颗颗炉火般温暖明媚的心，照亮了那些暗淡无光的岁月，给了我前行的勇气和力量，让我在多少次情绪低落而失去信心时，在每一个危难时刻，不敢轻易放弃，一遍遍告诉自己要坚持。只能坚持啊！因为，如果不坚持，怎么对得起恩人们的殷殷期待啊；如果不坚持活下去的话，此生就再也没有机会、再没有可能去回报恩人们的深情厚谊啊——哪怕是当面说一声“谢谢”！

一生中遇到孩子干妈一家人，真是前世有缘，真是三生有幸，和他们在一起时，恍若置身于芝兰之室，如沐春风，心神和畅。

佛家讲相由心生，儒家说厚德载物，同样完美地体现在了阮院长的身上——学术骨干，医院领导，社会精英，长相年轻。

希望我的孩子，能以自己的干妈为榜样，争做一个对社会有用的人，一个优雅平和的人，一个内心幸福的人！

生命里的贵人

常常会听到身边的朋友发出这样的感慨——

“那个人可是我的贵人啊！是他，在我饥寒困顿之时伸出了温暖之手，没有他就没有我的现在……”

“多亏了他！在我迷茫颓唐之时为我指点迷津，指引我一步步走到了今天。他是我生命里的贵人啊……”

我想，我的生命里也有一位这样的贵人，她像我人生路上的一座灯塔，发出耀眼的光芒，让我心向往之，追随光明，向着幸福和美好，迈出一步又一步坚实的步伐。

她，就是我的发小、同学、心目中的女神——陈柳依。

一　初逢人未识

我们的故事从我们彼此还叫不上对方的名字时就已经开始了。

时光回到20世纪70年代，西去长安的316国道横穿过五里镇街道，再斜着向西北方向爬过一小段上坡路，穿过斩断梁，接着又向西南方向转弯下一小段下坡路后，便在月河水和阳安铁路一左一右的平行注视下，一路西去。而就在转弯下坡的地方，却弯出了一个小小村庄和一望无际的水田，因为住户大多姓陈，所以村庄的名字就依着地势再结合当地姓氏，叫作陈家湾。陈家湾的房屋散落在公路两旁的地势较高处，大片大片的稻田依傍着公路向远处延伸。

紧靠着公路南边，有一幢房屋很是特别，其他房屋都是面向公路，像列队的哨兵行注目礼似的注视着公路，而这幢房屋却是坐西向东，早迎朝阳，晚眺星空。房屋的紧北边有热闹无比的公路，南边是月河水平静地缓缓东流，一静一动之间让这幢房屋有了格外不同的气场。房屋是三间大瓦房带一间小厨房的建筑格式，白墙灰瓦，错落有致。房前有干干净净的院坝，一条小溪绕着院坝无声地流进门前一眼望不到头的稻田深处，小溪的旁边生长着几棵柳树，柳树在春天垂下嫩绿的枝条，上面停歇着从稻田里飞来的蝴蝶和蜻蜓。

我家住在斩断墚往北两里多的乡级公路旁，站在我家房后的土墚上，翠绿色的南山清晰可见，月河水如绸带似的绕着南山飘向远方。斩断墚近在咫尺，而那幢房屋却隐藏在斩断墚背后，让我看不见那碧绿的荷叶、青青的柳枝，还有那大片大片的稻田——这反倒让我对它更加好奇。生性顽劣的我便呼朋引伴，一溜烟儿跑过斩断墚，来到这幢与众不同的房屋门前。

我们在院坝上翻跟头，玩斗膝游戏（身体直立着把一条腿弯曲着抬起来，用双手抱住抬起的脚，用另一条腿支撑着，再用抬起的膝盖去攻击对方），忽而又一阵风似的跑到稻田的深处。春天里，我们把柳枝折下来编织成帽子戴在头上，还把枝条做成口哨，吹得“吱吱”响；夏日里，我们在溪水边钓黄鳝，在稻田里捉蜻蜓。太阳炙烤大地的时候，我们便掐一面荷叶盖在头上……这里成了我们玩耍的乐园。蝴蝶的翅膀上有一层黏黏的灰粉，粘在手指头上滑溜溜的像雪花膏一样，很让人不好意思；蜻蜓在手上奋力地蹬腿儿……我们穿着短裤，光着上身，汗流浃背，开心地大呼小叫，我们完全忽略了房屋里的主人——那个从不轻易出门，总是睁着一双好奇而又羞怯的大眼睛，躲在屋门后向外张望的小丫头。

直到有一天，在毫无征兆之间，一位亭亭玉立如含苞待放的荷花般白净、俏丽的小姑娘忽然出现在我们面前时，我们张大的嘴巴顿时不知道怎么合拢了，两条腿也好像不听使唤，周围的空气仿佛在一瞬间发生了变化——这里已不再是我们嬉闹撒野的天堂，这里俨然成了少年心中的圣地。

回过神来的我们像是受到了什么惊吓似的四散逃去，从此再也不敢踏入“圣地”半步。

二 三载同窗情

这个宛若天仙的少女有着一个诗意的名字——陈柳依，这是我在上初中后才知晓的。我们同时考上了初中，分在了同一个班，而那幢气场不凡的房屋就是她的家。

刚进入初中时，同学之间都还比较陌生，陈同学是最先被大家所熟识的——老师提出的问题她总是第一个举手回答，而且都能回答正确，朗读课文的声音也非常好听……这让所有人都对她刮目相看。白皙的皮肤，苗条的身材，如花朵般芬芳在教室里。渐渐地，只要有陈同学在，所有人的目光便有意无意地投向了同一个地方，投在了同一个人的身上。陈同学的美丽、好学、上进如一缕和煦的阳光，让教室变得温暖而美好。

陈同学的优秀使得全班同学在学习上不由自主地向她靠近，谁有不会做的习题总是去问她；还有的人干脆拿着她的作业本照抄。我是属于后者。那时候的我实在太调皮，上课根本坐不住——这与陈同学的认真和优秀形成了强烈的反差。记得第一次在语文课堂上回答老师的问题时，我把文学家曾巩的“曾”（zēng）读成了 céng，引起了同学们的哄堂大笑；而第二次我又把曾经的“曾”（céng）读成了 zēng，又一次的哄堂大笑使我羞红了脸。我偷偷向陈同学的座位上看过去，陈同学并未发笑，而是在座位上安静地记着笔记。我的心被触动了，我觉得是时候改变自己了，我要向陈同学学习，我要让女神同学看到我的进步。

下决心进步的我变得安静下来，静下心听老师讲课，听陈同学回答问题、朗读课文——我做到了上课专心听讲，课后认真完成老师布置的作业，尤其是在放学回家的路上我不再和小伙伴们追逐打闹，而是一个人安静地走路，不断地回忆起老师讲过的知识重点。不知不觉几个月过去，我能感觉到老师对我的态度开始变得温和，课堂上对我的提问也多了起来，而且我都能正确回答。同学们也对我刮目相看了，陈同学的目光有时候也会向我投来，我们的目光有时候会不期而遇，相遇后的目光又总是会迅速避开，我的脸在这时候总会变得通红……这种眼神的对视和交流让我非常陶醉，非常满足，我的学习积极性空前高涨起来——到了初二上学期末，我的成绩在班上已经名列前茅了。

初二下学期，老师通知我们说初二升初三要进行选拔考试，说只有一半的人可以上初三。同学们都紧张起来，我看到陈同学每天下午放学后都要独自留下来在教室里学习，我便也坐在教室里学习，当陈同学收拾书包要离开教室时，我也紧跟着收拾书包出门。后来教室里留下来学习的人多了起来，很多人每天下午都要学到太阳快要落山才回家。我让妈妈给我烙几张饼放在书包里，饿了取出来吃，也分给同学们吃。我看见陈同学没有带干粮，一直在埋头学习，我想拿着饼去陈同学的座位旁，让她尝尝妈妈烙的饼……可每当我这样想着时，我的心便紧张地扑通扑通直跳，根本没有勇气站起身来，更没有勇气走到陈同学的座位旁。我就这样一直想着，每天都鼓起勇气，却一直没有站起身来，或者说没有力气站起来，没有走到陈同学的座位旁……反倒是陈同学有一次来我的座位边问了我一道几何题，明明会做的我，却紧张得讲解不出来了。

初中的时光真是奇妙——时而如白驹过隙让人眼花缭乱来不及去细想细看，时而又如蜗牛爬树，总是漫长得让人寂寞难耐。每到寒暑假，尤其是暑假，我总会坐在我家房后的土墚上，望着南山，还有南山脚下的月河水。陈同学的家总是被斩断墚挡住，让我看不到那高大的柳树、干净的院坝，还有在稻田上空振动着翅膀的蜻蜓……这时候，我便盼着暑假赶快结束，可天却总是那么漫长，西边的太阳迟迟不肯落山。

其实假期里我是有很多机会见到陈同学的。那时候父亲经营着村里的代销店，每次进货都要去李家坝分销店，而去李家坝进货，必须要经过斩断墚从陈同学家门前经过。随着我的年岁渐长，父亲便让我和二弟去进些轻一点的货，这样我便有了见到陈同学的机会，可是当这样的机会真的到来时，我却又是那么不情愿，我不愿意让陈同学看见我肩挑背扛的狼狈模样。那时候，每次只要父亲提出让我和二弟去进货，我的心马上就会慌乱起来，我心想，如果让陈同学看见我拿着扁担箩筐去进货，那将是一件多么丢人的事情啊！可是父亲的命令又不能违抗。

我和二弟去李家坝进货，只要一过斩断墚，还没看见陈同学家的房屋，我的心便狂跳不止，脸唰的一下变得热辣辣的，脸上的表情也僵硬起来，眼睛里好像充满了热血，朦胧之中，根本不知道该望向哪里。我慌慌张张地躲在土坎后面，向陈同学家的房屋偷偷望去，确信陈同学不在院坝上时，便蹑手蹑脚地从远离她家的公路右侧快速走过，一直到过了她家院坝，我的心跳才稍稍平缓一些。每次我跑在前头，二弟总是在后面大声喊叫——让我等等他。气得我回过头去直用眼睛瞪他，示意他不要出声……往回走时又是重复着去时的心跳，去时的脸红耳热。每次从陈同学家门前经过，我的心脏都好像是经历一次极限挑战，心里羞愧难当，脸上的肌肉所堆积出来的表情更是尴尬无比。那些年，即使是在冬天，每次从她家门前经过后，我的手心后背也全是汗。

三 一别音信无

初中的学习生活转眼就结束了，在难挨的暑期中，我收到了高中录取通知书。我一打听，陈同学也考上了高中，而且我们俩分在了一个班，这让我非常兴奋，我拿着录取通知书兴冲冲地跑到父母面前，告诉他们我考上高中了。我发现父母在看完通知书后，并没有表现出我那样的兴高采烈——他们认为读高中不一定能考上大学，而且还要花费三年的钱财，他们不赞成我读高中。后来，在初中老师的上门鼓动下，他们更加坚定了让我复读初中考取中专的理念——任我再怎么乞求也无济于事。

我只好留下来继续复读初中，陈同学则去了高中，她的父亲是公务员，比我的农民父母有眼光得多，这是我多年以后总结出来的。多年以后我还总结出，中国人门当户对的婚姻哲学观是有它深刻的道理的：我和陈同学的缘分在冥冥之中早已注定，只能如此吧。初中复读了两年后我考上了师范学校，陈同学在高中读书，那几年里我和二弟还是经常去李家坝进货，每次经过陈同学家门前时还是紧张，脸上表情还是难堪。我的内心非常矛盾，既想要看到陈同学，却又怕她看见我，看见我肩挑背扛的狼狈模样。每次从她家门前经过，虽然我还是选择从远离她家的公路边经过，但我走路的步子慢了下来，我边走边向陈同学家门前张望，希望能看见她，哪怕是背影，可是，我没有一次看见她——看见她出来，看见她坐在院坝上。每次从她家房屋旁边经过，我总是见到她家半掩着的房门，干净寂寥的院坝，只有一次见她妈妈在院坝上给她的妹妹洗头发，我停下来站在公路北边的土坎下观望，我以为她的妹妹洗完头发必定就轮到她洗了。我看着她的妈妈给妹妹洗完了头，走进屋里，妹妹坐在院坝上用毛巾一边擦拭头发一边晒太阳，我就一直站在公路旁边的土坎下等着，等了很久，还是没有见到陈同学出来，我想陈同学可能不会出来了，或许她已经洗过头发了吧。

光阴似箭，一晃十年过去。再从陈同学家门前路过时，我注意到总是半掩着的房门开始上锁了，院坝上竟然长出了草，房子也好像陈旧了许多。以后每次经过时，我都只看见紧锁的房门、杂草丛生的院坝。又过了几年，我再次从陈同学家经过，还是紧闭的房门，已经生锈的门锁，我想，里面不会有人住了，我离那个人越来越远，可能终生难见了。那天的电视里正播放着金庸武侠剧里的《归去来》歌曲：“那次是你不经意的离开，成为我这许久不变的悲哀……”我恋恋不舍地望着陈同学家那破败的房屋、杂草丛生的院坝、锈迹斑斑的铁锁，我想这辈子可能真的见不到她了——他们一家子都搬走了。他们搬到哪里去了呢？我的心里是说不出的失落与惆怅……再后来，陈同学家的房子倒塌了，被夷为平地，修了公路，我没有了陈同学的任何消息。我想她应该是远走高飞了吧，像她这么优秀的人，应该会有一片更加广阔的天空，任她翱翔。

有时候我站在我家房后的土墚上，看着夕阳的余晖照在月河上，月河上金光闪闪；照在斩断墚上，我望向低洼处，那是一片使人压抑的荫翳。我想起了陈同学，想她小时候的样子，想她举手回答问题时的样子，想她在教室里午睡醒来时睡眼惺忪地看我的样子……我想，女神这时候应该正和她的白马王子牵着手，一起在夕阳里散步吧。风吹动她乌黑的长发，夕阳的余晖映照在她身上，折射出美丽的光环，女神仰起头望着天边的云彩笑了。想到这里的时候，我的嘴角也微微上扬，我知道我也笑了，我的心里充满了温暖幸福的感觉——这个世界是如此美好。

四　重逢也必然

时间又过去了十年，到了2018年的夏天。一天晚上，我躺在床上正准备睡觉时，手机收到了一个陌生信息，对方发来了“我是××初中陈××”的请求加我微信的文字。不知为何我的心跳莫名地加快了，我添加了对方后，便迫不及待地问：“陈柳依是不是您的姐姐？”对方回答说：“我就是陈柳依呀！”原来是我的同学啊，我藏在心底的女神！这么多年过去，我们竟以这样的方式不期而遇。聊天中我才知道她考上高中后改了名字，大学毕业后就分配在本地教书。

一晃三十多年过去，虽然我们都在一个城市，但就是没有见面的缘分，因为我也改了名字。记得2009年外甥女在他们学校上学，我偶然间听到了陈××的名字，而且听说和我是一个乡镇的，我想她是不是我的女神同学的妹妹呢？便让外甥女去学校向别的老师要了她的电话。电话打通时，我却语无伦次了，我说出了我现在的名字，而她也许在忙，也许心情不好，没说几句便以一句“您打错了”挂断了电话。这一晃又是十年过去，虽然我家离学校只有几步之遥，虽然我也经常去她的学校，但就是没有见面的缘分。然而这次，因为我们都是在同一个电商平台，利用网络科技，利用业余时间尝试一种线上购物带来的便利；我们也在一个群里，因为群主安排我们俩一起“值班”的缘故，她才加了我的微信。我想如果不是她这次主动加我微信，可能我们永远都没有见面相认的机会——人生的坎坷经历使得我满面沧桑，内心封闭，从不主动去和人接近，从不主动去加别人的微信，连走路都只看着脚下。所以即使我们在学校、在大街上偶然相遇，也无法相认啊！可是啊，我们的相逢是必然的——勇于接受新事物，敢于挑战困难，这些相同的特质使我们的重逢变成必然。

加了微信后，我便请她第二天一起吃饭，陈同学爽快地答应了，并把我拉进了同学群里，说要和同学们一起聚聚，我欣然应允。很多年没见到那些性格迥异活泼可爱的面孔了！我恨不得马上就见到他们，马上就见到我心中的女神。可我的心在这时候却又七上八下地敲起了鼓：这么多年没见，她还是那么阳光灿烂吗？心地还是那么美好善良吗？我们还能在一起愉快地相处吗？——毕竟，那次通话留下的阴影仍留在心里，没有消散啊！

第二天下午我早早去了预定的饭馆，不久同学们陆续到齐，女神同学就坐在我的身边，帮忙点菜，帮我招呼同学。她还是原来的清纯气质，笑容还是以前那样阳光甜美——一切如前，什么都没有变。其实同学们除了容颜以外都没多大变化。

聚会结束后，我去了西安陪孩子。因为孩子在省队打乒乓球的原因，我得一直在西安待着——辅导孩子的文化课，监督她练球和学习。回到西安没几天，我看到了陈同学在朋友圈发了她写的日记《邂逅一位向死而生的老同学》，文章里记述了这次的聚会，同时也详细写了我。从陈同学的文章里我了解到，虽然几十年没有见面，但同学们一直都牵挂着我，这让我非常感动，我也知道了陈同学这么多年通过自身的努力，成为省级教学能手、中学语文高级教师，在单位里成了不可或缺的教学骨干。

五 高山仍仰止

陈同学永远都是我仰望的高山！她在单位里除了每天给学生上课，还担任学校的通讯报道工作，负责小记者社团，经常带领学生访问图书馆、报社、读书吧等充满文化气息且带有正能量的场所，鼓励学生把自己的所见所闻写成稿件，经过她精心修改后在学校的公众号和其他报刊上发表；同时她自己也身体力行，把工作生活中的点滴见闻、所思所悟写成文字，在报刊上、网络上发表。工作之余的她，还积极参加学校的文艺活动，每逢重大节日，学校的文艺表演节目里总少不了陈同学的身影；回到家里的她，不管多累多晚，都会坚持朗读录音——“读书群”里每天都可以听到她的诵读。陈同学似乎有着钢铁之躯，她总是精力充沛，积极乐观，她成了大家口中的“一路奔跑，一路欢笑，任谁从她身边经过，都会沾染上一身阳光”的女神。

我又一次觉得我得改变自己了，我得继续向陈同学学习了，让我的每一天也过得充实而美好。陈同学好像也看出了我的心理变化，她经常把一些好的文章推荐给我，让我阅读，汲取能量。那次她去省城学习，说要带礼物给我。见面后她从包里取出一本书，说这就是要送给我的“礼物”，我一看书名叫作《小王子》，很陌生的书名，就随手放在一边。陈同学好像看出了我的心思，千叮咛万嘱咐地要我好好阅读。过了十几天，陈同学又发来信息，催问我“书读得怎么样了”，这才让我又想起来。看来这本书是有它的奇妙之处吧。我便挤出时间打开书读了起来，才读了小半页，我就被书里那些蕴含哲理的语言、充满浪漫幻想色彩的故事吸引住了，我为小王子的忧伤而忧伤，我被小王子心底的真善美打动了。书读完后，我写了一小段心得体会发给陈同学，并说了一大堆感谢的话。陈同学收到我的信息后，又给我邮寄来了一大堆书——《活着》《穆斯林的葬礼》《百年孤独》《悲惨世界》等几十本中外名著，这些书我都没有读过。陈同学说“读书破万卷，下笔如有神”——鼓励我多读多写，鼓励我把自己的经历、内心情感写成文字。后来，我就试着写，我写好的文字总是先让她看，陈同学看了我的文章，除了给予我指导修改外，更多的是鼓励。为了激发我的写作热情，还把我拉进了“安康读书吧”群和“文化周末”群，在群里我读到了更多安康籍作家的诗文，这使我眼界大开。原来我的家乡真是藏龙卧虎之地啊！群里有很多作家诗人，他们有的是教育工作者，工作在教育教学的第一线，在工作之余挤时间写作；还有些是农民、工人，他们在辛苦的劳作之余写作。他们有一个共同的特点，就是热爱家乡的山山水水、一草一木，他们用自己充满灵性的笔把家乡的人事景物写出来，发表在网络、报刊上，让更多的人了解安康、热爱安康，来安康旅游——他们除了本职工作，还用手中的笔做着额外的贡献。我暗下决心，我要向他们学习，我的文学之路才刚刚开始，我已经下定决心要从事这种劳累而未必有成果的工作了，因为，我的眼前有一座灯塔，有明亮的光指引着我向前。

我和陈同学的交往变多了，我们在一起讨论写作，讨论文学，有时候是面对面，有时候是在微信里。共同的爱好、相同的世界观使得我们无话不谈。我们的交往引起了女儿的不满。在一次家庭聚会中，女儿向她的长辈们抱怨：“我爸自从遇见了我陈阿姨，便不理我了，每天就只知道和他的女神同学聊天。”我当着家人的面回答女儿道：“没有你陈阿姨，就没有爸爸今天这个样子！这么多年过去，我对你陈阿姨除了感激，还是感激，你陈阿姨永远是爸爸心里一道明亮的光，让爸爸心存美好，努力向上！”那一天，我的老婆也在场，她对我是信任的，因为，她相信，我和陈同学的这份友情既来之不易，又是那么纯净美好，不掺杂一丝一毫的世俗杂念。和陈同学在一起，朦胧中我感觉站在我身旁的，还是那个花朵般美丽的少女，那是我心底神圣无比、永不凋谢的花啊——容不得半点亵渎！

我为我的人生有这样一份真挚而美好的情感而感动着、幸福着！

我常常在想，人的一生有很多的遇见，有些遇见平淡无奇，如坐在庭院里，看风吹天上的云朵；有些遇见又是那么刻骨铭心，如饥渴的行路人，忽闻清泉叮咚。我想啊，不管你是经历了怎么样的遇见，如果有那么一次遇见，能够使你的人生轨迹发生改变——向着美好发生改变的话，那你就是交上了极好的运气。我想，我应该是上帝的宠儿！这一生因为有陈同学，我的人生频频出现改变，而且是向着阳光、向着美好在改变。

今年在三弟家团年

腊八节刚过没几天，三弟突然打来电话说："哥，今年过年请你们在新房子团年哦。"三弟刚在农村老家盖起了一栋新楼房，说话的声音里，隔着手机屏幕都能感受到一股子喜庆气氛。我说："好！"电话挂断的一瞬间，我好像又突然想起了什么似的，给三弟回拨了过去："你把邀请信息发在群里吧！"

群是由大学刚毕业的外甥女仙仙建立的。除了她外公和三弟的正读小学三年级的女儿没有微信无法进群外，外甥女将她爸妈、三位舅舅舅妈以及他们姊妹四个都拉进了群里，还给群取了一个温馨的名字——幸福小家。

不出所料，群里分成了三派意见：一派沉默，估计意思是哪儿都行；一派反对，以前一直都在老房子团年，何况老父亲还在，所以，今年还是在老房子团年好；一派赞成，新房建成不容易，过年了，得有个喜庆氛围，老父亲嘛可以去新居团年，毕竟新旧房屋距离不足百米。

是的，以前一直都是在老房子团年过年，几十年未曾改变过。记得我和二弟刚参加工作那会儿，农村土地包产到户已经十年，家家户户都过上了红火日子，我家也不例外。兄弟俩便相约打赌：团年饭（年夜饭）由我来做，初一的饭菜二弟做，兄弟俩轮流交替，各显神通——看看谁的饭菜做得好、得到的夸赞多。那时候的我们，平时在单位工作之余练习厨艺，每逢团年过年时，母亲在厨房打下手，兄弟俩撸起袖子，轮番登场，大显身手。不等辞旧迎新的鞭炮声响起，满碟子满碗的菜肴已经摆满餐桌。一盘盘荤素搭配、一碟碟凉热交替、一碗碗炒炖结合的美味佳肴让一家人吃得嘴角上扬，喜不自禁；吃得一家人抹着嘴巴指指点点、评头论足。宴席结束，父母亲嘴上笑成一朵花，给俩人都点了赞。

后来，兄妹四人都成家有了孩子，除了三弟一家外其他人都在外安了新家。那时候母亲尚在，每逢过年团聚时，兄妹三家分别驾驶着擦拭得油光锃亮的摩托车，齐刷刷地赶集似的回到老家。老家顿时那叫一个热闹：父亲早就在门前的老梨树上一枝横着的树干上架起了秋千，又笑呵呵地在院坝上烧柴笼火，并不时大声招呼孙儿们围拢烤火；看见母亲和三弟媳妇系着围裙在厨房里前后忙活，妹夫赶忙洗手加入行列；三弟熬好了糨糊正准备贴春联，又不放心地扭头呼唤二弟，让帮忙看看贴得是否端正；妹妹和没有占手的媳妇在堂屋里摆放桌椅板凳，把它们擦洗得干干净净，并在桌面上堆满了水果瓜子花生；大点的孩子不愿意在梨树下争抢荡秋千，索性跑去堂屋里将糖果塞满口袋后，爬上老梨树，骑在树杈上挤眉弄眼，或者捣乱使坏；几个小的又急忙喊叫着，让我过去把他们一一抱上树杈，不一会儿梨树上便传来了哭喊声。

母亲去世后，虽然农村的年味儿稍减，但依然觉得喜庆温馨。每逢过年时，父亲、三弟和二弟的职责一点都没变。变化的是平时宽阔的院坝上被几辆新轿车占领，显得一下子狭小了许多；妹夫接替母亲在厨房里主厨，妯娌几个打下手；妹妹一个人在堂屋里收拾桌椅板凳，摆放糖果瓜子花生，并大声呼唤着孩子们过来吃，可孩子们却不为所动；秋千上空荡荡的，长大成人的孩子们坐在一起，要么低头各自看手机，要么头碰着头凑在一起窃窃私语；小的好奇地跑过去偷听，结果被拧脸蛋儿或耳朵，疼得吱哇乱叫。妹夫这时准会站在厨房门口大喊："谁吃你爷爷种的红薯，我给烤得喷喷香啊！"于是哭声戛然而止。

就在去年，连续好几年的洪涝灾害，让三弟一家住的房屋后面滑了坡，屋里浸泡了水，三弟住的老屋成了危房。三弟媳妇又因为几年前的一场疾病住院，两口子辛苦打工积攒的十来万块钱花光用尽不说，还倒欠了亲戚朋友六七万的外债。危难之际多亏了政府的扶贫救助政策，让他们一家人享受到了农村低保。后经过几年的努力奋斗，又得到了贫困户国家建房补助，三弟一家终于盖起了新房，住进了新居。

妹妹打来电话问我："哥，你说怎么办呀？"我问妹妹："你的意思呢？"妹妹回答："宝朝（三弟）是一个直肠子，遇事不对（不合心意）就是一声吼，但过后自己就先忘了，他心肠是好的；陈道霞（三弟媳妇）呢，干活磨囊（磨叽）没有账算不假，可对人心肠也是好的。现在生活条件好了，大家都不缺吃喝。只是新房盖起来了，就盼着咱们去捧个场，热闹喜庆一下。张修桥（妹夫）说了，让宝朝和陈道霞提前把菜买好，到时候他上去做。”我说：“好！想想妈病重时，一直都是霞在经管照料，洗衣做饭，端屎倒尿，从无怨言。从我个人感情来说，心里边一直对她充满着感激。这样吧，你把你的意思发群里，我来评论。”

很快，群里收到了口径一致的回复：今年在三弟家新房子团年。

吃在安康

一个人对于吃的最深刻的记忆莫过于家乡的吃食了。

安康吃食于我，或宅居在家时，则百吃不厌；或人在旅途中，则魂牵梦绕。是不经意间就涌上心头的碎碎念，是一辈子都割舍不下的心上人。

秦巴汉水，富硒之地，一方好水土。好山好水出好饭食。对于任何一个会吃的外地人来说，来到安康，就是到了美食之地、福气之乡。

有人说，会吃的最高境界是会做。一点儿不假，安康人不光会吃，也会做。

对于任何一个土生土长的安康人来说，没有谁的味觉记忆里能离开一个“酸”字。我最早的味觉记忆便是从酸菜开始的——拌酸菜、炒酸菜、酸菜搅饭、酸菜拌汤、酸菜面。我六七岁的时候，还是20世纪70年代中期的大集体时代，初冬时节，大雾弥漫，爸妈很早就起床去生产队的地里挖红薯了，他们中午要回来吃一顿早饭（那时候没有早点，中午11点左右的午饭就是农村人的早饭）。姊妹几个我最大，于是我便照着妈妈做饭的样子尝试着做最简单的红薯稀饭和拌酸菜。爸妈回来后，一家人围坐在桌边，一口红薯稀饭就一口拌酸菜。饭后，母亲笑眯眯地夸奖了我。

现在的饭店里时兴一道菜叫作酸菜炒——酸菜炒豆芽，酸菜炒魔芋，酸菜炒软饼……各个饭店都做，既减肥又可以醒酒，深受消费者喜爱。不禁想起20世纪七八十年代母亲做的懒饭了。少量的大米和一多半的粗苞谷糁在宽展的滚水锅里煮个六七成熟，还是离汤离水时就得赶紧用笊篱捞出来，控干水分，盛在二仰盆里（一种烧制的口大底小的黑色土盆）。盛在二仰盆里的米饭黄白相间，现在时兴叫作“黄金饭”——名字真是恰如其分。米饭全部捞出来后，再用马勺（大勺）舀出蒸饭汤，盛在瓦盆里，放在灶台上，然后洗净铁锅，再次加大灶洞里的柴火。等铁锅烧红了，母亲麻溜地铲一铲子猪油，抹在铁锅上，锅里“刺啦”一声巨响，随之冒出了滚滚青烟。说时迟，那时快，母亲迅速把切好的一小盆酸菜倒进锅里，一阵紧急翻炒过后，火星四溅的锅里终于平静下来，再均匀撒入姜末葱花，然后把七八成熟的米饭倒进锅里，用铁铲翻炒均匀了，捂紧锅盖，撤走灶洞里的柴火。多半个小时后，揭开锅盖，等一阵腾腾热气散去，母亲用铁铲背面去拍打锅里的米饭，如果铁铲能被弹起来，一顿美味的懒饭就做成了。一锅黄白相间、点缀着青色酸菜的懒饭，鼓嘟嘟，油亮亮，站在好几米远的地方吸一口气，酸酸爽爽的香气就会直扑鼻孔，沁人肺腑，直叫人口齿生津。

秦巴山区，坡陡沟深，农活苦累，家家户户都做懒饭；懒饭经饿，是壮劳力的吃食。吃懒饭，宜配上塌辣子。塌辣子制作简单，大蒜、绿辣子、嫩生姜一起放进辣窝里（小碓窝）用辣锤儿（小石杵）捣碎了，舀出来盛放进小瓷碗里，拌点盐热油一泼，塌辣子便做成了。劳累了一天的男人回到家里，女人赶忙给盛上一海碗懒饭，面上再浇些油泼大蒜塌辣子，男人吃得额头冒汗，浑身舒坦。两海碗干散利落的美味下肚，男人一身的疲劳尽消。毕了再来一碗热乎乎的蒸饭汤，既营养又解渴。

母亲肯定把我熬红薯稀饭的事儿告诉了村里人。每次乡亲们从我家门前经过都会感叹："哎呀，这娃会做饭了呀！以后饿不着了，不用说媳妇儿了。"母亲听到乡亲们恭维的玩笑话，笑得合不拢嘴，一脸的自豪，而我却羞得满面通红。在母亲的夸赞声中，我决定放开胆子尝试着做一顿手擀面。那次爸妈都不在家，我便搬把椅子靠在堂屋里的大柜边，在弟妹们惊奇的目光的注视下，我舀来一瓢水，试探着两脚踩在椅子上，打开柜盖顶在头上，开始学着母亲的样子和面。我一只手端着水瓢往面袋里不断地加水，一只手在面袋子里不停地揉和。揉着揉着我感觉到坏事儿了，母亲和面，一会儿工夫一个白白的好看的面团便揉成了，可现在，任凭我怎么和怎么揉，都不能揉出一个面团来，我急得满头大汗，手足无措。母亲回来了，看见脸上和身上沾满了面粉的我，既好气又好笑。母亲从厨房端来了二仰盆，倒出了多半袋子被我揉得不成型的面疙瘩，重新加水揉成面团，一家人一连吃了好几天的擀面条。

做手擀面的机会又一次来了。小学考初中的那天下着瓢泼大雨（20 世纪 80 年代初，小学五年级上满就要参加初中选拔考试，就像现在的中考），早上考完了语文我回家吃早饭，可家里的饭菜早被弟妹们吃光了，爸妈又都不在家，于是我决定自己动手做一顿手擀面。我和面、揉面、醒面、炒浆水、擀面、下到滚水锅里煮熟，一气呵成。手擀面做好了，吸溜吸溜吃得正香的我突然发现，我的班主任老师带着一身的雨水闪身进了屋里。糟了，下午还要考一门数学呢。路上，班主任老师嫌我走得太慢，背起我踏着泥浆一路飞奔到考场。迟到了近一个小时的我还是被允许参加了考试，半个多月过去，我在忐忑不安中还是等来了录取通知书。

秦岭南坡，牛山脚下，那是我出生的地方。那里有山有水，水是水田，山是坡地；水田种稻，坡地产麦。不过在我的家乡，坡地远多于水田，于是我便从小吃着面食长大。说起面食，必是手擀面，必是酸菜面，是秦巴山水间家家户户都做的那种酸菜手擀面。秦巴山地，土质算不上肥沃，而生长腌酸菜的植物大多不挑地，见风长。有人为此总结出这样一句顺口溜：“春生白菜刀刀菜、灰飘叶子老芹菜，夏长南瓜（秆儿）芋头（秆儿）红苕秆儿，秋来（萝卜）缨子见风绿，冬有芥菜（腌酸菜）美得怪。”所有这些制作酸菜的上等原材料，自然随性地生长在主家的房前屋后、沟边地塄，不待人伺候，自己便长得迎风招展，呼啦啦一大片。要腌酸菜了，随手采来一捆，洗净晾个半干，滚水锅里焯过后经过一段时间的冷却，一层层装入瓦罐再淋点老浆水角子（也叫浆水引子），最后在面上用石板压瓷实了，几天工夫一坛子香喷喷的酸菜便腌成器了。

暮色苍茫中，扛着犁牵着牛走在回家的小路上的汉子，远远地望见自家屋顶上升起了炊烟，空气中飘来一阵阵好闻的酸浆水的味道。汉子知道，那是自家女人在做酸菜手擀面了。闻着这熟悉的酸爽味道，在连续咽下了好几口口水之后，汉子扬起手中赶牛的鞭，加快了回家的脚步。

在关中地区，老秦人也腌酸菜。但关中的酸菜味道寡淡，远不及安康酸菜酸味醇厚绵长，这与气候环境有关。秦巴山区，气候温暖而湿润，最适合植物发酵变酸。八百里秦川，是咥羊肉泡馍的地方。安康人也吃羊肉泡馍，只是做法与关中的羊肉泡馍大相径庭。安康的羊是秦巴绵羊，吃山间青草长大，能爬山越岭，故肉质细腻、味道鲜美。每天早晨或是下午，在安康东关，整条街都是做羊肉泡馍生意的。整块的羊肉连着骨头放入大锅里炖着，炖到骨肉分离，炖到只看见一锅翻滚的粉白浓郁的羊汤。羊肉羊杂碎捞出来后被切成薄薄的小片或小块儿堆在案板上。来客人了，老板按客人的需求在碗里放入素肉或羊杂，或兼而有之，把素肉或杂碎用热汤来回滤过几个回合后，再在碗里添满热汤，浇几小勺花椒水，撒上葱花香菜，然后取一块刚出炉的死面馍，一碗安康风味的羊肉泡馍便摆在了客人面前。羊肉暖胃，羊汤大补。秋冬季节，脾虚体寒的人，每日来一碗羊肉汤馍，要不了多久，脸上红润好看了，走路轻快有力了，比吃渣子药都管用。

安康人说起安康，说起安康吃食，便绕不开安康蒸面。在安康，大街小巷，弄堂胡同，几乎到处都是卖蒸面的小店。我在西安的那几年，每回回安康，必去培新街吃一盘王家蒸面。那时我的家安在学校里，在火车站西边十里，而培新街在火车站南，中间隔一条汉江。为了吃一盘安康蒸面，我坐上与家相反方向的公交，越过汉江，去吃一盘蒸面后再倒公交回家。安康蒸面，大众美食，生意好不好，门道全在一个醋汤上、在一个油泼辣子上。蒸蒸面、焯豆芽、做芝麻酱，工序简单到可以复制。可调制醋汤、油泼辣子却深藏玄机，谁家能把醋汤调制到酸味适中、清香爽口，能让油泼的辣子既辣得鲜香过瘾，又不伤人脾胃，谁家生意必然火爆。那几年，一盘浇了蒜汁、芝麻酱和油泼辣子的蒸面，总是被我搅拌均匀后吃得连醋汤都一点儿不剩，完了还咂巴咂巴嘴，还舍不得走，还要坐在桌边回味小半天儿。仿佛吃了王家的这盘蒸面，才算真正回到了家乡。

羊肉泡馍、安康蒸面只是安康城里人的吃食，是小吃，待不了贵客，上不得大台面。要见识大场面的吃食，你得往南北二山走。我大学毕业后，被分到了北山的一所中学教书，每到五黄六月插秧季或是农历八月打谷时，家里有水田的同事必邀我们这些离家远的单身汉去帮忙。那次去一个同事家里帮忙插秧，十几个青壮劳力，几小块块儿水田，一会儿工夫便插完了，主家都还没有下田呢。主家就站在田坎上不停地叮嘱："不许走啊，媳妇把饭菜都做好了。"原来插秧是诱头，请我们吃酒才是本意。

这酒被叫作插秧酒。满碟子满碗的菜肴，满满当当地摆了一桌子。魔芋豆腐、豆腐干儿、红薯粉条、卤鸡蛋、鸡鱼牛羊、猪头肉，所有这些食材凉切装盘后荤素搭配地摆在饭桌上，中间再放一个调好味的醋碟，吃时用筷子夹了（菜）蘸醋吃。十碟凉菜，后面还要上十道热菜，讲究一个十全十美。这些食材，都是主人自家地里所种、门前屋后所产，绝对的纯天然绿色食品。

吃插秧酒，厨房里比堂屋还要热闹。女主人一个人忙不过来，请了姐妹们过来帮忙。负责切菜的、负责煎炒的、负责出出进进端菜的，各司其职，有条不紊。男主家不停地劝酒劝菜，女主人不失时机地出来帮腔助阵，年轻的脸庞笑成了三月里的桃花。

酒是主家自酿的苞谷烧。浑是浑点，可味道正，喝大了也不会伤身。在北山，每家每户都兴自家烤酒，杆杆儿酒、苞谷烧、拐枣酒。喝时倒进酒壶里靠近火炉边煨热，满屋子都是醇香浓郁的酒味。酒过三巡，菜至五味，主家便开始敬酒。先是男主人敬了，接着是女主人敬，女主人敬过后，在厨房做菜的女人出来敬，你不喝不行，不喝就是嫌弃人家菜做得不好，就是不给人家面子。这样三番五次、五次三番，你就会醉了。醉了不要紧，女主人早就备好了酸菜浆水和手擀两掺面，只等下锅。一碗离汤离水酸爽醇香的两掺面端上桌，你的酒已醒了一半。不待一碗面下肚，你已满头大汗，肠胃舒坦，几个饱嗝过后，酒就完全醒了。酒足饭饱之后，人们取出锣鼓家什，插秧酒还有最后一道仪式——敲锣鼓家什、唱花鼓戏。屋里一时锣鼓震天响，歌声连歌声，人们用这种方式祈祷风调雨顺、稻谷丰收，一直热闹到小半夜方才散场。

大爹修三线时在平利秋河的柳林大队招了亲，便安家落户在了柳林。柳林是一个大坝子，一条秋河从坝子中央流过，两旁是大片肥沃的稻田。柳林盛产稻米，也盛产稻花鱼。每到插秧季，河里的小鱼顺着河逆流到了稻田里，从此便不走了，安下了家。这些鱼吃水里的浮游生物，吃稻米花长大，肉质别提多鲜嫩细腻了。到了收稻谷时，大的稻花鱼能长到一两尺长，最小的也有半拃长。

南山也是要吃插秧酒吃打谷子酒的。南山的酒大多是杆杆儿酒和苞谷烧，品种虽然少点，可酒香一点儿不输北山。也是满碟子满碗摆满一桌子，也是不停歇地从厨房里不断上热菜。山里人靠山吃山，靠水吃水。光是一种稻花鱼就能做出不同风味的菜肴来。半拃长的，油炸了装在盘里蘸花椒面吃；一拃多长的用热油一过，再加上酸辣子木耳炒着吃；一两尺长的切段放进吊罐里，加半罐子清水后，放入豆腐、酸辣子、黄花菜一起炖了泡白米饭吃。醉酒的人，来一碗稻花鱼汤，既解酒又营养。

我在南山吃过一场打谷子酒。金黄色的稻谷山一样堆在场院里，女人们在厨房里做菜，男人们围坐在桌边吃酒。一二十人的大场子，为了把打谷子酒吃出气氛吃得热闹，人们开始行起了酒令。能划拳的划拳，不会划拳的打杠子，一时之间，屋里觥筹交错，笑语欢腾，人们脸上洋溢着幸福的笑容，尽情地庆贺着丰收。突然，屋里安静下来，人们抬头望向屋外，原来，一轮明月不知什么时候从女娲山头升起来，月光洒在谷堆上，洒在稻田里，大地瞬间变得静谧而温暖。这时候，从河坝方向传来了唱花鼓戏的声音，咿咿呀呀拉着长调，哥呀妹呀地唱。原来是守稻谷的人无聊寂寞了，才唱起了这般旋律的花鼓戏，婉转悠扬的长调，唱得年轻小媳妇们低下了头、红了脸，唱得汉子们拿眼睛直往自家的女人身上瞟。

我的家乡盛产稻米，那里不兴吃插秧打谷子酒，但兴酿米酒。因为米酒里面总是漂浮着一些米粒，酒汁浑黄浓郁，所以也被称为稠酒或者黄酒。五黄六月插秧季，五里恒口，月河川道，家家户户都会选一块上好的老水田种上酒谷，收割后或用机器打成糯米，或在自家碓窝里舂成粒粒饱满的糯米。

每到农历九月九日，在家的老人或妇女们便把淘干净的糯米用蒸笼在大锅里蒸熟，盛在大盆里冷却后，再加入酒曲子发酵。现在的人们图省事儿，用于发酵的酒曲子大多都是去街上买；也有不嫌麻烦的还是习惯自家踩制土酒曲。上山里挖来照天红、照地红还有铁棒槌等草药，在家里晾干后捣碎了，和蒸熟的发米糠（谷糠）加少许酒曲子一起装进酒模子里（一种专门用于踩制酒曲的活动木框）用脚踩实制成。这样的土酒曲酿出来的酒，劲儿大，煨热喝能治劳伤。

等到发酵的糯米能闻见酒味了，便要及时装入缸里，根据糯米的分量加入适量的纯净甘甜的深井水。这是一个心算活。水少了酒味过于浓烈，喝着伤人，还有一种可能就是发酵不充分，酿不出来酒；水多了酒味必然寡淡，喝不出酒意来更待不了客。一般都是百斤酒米酿一百二十斤黄酒最好。酒味绵长，口感好。井水兑好后，盖上盖子，再用黄泥巴封口，只待一年到头，家人团聚时开封。

年底了，在外打工的汉子回来了。泡了自家的黄豆，或压在篾框框里长成豆芽，或磨了浆制成豆腐，又宰了年猪，杀了土鸡。女人张罗了一桌好菜，老父亲笼上一盆炭火，汉子叫来本家的叔伯兄弟们，当众打开封存了一冬的稠酒，屋里顿时酒香四溢。黄酒和杆杆酒苞谷烧等酒一样，也宜煨热了喝，这样既吸收了营养还不伤胃。推杯换盏之间，酒酣耳热之际，汉子（酒）上脸了，心头热了，絮絮叨叨地向叔伯兄弟们说起这一年来对亲人的思念，说起一个人出门在外的辛劳和委屈，说得老父亲吃旱烟拿反了旱烟袋，说得自家女人背过身去抹起了眼泪，毕了，还不忘把盛酒的铜壶往炭火边挪了又挪。

后 记

我在25℃的空调房里来回不停地踱步。窗外，烈日炎炎，时值酷暑，气温38℃。我的内心焦躁不安。

已经连续好几个星期了，每天午睡起床后就在客厅里来回走动——这已经成为我的一种习惯，每当写作陷入困境，就这样一边走动一边思索，有时候是在室外，有时候在室内。我在思考一个问题——如何为《时光深处的温暖》这部散文集写一篇内容互为补充、主题衔接一致、风格基本接近的后记来。

思绪再次回到这部作品中，我再次去审视我描述的那些人物、讲述的那些故事——母亲、三弟、朋友、医护人员，一个个鲜活的面容，一段段刻骨铭心的记忆，犹如滔滔江水一般，在脑海里奔流不息，绵延不绝。忽然，我的心像被针刺一般，收缩成一团，痛苦万分——我为我的稚嫩的笔触、粗糙的抒写和青涩的表现羞愧不已，如芒在背。

一

《青春之虹》里有这样一段描写："我遇到了一生中最好的医生和最美的护士。医生品德高尚，医术高明；护士体贴入微，充满爱心。”实际上，这样的描写是很肤浅的。我在手术过后没几天，心脏也发生了病变。因为长期的透析治疗，肾脏失去了排尿功能，导致心脏大量积液；而当肾移植手术成功后，随着新的健康的肾脏正常排尿，心脏里的积液排除，心脏一下子失去了负担，猛然适应不过来，就产生了病变——身体动作稍微大点，心脏就会狂跳不止，有时候竟达每分钟200次，人当即晕厥过去。主治大夫说这是术后心脏的应激反应，说我的病非常危险，要求我的身边时刻不能离开人。

由于我是刚刚手术的病人，必须住在无菌病房里，家属自然不能进入。于是，护士们将办公桌椅搬进了病房，就地办公——抽血化验、量体温、测血压、挂吊瓶、写病历，二十四小时一刻不离地值守在病房里。

每每是在睡意蒙眬中，我被钢笔划过纸张的“沙沙”声吵醒。我勉强睁开沉重的眼皮，眼前是一张模糊的似曾相识的脸庞，正埋头在办公桌前，急急地写着什么……我皱起眉头，万分恼火地翻过身去，背对着护士，在疲倦不堪中又一次沉沉地睡去；有时是在睡意正浓的黎明时分，在听见一声轻柔的“量下血压哦”的呼唤后，我的手臂被人从被窝里掏出来……我半睁开双眼，蓬头垢面下一双因熬夜而变得通红的眼睛，正充满期待地看着我。我闭上眼睛，极不情愿地伸直胳膊，勉强调整一下身体的姿势，鼻子里发出了不耐烦的一声“哼——”……

多少年过去，当我再次回过头去，思绪的根须猛然触碰到心灵最柔弱不堪的深处的时候，我竟羞愧得无地自容，我为自己的暴戾后悔不已，我为当初的不可理喻面红耳赤，我的心在隐隐作痛啊！

我常常因为自己小小的一点不顺心或者护士们微不足道的失误，便怒不可遏，便大发雷霆。是病痛让自己蒙昧了心智吗？是护士们真的护理不周吗？不是的，是我把自己看得太重要了啊！太以自我的感受为中心了啊！所以我看不见护士们因熬夜而变得红肿的双眼，看不见她们因疲劳过度而变得苍白的面容，我忽视了她们深藏不露的辛劳和隐忍，忽视了她们那一颗颗热烈跳动的博爱和悲悯的心。她们是被称作白衣天使的人啊！她们是我的救命恩人啊！

无法直视的过去啊！我深深地忏悔！

我又想起了武警医院里那个我叫她“小金”，实际上她姓全的女护士。每当我在透析过程中浑身发冷、恶心想吐时，她总是一路小跑着过来，给我的被窝里塞进一个暖水瓶，然后笑盈盈地附在我耳边说：“看我对你好吧？”

还有当地医院里那个一见到病人就笑容满面的护士，那个叫作小骆的年轻护士，在我生命垂危之际，俯身在我的病床前，眼里噙满了泪水，一边摇晃着我虚弱不堪的手臂，一边急急地用她那平时好听的、此刻竟变了声腔的方言连声呼唤着我：“石老师，石老师！你可千万不能睡着啊，千万不能睡啊……”

二

《那些梦境》和《母亲节的回忆》里都有这样一句话：“母亲不愿意为她的病花钱，她想留下每一分一文为我治病。”

其实，我还是有所隐瞒啊。在我生病住院期间，母亲为了凑钱给我治病，一方面屋里屋外地忙碌着，争取多一些收入为我治病；一方面又借遍了所有能借钱给我们的亲戚朋友。为了给我治病，为了还清这些外债，母亲隐瞒了自己的病痛，她装作正常人一样忙里忙外，日夜操劳——即使在她病情持续恶化、已经卧床不起的情况下，她还在咬牙坚持，苦苦支撑着。她坚持不去医院，不花掉一分钱，趁弟妹们不在的时候，唤我到床前，将弟妹们筹集给她救命的几千块钱，硬是塞进了我的怀里……

母亲带着剧烈的疼痛和对这个世界无限的依恋走了。母亲走后，“大约有十年的时间吧，我的梦里总有我妈。我梦见我妈的时候，母子总是在争执，睡梦中争执不断，以至于梦醒后的我还沉浸在气鼓气胀之中。我不知道这是为什么，我常为此愤愤不平”（《那些梦境》）。现在，我知道为什么了——是我，是我用了母亲的救命钱，我的心里充满了愧疚，怎能安宁啊！

三

文集中选用的一篇《今年在三弟家团年》里有这样一段描述：“三弟是一个直肠子，遇事不顺心就是一声吼，但吼过之后自己就先忘了，他心肠是好的。”是的，我的三弟是有很多缺点——身懒，脾气暴躁，还因为小时候患过癫痫病，大脑反应明显比别人慢……但是啊，我的三弟是这世上最善良最淳朴的人！他去工地干活，老板看他人老实，干活又不惜力，就让他带工。年底了，他把几十个农民工的工钱都结清了，唯独自己没落下一文钱。实在没有办法过年了，他去求他的姐姐借钱给他过年——妹妹当面就给他一顿吵：“一再给你叮嘱，老板没给你把账结清，你就给每个人也欠点，谁要吵闹你就领他去老板家里吵闹，老板不敢拖欠农民工工资，你偏不听……”

我在省城等待手术期间，三弟和三弟媳妇都去了南方打工。三弟隔三岔五地打电话过来：“哥，你在医院里要安心看病啊，我这边一发下来工资，就给你打过去……”

那时候啊，三弟和二弟为了我的病，两家都已经各借给我了一万块钱，并一再叮嘱说，这钱是送给我治病的，让我专心看病，不用操心还给他们。妹妹家里负担重，在银行贷了五千块钱款给我……

这是流淌在每一个中华儿女心里的血浓于水的亲情啊！

四

《时光深处的温暖》是用散文的架构，以小说的笔触，用讲故事的方式，诠释了关于生命坚守、关于健康尊严、关于亲情友情的有深刻现实意义的一部作品。这是我对这本书的定位。全书分为上中下三部分，上部“拥抱生命”，讲述的是作者在生病期间以及病后，在亲人朋友以及医护人员的帮助下，通过自己的顽强意志，最终战胜疾病的故事；中部“疫情下的阅读”，讲述的是在疫情隔离期间或因疫情限制流动期间，作者和家人（重点是作者）读书思考的故事；下部“时光深处的温暖”，讲述的是作者在人生当中遇见的人事物，以及这些人事物是如何触动作者的灵魂，给予作者人生向上的力量的故事。

我渴望读者朋友们喜欢上这部拙作，喜欢上我的絮絮叨叨的诉说！

五

这本约十九万字的书稿就要付梓，与读者朋友们见面了。此刻，我坐在电脑桌前，久久地审视着自己的书稿，心情难以平静。

有人说文学创作就像母鸡憋蛋，憋得时间愈久，憋得自己愈难受，愈痛苦，下得蛋个才大，口感才好。此刻，我看着我憋出来的蛋，没有欣喜，没有自豪，只有一颗难以平静的感恩的心！

初稿完成之后，书名的确定，序言的诞生，书稿内容的校对、编辑、排版等等，纷繁复杂，不是我一个人的能力可以完成。

著名作家刘云先生应是我文学路上的导师。我从 2018 年开始文学创作，先生每每予我以指导和鼓励，是他为这部书稿初定了书名《时光深处的温暖》，是他指导我完成了序言、后记等写作。

陕西人民出版社第三编辑部主任、著名作家张孔明先生以及本书责任编辑左文女士，为了我的书能及早尽善尽美出版，制定方案，确定书名，多方协调，千辛万苦。

知名作家张朝林先生，守着我的初稿一遍遍阅读，一遍遍修改，给文字润色，使文章增色。主任记者、作家梁真鹏先生，不仅多方面给予我文学上的指导，还积极帮忙联系出版社、印刷厂。作为省级语文教学能手的发小陈静华老师、妹妹陈晓云老师，更是牺牲休息时间，冒酷暑，克疲劳，以一个高级语文老师的素养要求，帮忙修改错别字及病句，一丝不苟。

还有很多没有留下姓名或不愿留下姓名的师友，他们都为这部书的顺利出版提供了帮助，包括里面文章的选取、文章题目的定名，等等，给予我宝贵的意见和建议。我感谢他们！

最后，我想对我最亲爱的读者朋友们说几句：由于时间仓促和水平有限，书中难免有疏漏之处。对此，我深表歉意！同时恭候您的批评指正！

2022 年 7 月 10 日